rya
ャ文庫

軍服の衝動

富樫聖夜

イースト・プレス

contents

プロローグ　夢

うっすらと紅色に染まった肌を、大きくがっしりとした男の手が這《は》う。その手は火照《ほて》った肌には少し冷たく感じた。けれどその冷たさとは裏腹に、肌を滑《すべ》る感触は、ライザの熱を更に煽《あお》っていった。

——身体が燃えるように熱い。

その熱に追い立てられるようにライザは男の頭に手を伸ばす。男の柔《やわ》らかそうな髪の感触が手に伝わった。手のひらと指の間に感じる彼の髪はさらさらで心地よく、ずっと触っていたいとさえ思った。

でも一方で、こんな触れ合いでは足りないと思う心もあって、ライザはそれ以上を求めて彼の頭を自分の胸の膨《ふく》らみに引き寄せた。

するとライザの願いに応じるように、形よく盛り上がった胸の膨らみにキスされる。彼の唇はすぐに膨らみの先端を捉《とら》え、硬く張り詰めたその突起《とっき》を舐めしゃぶり、吸い上げた。

ライザは声をあげて背中をそらせた。

男はもう片方の胸の先端をその指に捉え、弄《もてあそ》びながらライザの耳元で囁《ささや》く。

「ライザ」

優しく、けれど熱っぽく彼女の名前を繰り返す。

「ライザ」

「ん、あ……ぁあ……」

ライザはその声に、更に身体が疼《うず》くのを感じた。

――欲しい、奪って欲しい。

嵐のように襲いかかる欲望のまま、ライザはゆっくりと脚を開いた。そこは先ほどまでさんざん男の指で高められた場所で、蜜をたたえ、トロトロに溶けきっていた。ライザは女としての一番秘められた場所を自ら晒《さら》し、男を誘った。

この狂おしい欲望を鎮めてくれるのは目の前の男しかいない。それは本能からくるものだった。ライザは熱に煽られ、自分が何を望んでいるのか理解しないまま、希《こいねが》う。

「来て。お願い。私を奪って」

「――」

男が何かを言っている。けれど、ライザにはよく分からない。分かるのは狂いそうなくらいに彼を欲していることだけ。

苦しい。熱い。

「お願い……！」

髪を振り乱し涙ながらに訴えると、男は一度だけ深い息を吐き、ライザの両膝《りょうひざ》に手をかけた。脚を持ち上げられ、更にぐっと押し広げられる。腰が浮き上がり、これ以上はないほど晒された秘裂に、熱い何かが押し当てられた。期待にライザの子宮が疼く。

「ライザ。――だね？」

男がまた何かを言っている。ライザは欲しくて欲しくて、男が何を求めているのかまるで理解しないまま何度も頷《うなず》いた。

男の唇が弧《こ》を描く。次の瞬間、ライザの中心に熱い杭《くい》が打たれた。

「あ、ああ、ああっ……！」

頤《おとがい》を反らし、悦《よろこ》びの声をあげながらライザは男を熱く受け入れる。痛みはなく、ただ快感だけがそこにはあった。

「あン、んっ、ん、ぁ、ああ、はぁ、ん……！」

それからはよく覚えていない。ライザは嵐に遭《あ》ったかのように揉《も》みくちゃにされ、男の欲望を歓喜のまま受け入れる。

――けれど最後まで、ライザの身体を我が物とした男の顔は霞《かすみ》がかったままはっきりしなかった。

第一章　結婚話から逃れる方法

「……また、あの夢」

ライザは気だるげにベッドから身を起こし、内側に燻《くすぶ》る熱を吐き出すように深い吐息をついた。

身体はまるで夢の名残《なごり》でもあるかのように火照り、額にはうっすらと汗が滲《にじ》んでいる。貼《は》りついた前髪をかきあげようと手をあげた拍子に、胸の膨らみが目に入り、ライザは頬を染めた。胸の先端が夜着《よぎ》を押し上げ、張り詰めたその形を浮き上がらせている。

疼きや熱だけでなく、自分の身体が興奮している証拠をまざまざと見せつけられ、ライザは身の置き場のない羞恥《しゅうち》に駆られた。膝を立て、真っ赤に染まった顔を伏せて、ぎゅっと目をつぶる。

――ここ最近になって繰り返し見る夢がある。

見知らぬ男とベッドで全裸で絡み合っている夢だ。夢の中でライザは熱に浮かされたように男を求め、触れられて悦び、その腕の中で快楽に溺《おぼ》れているのだ。夢の中のライザは普段とはまるで違っていた。

　でも、それだけだったら、おそらくただの夢として気にも留めなかったに違いない。

ところが毎日ではないにしろ繰り返し同じ場面を見せつけられ、しかも、目覚めたときには例外なく身体は火照り、欲望に疼いている。

　現に今も夢の中で男を受け入れていた両脚の付け根は潤《うるお》い、男に吸われた胸の先端はじんじんと熱を持ち、息を吸うだけで布と擦れてむずがゆいような快感を伝えてくる。さすがのライザもこれを単なる夢として片付けることはできなかった。

　……あれは夢ではなくて、もしかして本当にあった出来事なのでは？

　もちろんライザにはそんな記憶はない。けれど、そう思えてしまうのは、実はライザには多少なりとも心当たりがあるからだった。


　――それは三か月ほど前のことだった。

　その夜、ライザはある伯爵家が主催した夜会に一人で出席していた。他に心配事があったために気は進まなかったが、その伯爵家とエストワール侯爵家は遠い姻戚《いんせき》関係があるために、招待を断りきれなかったのだ。

　そうしてしぶしぶ出かけた夜会で、ライザはその家の嫡男《ちゃくなん》につきまとわれた。外見は悪くはないが賭《か》け事や女遊びが酷《ひど》く、いい噂《うわさ》は聞かない男だった。ライザに目を留めたのも、持参金や財産に興味があってのことだろう。

ライザはエストワール侯爵家という名門貴族の令嬢だ。いずれ母親から豊かな領地と立派な屋敷を相続することが決まっているにもかかわらず婚約者がいないため、独身の貴族からは最良の結婚相手だと思われている。もちろん、財産だけでなく、色男《いろおとこ》として名高い父親と、高貴な血を引く母親の良いところを継いだライザの容姿も男性を惹《ひ》きつける要因の一つではあった。

細い鼻梁に、ふっくらとした唇。長いまつげが影を落とす頬はシミ一つなく滑《なめ》らかで、透《す》き通るように白く輝いている。アーモンド形の瞳は宝石《エメラルド》のような深い緑色で、うねるように流れる艶《つや》やかな褐色《かっしょく》の髪が、上品で美しい顔立ちをより一層引き立てていた。

落ち着いた物腰のせいで十八歳という年齢より少し年上に見られることが多いが、かえってそれが貴族の妻として魅力的に映るらしく、エストワール家に持ち込まれる縁談は絶えることがない。実際、夜会に出てもこうしてすぐに男性に声をかけられる。

それがライザは嫌でたまらない。彼女は結婚に何も期待していなかったし、そもそも相手が欲しいとさえ思っていないのだから。だからいつも適当にあしらうことにしていた。

けれどその夜、その伯爵家の嫡男はしつこくライザにつきまとい続けた。他に気にかかることがあったライザには男が邪魔で仕方なかったが、一応姻戚関係にあること、また主催者の息子ということもあり、邪険にすることもできなかった。

男はライザをダンスに誘い、一回だけという条件でライザが応じたあとも傍を離れず、ワインを持ってきたりしたりと甲斐甲斐《かいがい》しく彼女の世話を焼こうとした。これも社交のうちとよそよそしい笑顔を貼りつけながら我慢の時を過ごしたライザは、しばらくして夜会を辞しても失礼にはあたらない時間になったのを見てとると、義理は果たしたとばかりに帰宅しようとした。男はもちろん引きとめようとしたが、ライザの決意が固いことを知ると、今度は玄関まで送ると言い出し、彼女はそのくらいならと承知した。……まさか男がライザに手渡したワインの中に、怪しげな薬が仕込まれていたなどとは夢にも思わずに。

普段のライザだったら自分に言い寄る男が手渡してきた飲み物など口にすることはなかっただろう。薬を盛ったり酔わせたりして女性を部屋に連れ込む不届き者も多かったからだ。けれどこのときのライザは友人であるエルティシアのことが心配なあまり、気もそぞろだった。それでつい警戒を怠《おこた》り、失礼にならない程度に一口だけ含んでしまったのだ。口にした量が少なかったからか、あるいは遅効性《ちこうせい》だったのか。ライザに盛られた薬は飲んでしばらく経った頃——男にエスコートされて玄関に向かっている間に効き始めた。

うす暗い廊下を歩いている途中、突然襲いかかってきた動悸《どうき》とめまいが最初の症状だった。くらっときたのと同時に目の前が急に霞み始め、ライザの足元がおぼつかなくなる。よろけた身体を抱きとめたのはやはり、あの嫡男だった。

「具合が悪いのですか、ライザ嬢？　これはいけない。すぐにベッドにお連れしましょう」

男の声に愉悦《ゆえつ》の響きを聞き取って、ライザは謀《はか》られたことを悟る。すぐに男から離れようとした。けれど、まったく力が入らず、腕どころか指一つも動かせなかった。

身体が思い通りにならないだけではない、こんないけ好かない男に抱きかかえられているというのに、嫌悪に鳥肌が立つどころか、身体がどんどん熱くなっていくのが分かる。

どうやらこの男がライザに盛ったのは身体の自由を奪う類《たぐい》のものではないらしい。それよりももっと恐ろしい薬だ。……そう、きっと、親友であるシアが想い人であるグレイシス・ロウナー准将《じゅんしょう》と一夜を共にしたときに使われたような類の……。

——どうにかしないと！

焦《あせ》るライザは口を開こうとした。こんな場面を見られてしまえば不名誉な噂を立てられることになるが、背に腹は代えられない。大きな声をあげて誰かの注意を引くつもりでライザは声をあげた。……あげたつもりだった。けれど、すでに薬は全身に回っていて、口が思うように動かなかった。

「大丈夫です、ライザ嬢。私が何とかしてあげますよ」

男がライザの耳元で囁く。ゾクッと身を震わせたが、彼女はそれが恐怖によるものなのか身を走る不本意な欲望のせいなのか分からなかった。

逃げなければ。そう思うのに身体が動かない。

それだけではなく、次第に頭までぼんやりとしてきた。思考に靄《もや》がかったように、何も考えられなくなる。焦っているくせにその原因があやふやになっていく。

「さぁ、ライザ嬢、部屋に行きましょう」

男がライザを抱えたまま歩き始める。朦朧《もうろう》とした頭で、何とか声があげられないものかと思ったものの、実際には浅く荒い息を吐くだけで何も声にならなかった。

――誰でもいい、誰か助けて……！

そう願ったときだった。

「――待て」

後ろから不意に声がかかった。その声はひと気のない廊下に、そしてライザの耳にやけに大きく響いた。

嫡男がギクリと身体を硬直させたのが分かる。おそるおそる後ろを振り返った男に再び声がかけられた。

「その令嬢をどこへ連れて行くつもりなのかお聞かせ願えるかな？」

それは優しい口調でありながら、どこか険《けん》が含まれていた。

「これは、その……、彼女が気分が悪いと言うので……」

男はオドオドと言い訳めいた言葉を吐く。どうやら声の主は伯爵家の嫡男を恐れさせる人物らしい。

……どこかで聞いた声のような気が……？

そう思いはしたが、ぼんやりとした頭では誰だかはっきり浮かばなかった。振り返って確認したかったけれど、指一本すら動かせない。

「言い訳には及ばない。君が使用人に命じて彼女の飲み物に薬を仕込んだことは分かっているのだから。さあ、ライザ嬢から手を離せ」

「……っ」

男は息を呑み、ライザから慌てて手を離した。けれど薬によって身体の自由を奪われたライザは自分を支えることができずによろけ、地面に倒れそうになる。そこを後ろから伸びてきた腕がとっさに支えた。

彼はライザの腰に手を回し、自分の身体にもたれさせると後ろからそっと囁いた。

「もう大丈夫」

その声にライザは朦朧としながらも安堵《あんど》する。声の主が自分を助けるために来てくれたのが分かったからだ。

ライザは頷き、その身体に身を預けて目を閉じて——そこで記憶は途切れている。

次に目を覚ましたのはそれから三時間もあとのことだった。

客室と思われる部屋のベッドの上で一人目を覚ましたライザは、薬の影響か、起き上がった途端《とたん》、頭が割れるような頭痛と酷い倦怠感《けんたいかん》に襲われた。

何とか重い身体に鞭打《むちう》って部屋から廊下に出てみると、屋敷の中が妙に騒がしいことに気づく。夜会が終わって招待客が帰ろうとしているのだろうか？　でもそのわりにはずいぶん慌てたような足音やざわめきがあちこちから響いていた。

けれど今のライザにはそれを気にしている余裕はない。一刻も早くあの伯爵家の嫡男のいるこの屋敷から離れたかった。

すでに夜会の主催者には帰りの挨拶《あいさつ》はしてある。このまま屋敷を出ても何の支障もないはずだ。ズキズキと痛む頭を抱えながらそう考えたライザはそのまま玄関に向かった。伯爵家の執事が玄関ホールで落ちつかなげにしていることも、このときのライザは気づくことなく、エストワール家の馬車を呼んでもらうとすぐに屋敷を離れた。

王都にあるエストワール家の屋敷にたどり着くと、ライザはそのまま倒れ込むように眠りにつき、目覚めたのは次の日の午後だった。そのときもまだあの伯爵邸で何があったのか、ライザに薬を盛った嫡男がどうなったのか知らなかった。

それをライザが知ったのは、その数日後のことだ。男は不法な薬を所持し、それを不倫相手の、ある貴族の夫人に使用したことで訴えられ、あの夜憲兵隊に逮捕されていた。ライザが屋敷を離れるときに騒がしかったのはどうやらそのせいだったようだ。あの夜は夜会の招待客が大勢いた。そんなときにその家の嫡男が捕まったのだ。さぞ大騒ぎになったことだろう。

ライザは自分の名前も被害者として挙がるのではないかと恐れたが、挙がったのは自分ではない伯爵令嬢の名だけだった。どうやらライザのことは漏《も》れなかったらしい。これもあのときに助けてくれた男性のおかげだろう。ライザは安堵の息を吐くと同時に、その恩人が誰なのか気になった。

あのときライザは薬のせいで動けず、顔を確認していなかったし、意識も朦朧としていた。そのため、どこの誰なのかまったく分からないのだ。ライザがこの一件に巻き込まれないようにしてくれたのも、客室まで運んでくれたのもきっとその「彼」に違いないのに。

せめてお礼が言いたかった。けれど、名前どころか顔すら分からない相手をどうやって探せばいいのだろう。相手が名乗りをあげないかぎり無理だ。でも、「彼」にはライザのその後を心配する義理はない。

――私の様子を見るためだけに訪ねてくる……なんてことはないか。

それでも少しだけ期待していたライザだったが、あの日以降に屋敷を訪ねてきた男性といえば、エルティシアの件でライザに会いにきたフェリクス・グローマン准将だけだった。

その後も夜会に出かけるたびに、声をかけてくる男性につい「彼」の面影を探してしまうライザだったが、それらしき人物には巡り会えなかった。

結局「彼」とは縁がなかったのだろう。あの夜会から半月ほど経ち、ライザはそう思うことにした。ところがその頃からあの夢を見るようになったのだ。淫《みだ》らで狂おしい夢を。

顔のはっきりしない男性に触れられて悦び、熱に浮かされたように男を求める自分の姿に最初はショックを受けた。自分にあんな隠れた願望があるのかと。けれど、何度も同じ夢を見ているうちに、ある疑念が浮かんだ。もしかしたら、本当は夢なんかではなく、実際にあったことなのではないかと。

ライザの記憶するかぎり、夢のような場面が起こったことはない。けれどあの夜、「彼」に助けてもらった直後からの記憶が途切れていて、次に目が覚めたのは客室のベッドの上だったのだ。その間に何かがあったとしたら？

——もしかしてあの間に自分は誰かと……。いいえ、「彼」と？

夢の中のライザはまるで自分とは思えないほど乱れて男を求めていた。それがあの伯爵家の嫡男に盛られた薬の影響だったとはいえないだろうか。信じたくはなかったが、考えれば考えるほどそれが真実ではないかと思えてくる。

「もしあれが現実にあったことだったら、私は……」

この身はすでに純潔ではないということになる——。

声にならない言葉を胸の中で呟くと、未だに快感の余韻を残す身体に震えが走った。

ライザは膝を抱える手にぎゅっと力をこめて、こみ上げてくる罪悪感に耐える。貴族令嬢が素姓も知れない相手に純潔を捧げるというのがどういうことか、彼女にはよく分かっていた。

けれどそれから、数刻後。なかなか起きてこない主《あるじ》の様子を見にきた侍女が遠慮がちに扉を開けると、そこには着替えを済ませて鏡台に座るいつものライザがいた。

「おはようございます、お嬢様」

「おはようイリナ」

ブラシを手に振り返ったライザがにこやかに挨拶をする。その顔に先ほどまでの苦悩は微塵《みじん》も表れていない。そこにいるのは使用人たちが知る、両親に代わって屋敷を切り盛りするしっかり者のライザだった。

「お嬢様。お呼びいただければお支度《したく》の手伝いをいたしましたのに……」

侍女のイリナはクリーム色のシュミーズドレス姿のライザを見てため息をつく。一人では着替えることができないのが当たり前の貴族令嬢の中にあって、ライザは簡単なシュミーズドレスだったらさっさと自分で着てしまうのだ。着替えだけではない。彼女は一人でできることは使用人の手を煩《わずら》わせることなく自分で何でもこなしてしまうのだ。

赤いリボンで髪をまとめながらライザは笑った。

「これくらいならわざわざ忙しいあなたを呼ばなくても一人で着られるわ。今日は来客の予定もないことだし、このままで一日を過ごしても構わないでしょう」

「それが……その、お嬢様はもうお休みだったからお知らせしなかったのですが、旦那様が昨晩遅くにご帰宅なさいまして……」

鏡台に近づいたイリナが言いにくそうに口を開く。ライザは目を丸くした。

「お父様が？　あら、珍しいこともあるわね」

父親のエストワール侯爵は王都に構えるこの本宅にはほとんど近寄らず、愛人たちと別の邸宅で暮らしているのだ。

「はい。それで旦那様が、お嬢様が目を覚ましたら、話があるから自分のところに連れてくるようにと」

「……お父様が私に話があると？　あら、まぁ、明日は嵐にでもなりそうね」

眉をあげてちくりと皮肉めいたことを言ったあと、ライザは自分の姿を見下ろして小さくため息をついた。シュミーズドレスは内輪だけの私的な服だ。エストワール侯爵は父親だからこのまま訪ねていっても問題はない。けれどライザは父親に隙《すき》を見せたくなかった。

「仕方ないわね。イリナ、着替えるから手伝って」

「はい。お嬢様」

クローゼットに向かうイリナの後ろ姿を見送ったあと、ライザは億劫《おっくう》そうに鏡台から立ち上がった。

――ライザの家族はバラバラだ。

侯爵である父と夫人である母、今は遠い領地にいる兄。それがライザの家族だ。血の繋がりはあるが、兄を除けば希薄《きはく》な繋がりしかない。

父は若い頃から美男子として、そして女好きとして有名だった。付き合った女性は数知れず。結婚後も浮き名を流し続け、女性の影が絶えることはなかった。今も王都から離れた場所に別宅を構え、数人の愛人と一緒に生活している。

そして母親である侯爵夫人はそんな夫を咎めることも止めることもしなかった。政略結婚だった二人の間に愛情はなく、あるのは義務だけだったのだ。そしてもともと社交が苦手だった夫人は、ライザが社交界デビューをしたのを機に「義務は果たした」と言って、自分の母親――ライザにとっては祖母から相続した領地に引っ込んでしまった。今も必要がなければ王都には出てこない。

ほとんど顔を合わせない父親と、子どもたちを義務としか見ていない母親。兄とライザはそんな二人の間で放任されて育った。めったに顔を合わせず、義理で声をかけてくる程度の両親。ライザにとって真に家族といえるのは兄だけだった。

その兄も今は結婚し、侯爵領にある屋敷に家族と共に移り住み、領地の管理と運営の仕事にあたっている。幸いなことに、兄とその妻は両親のような殺伐とした関係にはならず、去年跡継ぎとなる男の子にも恵まれて幸せな家庭を築いているようだ。

そんな兄の今の心配は、頼りにならない両親に代わって屋敷を切り盛りし、エストワール家の社交を一手に担《にな》っている妹だった。彼はライザにも思い合う相手を見つけて幸せな結婚をして欲しいと思っているようで、しきりに男性を紹介しようとする。

唯一の家族ともいえる兄の気持ちは嬉しかったが、辛くもあった。ライザは誰とも結婚する気はなかったからだ。

ライザは結婚には何の期待も抱いていなかった。自分の両親の関係が、政略結婚が当たり前の貴族社会にあっても異常で歪《ゆが》んでいることは分かっている。兄とその妻が幸せな家庭を築いていることも知っている。けれど、ライザは自分に幸せな結婚ができるとは思えなかったし、同じ年頃の令嬢たちのように結婚に夢も希望も持っていなかった。両親の冷え切った関係を間近で見ていた彼女にとって、結婚とは単なる義務に過ぎなかったのだ。

幸いにも父親は子どものことだけでなく政治や権力にも無関心だったこともあり、ライザに家のための結婚を強要することもなかった。兄も勧めはするが強要はしないだろう。だからライザは結婚せず、いずれ母親から相続する領地に引っ込み、静かな生活を送ることを心に決めていた。

だからこそ、父親の言葉は寝耳に水だった。

「私が、王妃候補に、ですか？」

唖然《あぜん》と問い直したライザに、彼女の父であるエストワール侯爵は渋《しぶ》い顔で頷いた。

「ああ、陛下の結婚相手の第一候補にお前の名前が挙がっているそうだ」

昨晩エストワール侯爵は、知り合いの夜会に愛人を伴《ともな》って出席した。そこで宰相の側近をしている旧友と話をする機会があり、内輪の話として聞かされたのが今の話だった。

グランディア国王であるイライアスは今年三十歳になるが、まだ妃を娶《めと》っていない。当然跡継ぎもおらず王太子の座は長く空白になっている。通常では、国王ともなれば早くに結婚をするか、婚約者がいるものだが、イライアスが王座に就いたときは政治が乱れ、同盟国だったガードナ国が虎視眈々《こしたんたん》とこの国を狙っていてそれどころではなかったのだ。

その原因となったのが、イライアスの実母であるフリーデ皇太后だ。ガードナ国から輿《こし》入《い》れしてきた彼女は前国王が病気になり政務が執《と》れないことをいいことに、王妃として、まだ王太子だったイライアスの名代として実権を握り、前宰相と謀って国政を思うように動かしていたのだ。ガードナ国の後ろ盾のあるフリーデたちに誰も逆らえない状況は何年も続き、国政は荒れてグランディアは弱体化していった。

その混乱した状況に終止符を打ったのが前国王崩御《ほうぎょ》に伴い即位したイライアスだった。王太子時代は母親に逆らうことなく従順な息子を演じていた彼だが、国王の座に就くやいなや、自分の母親であるフリーデから実権を取り上げ、彼女を幽閉した。前宰相は汚職と横領、それに殺人の罪で処刑し、彼らに取り入り政治を混乱に陥《おとしい》れた貴族たちは次々と粛清《しゅくせい》していった。

こうして、イライアスと彼を支える若くて優秀な貴族たちの力で混乱は徐々に治まり、国は安定していったが、フリーデ皇太后の生国であるガードナ国との関係は急速に悪化し、一触即発《いっしょくそくはつ》の状態が続いた。そしてとうとう両国の戦争にまで発展してしまったのだ。

その戦争は一年ほど前に左翼軍の活躍《かつやく》で勝利に終わり、ようやくこの国も落ち着きを取り戻していた。そこでイライアスの側近たちは早く彼に身を固めてもらうために、極秘に王妃候補の選定を始めたのだという。そして一番に名が挙がったのがライザの名前だった。

「フリーデ皇太后に潰《つぶ》されずにかろうじて残った二つの公爵家にはあいにく娘はいない。次の序列の侯爵家に白羽《しらは》の矢が立つのは当然の流れだ」

侯爵は面白くなさそうに鼻を鳴らした。

「まぁ、側近連中が焦るのも無理はない。王太子の座は未だに空白で、跡継ぎがいないいま陛下に何かあれば国は大混乱に陥《おちい》るだろう。それを危惧《きぐ》しているらしい。それにラシュター公爵が結婚なさったことも大きいようだ」

「え？」

なじみのある名前が突然父親の口から出て、ライザは目を見開く。その様子を父親は違うふうに解釈したようだった。

「ああ、これは公《おおやけ》になっていないことだったな。陛下の弟君であるラシュター公爵がつい先日ご結婚なさったらしい」

「まぁ、そうなんですか」

そう答えながら、ライザは父親に気づかれないように小さく笑った。ラシュター公爵の結婚のことはもちろん知っている。その結婚式にライザは招待され、出席までしているのだから。けれどそれは父にも秘密の話だ。

そんなことなどは露《つゆ》ほども知らないエストワール侯爵は続けた。

「お前も噂で聞いたことがあるだろうが、公爵は生まれたときに王位継承権は放棄《ほうき》なされているし、そもそも母親の身分が低いこともあり、陛下の王座を脅《おびや》かす存在ではない。けれど結婚したのなら話は変わる」

父親の言葉にライザは眉を顰《ひそ》めた。

「……どういうことですか？」

「放棄したのは彼自身の王位継承権であって、彼の息子たちの王位継承権はそのままだからだ。万一陛下の身に何かあれば……いや、このまま跡継ぎがいないままなら、早々にラシュター公爵の子どもたちを担《かつ》ぎ出す連中が必ず出てくるだろう。国王の側近たちはそれを心配しているらしい」

なるほど、とライザは思う。だからこそ側近たちは焦ってイライアスの相手を探そうとしているのか。イライアスが結婚する前にラシュター公爵に男児が生まれたりしたら、その子を空いている王太子の座に就けようとする声は必ず出てくるだろう。……もっともあのラシュター公爵がそんなことを許すはずはないけれど。

ライザの知るかぎり、彼はできるだけ王族としての身分を隠し、あくまで一臣下として通そうと決心している。そんな彼が自分の子どもを王太子になどさせるはずがない。おそらくその前に子孫に至るまでの王位継承権の放棄を宣言するだろう。彼はそういう人間だ。

——それにしてもラシュター公爵の結婚の影響が、まさかこんな形で私にふりかかってくるなんてね。

ライザは苦笑を浮かべた。

ラシュター公爵は前王の側室だった女性との間に生まれた子どもだ。けれどその存在は長らく秘されてきた。もう一人の側室が産んだ子どものように、王妃であったフリーデに殺されることを恐れた前王とその側近が誕生を隠し、身の安全のために密かに臣下に託《たく》して育てさせていたのだ。

フリーデ皇太后が幽閉され戦争も終わり、ようやく国政も安定してきたことから、イライアスは国民に異母弟の存在を公にし、公爵の爵位を授けた。けれど未だにラシュター公爵は人前に現れることはなく、その姿も謎のまま。そのため、最近ではその存在自体を疑う貴族も現れ始めているという。

その噂を聞くたびにライザは内心おかしくて笑ってしまう。ラシュター公爵は確かに存在する。ただし、別の名前と別の身分をもつ人間としてみんなの前にいるのだ。ライザはよく知っている。なぜなら、ライザの親友であるジアことエルティシアの夫グレイシス・ロウナー准将がラシュター公爵その人なのだから。

グレイシスはロウナー伯爵の三男で左翼軍に所属する軍人だ。その戦闘能力の高さから「黒の狼」と呼ばれ、ガードナ国との戦争でフェリクス・グローマン准将と共に活躍し、グランディアを勝利に導いた英雄だった。

ジアはその彼に幼い頃から恋をしていて、最近起きたとある事件を経てグレイシスと結ばれた。ライザはつい先日行われた彼らの結婚式に招待され、エルティシアの叔父であるグリーンフィールド将軍をはじめとする軍の大物たちに交じって友人の晴れの門出《かどで》を祝ってきたのだった。

ライザはその結婚式に密かに出席していた王の姿を思い浮かべながら尋ねる。

「王妃の選定をすることを、陛下は承諾されたのですか？」

国の立て直しを優先させることを理由にイライアスは妃を娶らないでいるが、本当は結婚に乗り気ではないというのは広く知られた話だ。

エストワール侯爵は首を振った。

「いや、陛下はご存じない話だ」

「そうですか……」

ならばこれは完全に現宰相や側近たちの勇《いさ》み足なのだ。それならばまだ時間に余裕がある。ライザはきゅっと唇を引き結び、父親の顔を見返した。ここからが肝心だ。

「お父様。お父様は、私がイライアス陛下の妃に――この国の王妃になることを望みますか？」

いくらライザといえども貴族である以上、家長の意思は無視できない。エストワール侯爵がライザを王妃にすることを望むならば、すべてを捨て去る覚悟もしなければならないだろう。

窺《うかが》うようにじっと見つめるライザの顔を、父親も見返す。壮年になってもエストワール侯爵の容貌は衰《おとろ》えておらず、今も数多くの女性を虜《とりこ》にしていた。ライザも過去に何度か見たことがあるが、女性に声をかけるときの父親は絶えず微笑みを浮かべ、心地よい言葉で女性を口説《くど》いている。けれど、娘であるライザに向ける顔に笑みはなく、無表情に見つめ返すのが常だった。ところが今の父はそのどちらの表情でもなかった。

「答えよう。私はお前が王妃の椅子《いす》に座ることなど少しも望んでいない」

そう答えるエストワール侯爵の目はライザには窺いしれない感情を宿していた。

「前国王陛下に嫁いだエリーズとベレスフォード家がどうなったか生涯忘れることはない。国王に……あのフリーデ皇太后の血を引く陛下にエストワール家の娘を差し出すなど、冗談ではない」

「お父様……」

ライザは初めて会う人間を見るような目を父親に向けた。実際、そんな気持ちだった。こんなに感情を剝き出しにした父親は初めてだったからだ。

　ふとライザは、これが素の父親なのかもしれないと思った。重要な地位に就くこともなく、放蕩な男として愛人の間を渡り歩いているのも、エストワール侯爵家を守るためではないのだろうか？

　この国の内政がフリーデ皇太后と前宰相とその一派に牛耳《ぎゅうじ》られてからというもの、彼らに反抗的な貴族は次々と潰されていった。高位の貴族である侯爵家も例外ではなく、名門だったベレスフォード侯爵家をはじめとして、いくつもの家が冤罪《えんざい》や些細《ささい》な理由で消されていった。

　エストワール侯爵家も目をつけられていたはずだ。ベレスフォード侯爵家とは先代同士が仲がよくて深い交流があったし、ライザの母親もベレスフォード侯爵の姪だ。だから父親はフリーデ皇太后らの脅威にはならないことを示すために、政治に関心がないふうを装っていたのではないだろうか？　エストワール家を潰さないために……。

　そこまで考えて、ライザは否定するように小さく首を横に振った。フリーデ皇太后と前宰相が失脚したあとも父親の生活に何ら変化はなかったではないか。父娘としてほとんど接していなかったエストワール侯爵の行動の真意などライザに分かろうはずがない。今自分が考えなければならないのは、いかにして穏便《おんびん》に妃候補の話を断るかだ。

　頭を切り替えてライザは父親に訊ねる。

「お父様がそう思っているのなら話は早いですね。私も王妃などまっぴらゴメンです。お断りすることはできないのですか？」

エストワール侯爵は小さなため息をつきながら首を横に振った。

「難しいな。王家からの要請だ。正式に打診されたら、断ることはできない。よほどの理由がないかぎり翻意《ほんい》と取られるだろう」

「よほどの理由……」

「たとえば、妃になるには不適格だと思われる場合だ。ライザ、お前は純潔か？　王族に嫁ぐなら純潔であることは必須だ」

「……」

ライザは答えなかった。答えられなかった。けれど、エストワール侯爵はライザの返答を求めていなかったようだ。

「まぁ、たとえ純潔であってもなくてもそれを理由にすることはできないがな。エストワール家の名誉に関わるし、かえって陛下の不興を買う恐れがある。一番いいのは、正式に要請がある前に、お前が誰かと婚約を取り交わすことだ。そうすればお前は王妃候補から外される。万一候補に残っても、先に交わした約束を反故《ほご》にはできないと要請を突っぱねることができるだろう。これならエストワール家の名誉に傷はつかない」

思案するように顎を撫《な》でたあと、エストワール侯爵は書斎の机越しにライザを正面から見つめた。

「二か月だ、ライザ。二か月後に陛下の在位十年の記念式典がある。陛下も周囲もその準備に追われているから、その間王妃候補の話が進むことはないだろう。だからこの二か月の間に誰か適当な貴族の男を見つけるんだ」

　その言葉にライザは顔を顰めた。国王との結婚を回避するためとはいえ、誰かと結婚する気など微塵もなかったからだ。

「自分で見つけられないというのであれば、私が適当に見繕《みつくろ》うが……」

「自分で探します」

　反射的に言い返したあと、ライザはふとあることに気づき、目を細めて父親に訊ねた。

「お父様、これは婚約であって結婚ではないのですよね？」

　エストワール侯爵がライザに言ったのは婚約を取り交わすことであって、結婚しろとは一言も言っていない。

　案の定、父親はライザの言葉に頷いた。

「そうだ。結婚である必要はない。婚約だけでも構わない。あとは好きにすればいい」

　つまり一時的な婚約であればいいのだ。

「分かりました。この二か月の間にどなたかと婚約して、王妃候補から外れてみせますわ」

　ライザはにっこりと父親に笑うと、踵《きびす》を返して扉に向かった。だからその笑顔を見た父親が少しだけ驚いたあと、懐《なつ》かしそうに目を細めたことには気づかず、ライザは頭の中で浮かんだ考えを形にするべく、書斎をあとにしたのだった。

「馬車の用意をお願い。シアの屋敷に行きたいの」

部屋に戻ったライザは侍女のイリナに言った。

「かしこまりました」

イリナが手配のために部屋を出て行くのを見守ってから、ライザはベッドにどさりと腰をおろす。頭の中は夢の中の「彼」や父親の言葉、エルティシアとグレイシスの顔、それにフェリクス・グローマン准将の顔がぐるぐると渦巻《うずま》いていた。

貴族女性は結婚するまで純潔であらねばならないとされているが、今はその風潮は崩れてきている。祖父母世代は大いに嘆《なげ》いているが、結婚前に経験している未婚の令嬢も少なくない。だからライザが普通の貴族に嫁ぐのなら、処女でなくとも重大な欠点にはならないだろう。だが、王族に嫁ぐとなれば話は別だ。王族、それも国王に嫁ぐ女性は必ず純潔でなければならないのは今も変わっていない。

その点から見ればライザは王妃候補として不適格だ。これが知れたらすぐ候補から外されることだろう。けれど、父親の言うとおりそれを理由に辞退することはできない。エストワール家の名に傷をつけるし、何より相手がどこの誰か不明だというのが問題だ。即座にライザは「誰ともしれない相手に股を開いたふしだらな女」として負の烙印《らくいん》を押されるだろう。

そこまで考えてライザは自嘲《じちょう》の笑みを浮かべた。……あれが単なる夢で自分が純潔のままかどうか、まだはっきりしていないのに。

けれど、生まれたときから大貴族の令嬢として生きてきたライザには分かっている。どんなに些細なことでも足を掬われて、あっという間に転落することもあるのだと。非公式といえ王妃候補の一人に名を挙げられているならなおの事だ。さまざまな思惑から、ライザの足を引っ張ろうと大勢の貴族が手ぐすね引いて待っていることだろう。隙を与えるようなことはできない。

だからこそライザはここで行動を起こさなければならないのだ。

ライザはベッドから立ち上がった。その緑色の目は煌《きら》めき、口元にはかすかな笑みが浮かんでいた。一石二鳥の方法を思いついたのだ。

——婚約者が必要なら「彼」になってもらおう。どのみち探し出してあの夜何があったか確かめる必要があるのだ。「彼」が独身であるなら、一時期だけ婚約者になってと頼めばいい。

探すには手間がかかるだろうが幸いライザにはツテがある。グレイシスの友人であるフェリクス・グローマン准将だ。彼は左翼軍の情報局に所属している。彼ならばあの夜会に訪れた貴族の名簿を手に入れて、ライザを救い出してくれた男性が誰であるか突き止めることができるだろう。

「お嬢様、馬車の用意ができたそうです」

そんなことを考えていると、イリナが戻ってきた。

「分かったわ」

ライザはショールを手に部屋を出た。


「いらっしゃい、ライザ！」

ロウナー邸の玄関先で馬車を降りたライザを、エルティシアが満面の笑みで迎える。

「こんにちは、シア。突然ごめんなさいね」

「ライザならいつでも大歓迎よ！」

手を取り合って挨拶を交わしたあと、ライザはエルティシアの金髪に縁取られた顔から足先までを眺めてにやりと笑った。

「新婚生活は順調のようね。幸せいっぱいって顔をしているわよ」

途端にエルティシアは頬をばら色に染め、恥ずかしそうに頷く。

「……ええ、グレイ様にはすごく大切にしてもらっているわ」

「相変わらず人目もはばからずイチャイチャしているんでしょうね。使用人の皆が困るほどに」

からかうように言ってやると、エルティシアはますます真っ赤な顔になった。

「そ、それは……その……」

「……本当にあの人、どれだけ……」

どうやら相変わらず時間も場所もお構いなしのようだ。ライザは呆れたものの、エルティシアの幸せそうな顔を見やってふっと顔をほころばせた。

エルティシアとはたまたま同じ日に社交界デビューをした縁で知り合い、それ以来親しくしている大切な友人だ。

できるだけ条件の良い結婚相手を探すことしか頭にない他の貴族令嬢とエルティシアは明らかに違っていた。純粋に大人の仲間入りをしたことを喜んでいて、虚栄心《きょえいしん》も奢《おご》りもなかった。妖精のような可憐な容姿に、国王の信任も厚いグリーンフィールド将軍の姪という立場もあって、独身の貴族男性から熱い視線を浴びていたというのに。

あとから知ったことだが、エルティシアは幼い頃からグリーンフィールド将軍のところに出入りしていたグレイシスのことを慕《した》っていて、彼以外の男性は目に入っていなかったらしい。それは今も同じで、一途に彼を想うエルティシアの姿はライザにとっては好ましくもあり眩《まぶ》しくもあった。

紆余曲折《うよきょくせつ》あったが、エルティシアは初恋の相手であるグレイシスと結ばれて、今は王都の外れにある彼の屋敷で一緒に暮らしている。ついからかってしまったが、ライザは親友の幸せを我が事のように喜んでいた。

「何にせよ、元気そうで安心したわ。事故で頭を打った後遺症はもうないんでしょう？」

連れ立って屋敷の中に入りながらライザは訊ねる。エルティシアは頷いた。

「ええ。ちょうど今日往診にいらした先生から完治のお墨付きをもらったわ」

三か月前、エルティシアは保養地へ向かう途中、貴族の令嬢が拉致《らち》されるところを目撃してしまい、逃げる際に崖《がけ》から転落して頭を強く打ってしまったのだ。幸い命に別状はなかったが、どんな後遺症が出るか分からず、定期的に医者に診《み》てもらっていた。

「よかったわ。ロウナー准将も安心したでしょうね」

「ええ。あ、そうそう。今日はフェリクス様もいらしているのよ。グレイ様に何か相談事があるみたいで」

エルティシアのその言葉にライザは足を止めた。

「グローマン准将が？」

「お医者様をこちらに送ってきたついでにね」

「あら、じゃあ、挨拶くらいはしておこうかしら」

言いながらライザは密かに笑う。偶然とはいえ、とても好都合だ。ライザがここへ来たのはエルティシアの様子を見るついでにグレイシスにフェリクスへ連絡をつけてもらうように頼むためだった。

フェリクスとは何度か二人きりで話したことはあるし、ライザの屋敷に彼自ら出向いてきたこともある。けれど今までライザからフェリクスに連絡を取ったことは一度もない。いつも一方的に彼から連絡がくるのだ。そして不思議なことにライザが話をしたいと思ったときはまるでそれを見越したように姿を現すため、彼女から連絡する必要はなかった。

今回も実に良いタイミングで現れてくれたものだ。改まってこちらから会いたいと申し出るのが妙に気恥ずかしかったので、ちょうどいい。

そんなライザの思いを知らないエルティシアはにっこりと笑った。

「今グレイ様の書斎にいるけど、そちらの話が終わったら談話室の方に寄っていくと思うわ」

その言葉通り、ライザがエルティシアとしばらく談話室でおしゃべりをしていると、話を終えたグレイシスがフェリクスを伴ってやってきた。

「ようこそ、ライザ嬢」

黒髪で琥珀色の瞳を持つ美丈夫、「黒の狼」ことグレイシスはライザに礼儀正しくそう挨拶をしたあと、すぐにエルティシアの方に向かい、ソファに座る彼女の頭のてっぺんに唇を落とした。

「待たせたな」

「ううん。ライザとおしゃべりをしていたから」

エルティシアは頬を染めくすぐったそうに笑うと、顔をあげてグレイシスのキスに応える。ライザとフェリクスがいるからか、キスは触れるだけの軽いものだったが、人目をはばからずイチャイチャする新婚夫婦にライザは呆れた目を向けた。

グレイシス・ロウナー准将といえば今や知らぬ人はいないこの国の英雄だ。強い上に情に厚く、常に寡黙《かもく》で冷静なその態度は軍人の鑑《かがみ》とさえ言われている。女性のみならず男性のなかにも、彼に憧れている者は多い。それがどうだろう。屋敷に帰れば妻から離れることはなく、他人の目があろうとお構いなしに触れるのだ。グレイシスを英雄視している部下たちがこの様子を見たら卒倒《そっとう》するに違いない。

ライザがうんざりした思いで二人を見ていると、目の端に同じような呆れ顔で親友夫婦を見ているフェリクスの姿が映った。ライザの視線に気づいたフェリクスが彼女に視線を向ける。目を合わせた二人は同時に苦笑を浮かべた。どうやら考えていることは一緒らしい。

「こんにちは、ライザ嬢」

グレイシスたちのことは無視することに決めたようで、フェリクスは微笑みながらライザに近づき話しかけた。

「こんにちは、グローマン准将。お元気そうね」

ライザもソファに座ったまま、フェリクスを見上げて挨拶を返した。

相変わらず華やかな男だとライザは思う。柔らかそうな金髪に水色の瞳。鼻梁《びりょう》は細く高く、精悍《せいかん》というよりは端整な顔立ちをしている。背は高いが、一緒にいることの多いグレイシスや周囲の軍人に比べるとやや細身だ。めったに笑わないグレイシスとは対照的にいつも柔和な笑みを浮かべていて、人当たりも柔らかだ。そのせいもあって、女性によくモテていて、夜会ともなればいつも女性に囲まれている。

軍服よりも貴族の礼服の方がよほど似合うだろう。戦闘時や剣の稽古《けいこ》のときに邪魔になるだろうに、濃い金髪を長く伸ばして、一本のみつあみに結って背中に垂《た》らしていることも、短髪が多い軍人には珍しいことだった。

本当にどうして軍人なんかをやっているのだろうか。

けれど、フェリクス・グローマンは軟派な印象とは裏腹に軍人として優秀で、グレイシスと並び、先のガードナ国との戦いでグランディアを勝利に導いた英雄だ。グレイシスが武功で「黒の狼」と呼ばれるのに対して、彼はその知略で「金の狐」と呼ばれている。戦況に応じた的確な指示と戦略により不利な状況を覆して大きな損害を出すことなく国を勝利に導いたのだ。

本人は「運がよかっただけだよ」と笑うが、その功績は彼にあまり良い印象を抱いていなかったライザでさえも認めるところだ。

「隣、座っていいかい？」

ソファに座るライザの横を指差してフェリクスは訊ねる。

「ええ、どうぞ」

ライザは頷いて、少し横にズレた。こうして二人で並んで座ることもここ数か月の間で珍しくない光景になっている。グレイシスがエルティシアの横を陣取ってしまうため、必然的に残りのライザとフェリクスが一緒にいることが多くなるのだ。

「わざわざここまで訪ねてきて仕事の話ですって？　大変ね」

隣に腰をおろしたフェリクスに話しかけると、彼は苦笑を浮かべた。

「医者を送るついでだったこともあるけど、本部だとお互いに色々邪魔が入るから、二人で話すときは自宅の方が効率がいいんだ」

「准将ともなると責任ある立場ですものね」

そう答えながらライザは特に詮索《せんさく》することはしない。軍の司令本部ですればいいものを、わざわざ休暇中のグレイシスを訪ねてまでしなければならない話というのは気にはなるが、軍の仕事内容は機密だらけで、ライザが知るべきことではないからだ。

「司令本部にいると、すぐに誰かが呼びにくるからね。僕もグレイも」

フェリクスは情報局を、そしてグレイシスは複数の師団を預かる身だ。責任も重いし、部下も多い。その分だけ仕事は多岐にわたり、本部ではひっきりなしに彼らのもとに人がやってくる状態なのだという。

「次から次へと問題が持ち上がる。この国が本当に平和なら暇《ひま》なんだけどねぇ」

そう言って、フェリクスは小さなため息を漏らしながら、背中をソファの背もたれに預ける。

「早く暇になるといいわね」

「本当に」

しみじみとした声で同意するフェリクスに、ライザはくすっと笑った。

諜報員《ちょうほういん》という職はフェリクスにとって天職のようなもので、いつも精力的に動き回っている。しかもそれを本人も楽しんでいるようだ。今はこんなことを言っているが、もし本当に暇になったらきっと彼は自分から何か事件はないかと探し始めるに違いない。

そんなことが分かってしまうほど、彼とはすっかりなじみになっている。こんなに親しくなるとは、自分でも驚きだ。

親しくなる前、ライザはフェリクスが苦手だった。いや、苦手というよりはいけ好かない男だと思っていた。いつも夜会や舞踏会で女性に囲まれていて愛想《あいそ》よく応えている姿が軽薄そうに見えたからだ。それはライザに父親の姿を思い起こさせた。

社交界に出入りするようになって、たまたま別々に招待された夜会で父親と出くわすことが何度かあった。そんなとき、父親はいつも母親とは違う女性を同伴していて、たまに一人で出席するときがあっても、大勢の貴婦人たちに囲まれていた。口説き落とした相手といつの間にか姿を消していることも珍しくない。

ライザは一度だけ、父がひと気のない場所である未亡人を口説いている場面を偶然見たことがあるが、魅力的な微笑みを浮かべながら女心をくすぐるような甘い言葉を囁いていた。それは自分の妻や子どもたちに対する無関心な態度とはまるで違う父親の姿だった。

その頃はもうすでに両親の冷めた関係について達観《たっかん》していたので驚くことはなかったが、それでも父親の不貞《ふてい》の現場を見せつけられたライザが女性関係のだらしない男性に対して嫌悪感を募らせるのも無理はなかった。

だからいつも女性に囲まれていて愛想よく応じているフェリクスが父親と同類に見えてしまい、いくらエルティシアが「フェリクス様は違うわ」と言っても良い感情が持てないでいたのだ。

でもこの数か月、エルティシアが巻き込まれた事件を通して何度も話をしているうちに、ライザのフェリクスに対する印象は大きく変わっていった。

　確かに彼は女性に愛想がいい。でも父親のように女好きだからというわけではないようだ。現に女性に限らず同僚や部下たち、上官など男性に対しても実にそつなく振る舞っている。彼にとってそれは仕事の一環なのだ。

『情報というものは人からもたらされるものだ。情報を引き出すためにはまず話さないといけないだろう？　でも自分に愛想のよくない相手に情報を渡すと思うかい？　嫌な奴とは話もしたくないに決まっている』

　いつだったか、そんなことを言っていたことがある。つまり彼にとってはあの人当たりの良さすら情報を引き出すための手段なのだ。

『情報は命だよ、ライザ嬢』

　それがフェリクスの口癖だった。先の戦いのときに不利だった状況を覆せたのも、彼が敵陣の情報を的確にすばやく得ていたからこそだった。誰よりも情報というものの価値が分かっている彼にとってそれこそ命綱のようなもの。そのためならば彼はいくらでも愛想よく振る舞うだろう。

　ライザはそんな彼の姿勢は嫌いではない。自分に対する思わせぶりな態度も情報を得るためのものなのかと思うと少しむっとする気持ちや、妹のように思っているエルティシアを囮《おとり》にしたりする非情さには思うところはあるが。でもそれだけ彼が仕事に真摯に取り組んでいるということなのだろう。己のためだけに女性に調子の良いことを言うライザの父親とはまるで違うのだ。

フェリクス・グローマンという男は知れば知るほど奥の深い男性だった。

ライザは頬を寄せ合ってイチャイチャしている目の前の友人夫婦にちらりと視線を向け、二人がこちらのやり取りをまるで聞いていないことを確認すると、フェリクスに耳打ちした。

「グローマン准将。ちょっと相談したいことがあるの。このあと付き合ってもらえないかしら」

「君が僕に相談とは珍しいね」

フェリクスはくすっと笑ってそう言ったものの、快く承諾してくれた。

「シアたちには聞かれたくない話なんだね？　いいよ。ちょうど帰り道だから、ここを出たあと僕の屋敷に寄るといい」

「ありがとう。そうさせてもらうわ」

小さく頷きながらライザはどこまで彼に話したらいいものかと考えていた。

＊＊＊

「怪しげな薬入りのワインか。そんな手に引っかかるとは君らしくないね」

あの夜会で起こった出来事を聞いたフェリクスの第一声がそれだった。

確かに普段のライザだったら自分につきまとう男性が用意した飲み物など、受け取ったとしても絶対に口に含んだりしなかっただろう。でもあのときは別だった。

ライザはむっと口を尖らせる。

「仕方ないでしょう。あのときはシアが事故にあったばかりで、心配のあまり気もそぞろだったんだもの」

三か月前、エルティシアがとある令嬢の拉致場面を目撃し、逃げる途中で崖から転落して頭に大けがを負ってしまった。報《しら》せを聞いたライザはすぐさま王都に戻り、エルティシアが運び込まれたこのフェリクスの屋敷に駆けつけたが、彼女はなかなか目を覚まさず、ようやく意識を取り戻しても事故のことはおろかすべての記憶を失い、自分の名前すら分からないありさまだったのだ。

あのときはライザも混乱していた。突然親友が巻き込まれた事件の真相も、記憶を失い右も左も分からないエルティシアに夫だと偽りを告げたグレイシスの真意もまったく不明だったからだ。

そんな状況の中、招待を断り切れなかった夜会にしぶしぶ出かけることになってしまったライザがうっかり警戒を怠ってしまったのは無理からぬことだった。

「ああ、そういえば……カーティス伯爵家の夜会が催されたのは、シアが崖から転落してすぐのことだったたね」

「そうよ。シアのことがなかったら絶対にあんな失態は演じないわ」

そう言ってからライザはフェリクスの言葉にふと引っかかりを覚えた。

「あなたもあの夜会に招かれていたの？」

彼の口ぶりではあの夜会のことをよく知っているかのようだ。けれどライザの記憶ではあの夜会でフェリクスを見かけた覚えはない。見逃したということもないだろう。彼が現れたら貴族女性たちは大騒ぎしていたはずだ。

「いや。招かれていないよ」

フェリクスは首を横に振った。

「ただ、カーティス伯爵家の嫡男が逮捕された件については情報局《うち》も関わりがあるからね」

「あなたの部署が？」

「ああ。彼が所持していた不正な薬についての情報は、もともと情報局が別件を調査している中で偶然に得たものだったんだ。彼があの晩、所持していた薬を使用するつもりでいることを突き止めて、現場を押さえるために憲兵隊を向かわせたのも僕だ。……ただ、その標的に君も入っていたとはさすがに思わなかったよ。標的は、彼が最近言い寄っていた伯爵令嬢だけだと思っていたし、実際彼女にその薬が使われていたから」

「え？　あの日に？」

被害者として伯爵令嬢の名が挙げられていたのは知っていたが、同じ夜に薬を盛られていたとは思いもよらなかった。

「ああ。あの夜、その伯爵令嬢にも薬が盛られて、奴の使用人によって寝室に運び込まれていた。もともとそういう手筈《てはず》になっていたらしい。当日になって君というもっと高位の獲物に狙いを変更したようだが、保険として伯爵令嬢の方も残しておいたみたいだね。憲兵隊と僕の部下はその部屋にのこのことやってきた奴を逮捕したというわけだ」

「……だから私の名前は挙がらなかったのね」

まさかあの事件をフェリクス率いる情報局が追っているとは夢にも思わなかったし、そんな事情があるとはまったく知らなかった。だがそれを聞いて、どうして自分の名前がまったく出なかったのか分かった。他にも被害者がいて、そちらが表立って騒がれていたから陰に隠れることができたのだろう。名前が公になってしまったその女の子は気の毒だが。

「まさか一晩で二人の女性に薬を盛るほど下劣《げれつ》な奴だったとは……。そんな男相手に不覚を取ったことが悔やまれてならないわ」

ライザは唇をぐっと噛《か》み締めた。そのときだった。

「ライザ嬢、やめなさい。そんなに噛んだら、綺麗な唇に傷がつく」

向かいに座っていたフェリクスがいきなり手を伸ばし、ライザの唇に触れた。

「え？」

唇に触れる温かな感触に、一瞬何が起こったか分からずに息を止める。それから少し遅れてようやく、言われた台詞の意味や、フェリクスの指が自分の唇に触れていることに気づき、ライザは仰天した。

「なっ……！」

けれど、噛み締めていた唇が解けた途端、フェリクスは笑みを浮かべたまま手を引っ込めてしまう。おそらく噛むのをやめさせるためにわざと触れたのだろう。

「ちょっと、勝手に触らないでちょうだい！」

触れられた唇を手で覆いながら、ライザは目の前のフェリクスに抗議した。なぜか触れられた箇所が妙に疼いて仕方がなかった。

「すまない。その綺麗な唇が目の前で傷つくのに耐えられなくて、ついね」

口ではすまないと言いながらフェリクスは悪びれもせずに笑った。

「そ、そんな気障《きざ》なセリフは他の女性のために取っておきなさいよ」

「別に気取っているわけじゃなくて、本当のことだよ。ライザ嬢、君の唇は魅力的だと言われたことはない？」

「ありません！」

ライザはうっすらと頬を染めながら言い返した。フェリクスはにやりと笑う。

「君の周りの男は見る目がないね。僕としては助かるけど」

からかうためか、時々フェリクスはこんなふうにライザに対して思わせぶりなことを言ったりするのだ。それをピシャリとライザがあしらうというのがいつもの流れだが、今日は唇に触れられたことで動転し、なぜかいつものようにはいかなかった。

「そ、それより、私に協力してくれる気はあるの？」

　何度か深く息を吐いて呼吸を整えると、ライザは自分の口から手を離してフェリクスを睨《にら》みつけるように見つめた。フェリクスは一瞬だけ、ライザのふっくらとした形のよい唇に視線を落としたあと、彼女の目をじっと見返す。

「あの伯爵家の嫡男の魔の手から助けてくれたはずの恩人を探したいという話だったね」

「ええ。お礼が言いたいの」

　けれど、不意にフェリクスはその顔から笑みを消し、眉をあげた。

「あれから三か月も経って？　そんなのは君らしくないね。本当はそれだけじゃないんだろう？」

「それは……」

　ライザはフェリクスの鋭さに舌を巻いていた。

　フェリクスには薬を盛られていたことと、その薬の影響で朦朧としているときに誰かに助けてもらったことだけしか伝えていない。淫らな夢を見ることや自分が純潔ではないかもしれないことを言うのはさすがにはばかられたからだ。

　けれどフェリクスは引かない。彼にはライザがまだ隠し事をしているのが分かっているのだ。にっこりと笑ってライザに迫る。

「ライザ嬢。僕にその相手を探し出してもらいたいのなら、情報を小出しにするのは得策じゃないと思うよ？」

「……確かにそうね」

ライザはふぅと大きく息を吐いた。

「助けてもらった……とは思うのよ。でもね、全然記憶がないから、あの夜本当に自分に何事もなかったのか確信が持てないでいるというのが、探し出したい一番の理由よ」

その言葉を聞いてフェリクスはすっと目を細めた。

「……何か身体に変調でも？　そんな形跡が？」

「目が覚めたら具合が悪くてそこまでとても気が回らなかったわ。でも……下腹部に違和感があったのは確かよ」

あのあとしばらく重く痺《しび》れたような感覚が三日ほど続いた。けれど、それほど酷いわけではなかったし、あの夢を見始めるまでは怪しげな薬の影響に違いないと思い込んでいたのだ。

「奴に？　……いや、違う。もしかしたらその相手が助けてくれた男性かもしれない。君はそう思っているんだね。だから探し出して聞き出したいわけだ。あの夜に何があったのか」

「ええ」

頷いてからライザはハッとした。身体の変調を尋ねたフェリクスの真意が何だったのか今になって気づいたのだ。慌てて否定する。

「言っておくけど、妊娠したとかそういうことじゃないから！　今になって探すのは、父にあることを言われたからで！」

「あること？」

「それは……」

ライザは逡巡《しゅんじゅん》した。国王の側近が、父に伝えたライザの王妃候補の件については、内密だったからだ。けれど、これを伝えずにフェリクスに協力させることはできない気がした。

「まだ正式な話ではないのだけど……」

ライザはしぶしぶ、自分が国王の正妃候補に挙げられていることを告げた。

「なるほど。王妃候補は純潔でなければならないからね。少なくとも建前上は。そのためにはっきりさせたいというわけだね」

フェリクスは納得といわんばかりに頷いた。その口調はいつもの彼のものだったが、なぜかライザにはどことなく険が含まれているような気がした。

「他の候補者に付け入るスキを与えないように、身辺整理をすることは確かに重要だね」

「は？　身辺整理？」

思いもよらないことを言われてライザは目を瞬かせた。どうやら彼はライザの恩人を探す理由が正妃になるためだと思っているらしい。確かに王妃候補に挙げられたのを機に自分が純潔かどうか確かめたいなどと言い始めたら普通はそう考えるだろう。彼はエストワール家が王族に関わりたくないと思っていることなど知らないのだから。

「身辺整理なんかじゃないわ。私は……」

むしろその反対だ。けれど、そう続けようとしたライザの言葉は、フェリクスによって遮られた。

「でもね、ライザ嬢。わざわざ相手を探し出さずとも、君が処女かそうでないかは調べればすぐ分かることだよ。主治医に診てもらえば確実だ」

「それは……そうだけど」

フェリクスの言うとおりだ。自分の身体に起きたことを確認したいのなら、医者に調べてもらえばいい。実際、王家に嫁ぐ女性はまず王家専属の医者に純潔かどうかを確認されるのだという。

でもライザは医者のことはまるで思い浮かばなかった。どこかで曖昧にしておきたい気持ちがあったから無意識に避けていたのだろう。

「何なら僕が調べようか？」

そう言ってフェリクスは立ち上がり、ライザの目の前で跪《ひざまず》いた。

「え？」

何を言われたのかよく分からなかったライザは目を丸くし、次の瞬間仰天した。いきなりフェリクスの手がドレスの裾にかかったかと思うと、躊躇《ためら》いもなく捲《まく》り上げたからだ。

「ちょ、ちょっと……!?」

「大丈夫だ。戦場で応急処置ができるように、医療の心得もあるから。僕のことは医者だと思えばいい」

その言葉で、ライザはフェリクスが何をしようとしているのかを察し、顔を真っ赤に染めた。

何ということだろう！　フェリクスは今からライザが処女かどうか調べようとしているのだ。

――医者だと思えですって!?

「む、無理よ！」

ライザは脚を閉じてドレスのスカートを引き下ろそうとした。身内でもない男性の前で素足を晒すなどとんでもない。ましてや女性の秘めた部分を触れられるなど――。けれど、相手は優男に見えても鍛え抜かれた軍人だ。ライザの抵抗などものともせず、あっさりと細い手を片手で封じると、秘部を覆うドロワーズに手を掛ける。

「やっ……！」

「しぃ。大声を出すと誰かやってくるよ」

その言葉にハッとして口をつぐむ。確かに、人払いをしてもらっているとはいえ、大声をあげたら使用人たちは何事かと思ってやってくるだろう。こんな場面を見られでもしたら……。

躊躇《ちゅうちょ》している間にフェリクスの手はドロワーズを留めているリボンを解いていた。恐ろしく手際《てぎわ》が良い。脱がし慣れているようだ。思わず睨みつけると、ライザの視線に気づいたフェリクスはふっと笑った。

「君が今何を考えているのか分かるけど、そうじゃない。戦場で兵士たちの手当てをさんざんしてきたからね。痛みで暴れる大の男を押さえつけて服を剝《は》ぎ取るのは慣れているんだ。患部を露出させるのに必要だからね」

「い、いくらあなたに医療の心得があっても、私にはか……っ、ぁ！」

関係ないと言おうとしていたライザは、息を呑んだ。フェリクスの手がするりとドロワーズの中にもぐりこんできたからだ。

「や、やめっ……！」

差し込まれた手が両脚の付け根に伸ばされるのを感じてライザは慄《おのの》いた。

──本当に？　本当に調べるつもりなの？

「やめて、グローマン准将！」

「大丈夫。調べるだけだ。君は知りたいんだろう？」

「だからって……！」

「道具が手元にないから触診するだけ。そんなに時間はかからないよ」

フェリクスの指先がライザの女陰を覆う柔らかな茂みに到達する。ライザはびくんと身体を揺らしながら、身体が妖《あや》しくざわめき出すのを感じていた。

「だめっ……！」

大声を出しそうになり、ライザは慌てて口を引き結ぶ。

手を封じられ、その場から動けないライザはせめて腰をずらしてフェリクスの手を避けようとした。けれど、腰を浮かせた途端、フェリクスの指を奥に導く結果となってしまう。

「……ふぁ……！」

柔らかな茂みを通り過ぎ、指先が割れ目に触れる。初めてそこに感じる他者の指の感触にライザの背筋にぞくっと震えが走った。下腹部が重く痺れ、奥から何かがとろりと溢れてくる。

「あっ、うそっ……！」

なぜ今ここで濡れてしまうのだろうか。自分が信じられなくて、ライザの顔が羞恥に赤く染まる。けれど、蜜はあとからあとから染み出してくる。触れられているだけなのにまだフェリクスは指を動かしてもいないのに。

——このままじゃ……！

「っ、手を放して！」

フェリクスは、すぐにライザの淫らな反応に気づいてしまうだろう。その前に何としてでも止めなければ！　ライザは声を荒らげた。どこか切羽詰《せっぱつ》まった口調になってしまうのはどうしようもなかった。

「あなたなんかに調べてもらわなくても結構よ！　今すぐその手を放しなさいよ、このみつあみ男！」

けれど、相手はライザのそんな憎まれ口には慣れている人間だった。怯《ひる》む様子もなく、それどころか微笑みすら浮かべて言う。

「知ってる？　君に『みつあみ男』って言われるの、案外気に入っているんだってこと。大丈夫だ、そんなに時間はかからないから」

「やっ……！」

触れているだけだったフェリクスの指が意志を持って動き始める。人差し指がふっくらした花弁の縁《ふち》をすっとなぞったかと思うと、すぐに蜜口を探った。

「うっ……！」

ぞくりと背筋に何かが駆け上がる。次に羞恥のせいか、全身がかぁと熱くなった。秘められた入り口にはライザの奥から染み出した蜜がすでに溢れていて、しとどに濡れた彼の指がくちゅっと卑猥《ひわい》な粘着質の音を立てた。

「あ、いや……触らないで！」

こんなにも濡れてしまっていることを、一体彼はどう思うだろう――そう考えると消えてしまいたくなる。悔しさと恥ずかしさで視界が涙で滲んだ。

泣きそうなライザの表情を見て、何を考えているのか分かったのだろう。フェリクスは宥《なだ》めるような口調で声をかけてくる。

「気にすることはないよ、ライザ。これは防衛本能だ」

「防衛……本能？」

「そう。異物を感知して、その異物から身体を守ろうと反応しているだけ」

――そうなの？　そういうものなの？

ライザにはよく分からない。けれど、あの夢を見た直後以外でこんなふうになるのは初めてで、自分の身体が男性に対して淫らに反応してしまうのだと思うより、フェリクスの言葉を信じてしまいたくなった。

「だから気にすることはない。自然なことだし、これは君を辱《はずかし》めるためのものじゃない。単なる医療行為だ」

「医療……行為……」

涙に滲んだ目で瞬きを繰り返したあと、ライザは跪いたまま自分を見上げるフェリクスを見つめた。

ここでフェリクスがあのカーティス伯爵家の嫡男のようにイヤらしい目で見ていたら、ライザは人に知られるのを覚悟で大声をあげて彼の行為を阻止していただろう。けれど、フェリクスの目は酷く冷静で、他意があるとは思えなかった。

それどころか、その水色の瞳を見つめていると、恥ずかしさも一瞬忘れて、彼に身を委《ゆだ》ねてもいいという気になった。

「わ、分かったわ。あなたに任せるから、さっさとして」

小さな声で応じると、フェリクスはにっこり笑った。

「いい子だね、ライザ。じゃあ少しだけ我慢して。なるべく早く終わらせるから」

いつものライザだったらここで「子ども扱いしないで」と言い返すだろう。けれど、このときのライザはなぜか素直に頷いていた。

「もう少し奥を探るけど、痛いときはすぐに言って」

入り口を探っていた指がぬぷっと音を立てて埋まる。

「んぅ……！」

一瞬、違和感を覚えてライザの息がつまる。指は第一関節のところまで埋まり、そこで動きを止めた。

「痛い？」

フェリクスの問いかけにライザは戸惑いながらも首を横に振った。

「……いいえ」

それは本当のことだ。濡れていたせいか、異物感はあるが痛みはない。ただ、ざわめきにも似た何かが、指が埋まった奥の方から身体中に広がっていくようで落ち着かなかった。

「どんな感じ？」

「……どんなって……む、ムズムズするというか……そわそわするというか……」

じっとしていられず、つい腰を動かしてしまいたくなる。けれど診察されている間は動くべきではないという思いから我慢していたライザは、フェリクスの口元が弧を描いたことには気づかなかった。

「痛みがないならもう少し奥にいくよ、でないと届かないから」

何に？　と聞き返すことはできなかった。少しだけ埋まっていた指がぐっと押し込まれたからだ。

「んぁ……！」

肉の壁を太い指に擦られ、得も言われぬ感覚が押し寄せる。愉悦が背筋を駆け上がり、手足が震えた。力が抜けていき、閉じていた脚が無意識のうちにほどけていく。開いた脚の間にフェリクスがすかさず身体を押し込んで、それ以上閉じられないようにしたが、秘裂に埋まった彼の指に気をとられていたライザはそのことに意識が回らなかった。

蜜をまとった指が狭い隘路《あいろ》をゆっくりと拓いていく。おそらくライザを傷つけないようにするためだろう。その動きは慎重で、もどかしいほどだった。

やがて奥まで差し入れられたフェリクスの指が止まった。どうやらこれ以上は入れられないところまできたようだ。

「……あ……」

ドクドクと鼓動にあわせて脈打つ媚肉が、その異物の形を克明《こくめい》に伝えてくる。

――指が、入っている。他人の指が。かつては苦手だと思っていた男の指が。

ぶるっと身体が震え、その拍子にライザの胎内《たいない》がフェリクスの指を無意識に締めつけた。そのせいでますます指の形をはっきり感じてしまう。

もちろんそんなライザの反応もフェリクスは分かっているはずだ。けれど、彼は何事もなかったかのように呟いた。

「この辺りかな？　それとももう少し奥か……？」

差し入れられた指の先が何かを探るように動き始める。

「……んっ、あぁ……！」

ライザの唇から思わず声が漏れた。あの淫らな夢の中であげていたような、甘さを含んだ声だった。

「や、あ、あ、ああっ……！」

奥の壁を擦られ、快感がさざ波のように全身に広がっていく。フェリクスの指を受け入れている部分が痛いくらいに疼いていた。

「んんっ……」

折り曲げられた指先が、ある一点に触れる。その途端、びくんと腰が跳ねた。

「ああっ、ん、んん！」

甘い声が喉を突く。声を抑えようと慌てて口を引き結ぶも、噛み締めた歯の隙間《すきま》からどうしても声が漏れていく。

「あ、く……ぅん、あ、……や、あ！」

――だめ、声をあげたら人が来てしまう……！

ライザはとっさに手で口を塞《ふさ》いだ。いつの間にか手が自由になっていたことを知ったが、そのことについて何かを考える余裕はなかった。

胎内で探るように蠢《うごめ》く指が奏《かな》でる淫楽にじわじわと追い詰められていく。

熱く疼き続ける奥からトロトロと蜜が零《こぼ》れ、フェリクスが指を動かすだけでぬちゅと小さくない音を立てる。

奥まった部分の一点を蜜にまみれた指が掠《かす》めるたびにライザの内股がビクビクと引き攣《つ》った。

「んっ……。ぁ、んぅ……！」

——まだなの？　まだ終わらないの？

涙で滲んだ目をフェリクスに向けたライザは、そこで見たものに冷や水を浴びせられたような衝撃を受ける。

じわじわと快感を与え続ける官能的な指の動きとは裏腹に、フェリクスの表情は前と変わらず冷静で、その水色の瞳には何の感情も汲《く》み取れなかった。

彼の言った言葉が脳内をめまぐるしく駆け巡る。

——「医療行為」。

そうだ。彼にとってこれは性的な触れ合いではなくて、まさしく医療行為なのだ。彼にとっては患者の身体を調べているに過ぎない。ライザだけが一方的に感じているのだ。

かぁっと、恥ずかしさに全身に血がのぼった。

——こんなのは嫌……！

けれど、身体の反応も、声も抑えられない。膣壁をぐるりと撫でられ、せりあがってくる愉悦にライザは身体を大きく震わせた。

「んっ……、ふっ、んンっ、ぁあ……！」

喉の奥から、押し殺すことのできなかった嬌声《きょうせい》があがる。必死で口を塞ぎ、ソファの背もたれに頭を押し付けて、こみ上げてきた快感を何とか逃がそうとするライザの目の奥から涙が滲んで眦《まなじり》を伝わっていった。

やがて、ぬちゅっと粘着質な音を立ててライザの蜜壷からフェリクスの指が抜かれていく。

「んっ……」

息を整えていたライザはその感触にまたもや意図しない声を漏らしてしまい、悔しさと恥ずかしさから思わず両手で顔を覆った。そのため、フェリクスがライザの中に埋めていた中指に舌を這わせた場面を見なくて済んだのは幸いだったのかもしれない。

フェリクスは脱げかけていたライザのドロワーズのリボンを留め、捲れ上がっていたスカートを下ろして綺麗に整えると、床から立ち上がった。そこでようやく、顔を覆っていた手を外したライザが見たのは、いつもの飄々《ひょうひょう》とした様子のフェリクスで、つい今しがたまで未婚の女性の膣を探っていたようには見えなかった。

「残念だったね」

いつものやわらかな笑みを浮かべ、フェリクスが告げる。その言葉はライザに更なる衝撃をもたらした。

「器具で調べたわけじゃないから僕の見解に過ぎないけど、君は処女じゃないと思うよ。指を入れたとき、膣内の抵抗がほとんどなかったし、反応もいい。男を知らなければこうはならないだろう」

「……そ、う」

そうだろうと予測はしていても、いざ面と向かって言われるとどう反応していいか分からなかった。

反応の鈍いライザに、フェリクスがもう一度繰り返す。

「残念だったね、ライザ嬢。君は陛下の妃にはなれない」

「残念？」

ライザはなぜそう言われるのか理解できずにきょとんとした。これで王妃候補を辞退する確かな理由ができたのに、何が残念だというのだろう？

まじまじとフェリクスの顔を見上げたライザは、そういえば、と思い出す。まだフェリクスには、ライザも父も王族に嫁ぐのなんて望んでいないことを伝えていなかった。

――私が「彼」を探す理由も、正式に王妃候補になる前に身辺整理するためだと誤解していたのだわ。

思い出すと同時に、ライザは彼の顔に今刻まれているのは愉悦の笑みだとようやく気づくのだった。ライザが王妃候補としては不適格だというのがそんなに愉快だというのか。

カチンときたライザは、ソファから立ち上がりながらフェリクスに叩きつけるように言った。

「残念？　残念なんかじゃないわ。かえって好都合よ！　私は王妃になることなんて望んでいないし、そもそも候補に挙がるのを避けるために『恩人』を探してるんですから！」

「は？」

今度はフェリクスがきょとんとなる番だった。

「陛下の妃になるのを望んでいない？　その例の『恩人』を探すのも、候補から外れるため？」

「そうよ」

ライザは胸を張る。彼女の感情をそのまま表しているかのように、緑色の瞳には強い意志の光が宿っていた。

「エストワール侯爵家は、王族とは臣下として以外に関わるつもりはないわ。私が恩人を探しているのはお礼を言うためと、少しばかり責任を取って、しばらくの間、婚約者の役をやってもらおうと思っているからよ！」

その言葉にフェリクスの顔に困惑が浮かんだ。

「ということは、『彼』は君を助けたというのに、責任を取って婚約者の役までやらなければならないのかい？」

仮にも「恩人」なのに、少しばかり理不尽ではないのか。そうフェリクスは言いたいらしい。けれど、ライザだって切羽詰まっているのだ。なりふり構ってなどいられない。

「それほど理不尽かしら？　だって助けるためとはいえ、私の純潔を奪ったのよ？　結婚しろとは言わないのだから、少しくらい協力してもらっても罰《ばち》はあたらないと思うわ」

「……一応、念のために聞いておくけど、もしその恩人が既婚者だったらどうするんだい？」

「既婚者だったらお礼だけ言ってさようならよ。また別の手を考えるわ」

「そうか……」

呟いた直後、フェリクスはいきなり笑い出した。あまりに大きな笑い声にライザはギョッとして一歩下がりながらフェリクスを見つめる。彼はお腹を折り曲げて思いっきり笑っていた。けれど、笑うほどのことなど何一つ言ったつもりのないライザは困惑するだけだった。

「私、そんなにおかしいことを言っているかしら？」

ようやく顔をあげたフェリクスはまだ笑いを含んだ表情でライザを見つめる。

「笑ってすまない。でも、そうか、そうだよね。君はそういう人だったよ。本当に王妃になりたかったら、小細工《こざいく》などしない」

「小細工などする必要もないわよ」

口を尖らせると、フェリクスはますますおかしそうに笑う。

「知ってるかい？　君のそういうまっすぐなところと、妙に合理的なところ、けっこう気に入っているんだ」

「それは……どうもありがとう……？」

褒められているのか貶《けな》されているのか判別がつかなくて複雑な気持ちで眉を寄せていると、ようやく笑みを引っ込めたフェリクスが唐突に言った。

「いいだろう。そういうことなら協力するよ、ライザ嬢」

「え？　本当に？」

ライザは思わず身を乗り出して尋ねた。言い返そうと思っていたことが即座に頭の隅《すみ》に追いやられていく。フェリクスは頷いた。

「ああ。左翼軍はその名のとおり、このグランディア国と陛下を守る翼の一つだ。陛下の身辺に関わることなら無関係ではないからね。ただ、その代わりと言ってはなんだけど、その陛下のために協力して欲しいことがある。これは交換条件だ」

「交換条件？」

「そうだ。侯爵令嬢のためとはいえ、軍の情報局を私事のために動かすことになるのだから、相応の対価がなければね。僕に協力することでその対価を払って欲しい」

「対価……」

確かにライザの個人的な事情のために軍の情報局を使うことになるのだ。何か理由付けが必要に決まっている。

「……分かったわ。私にできることがあれば協力します」

「君ならそう言うと思っていたよ」

フェリクスはふっと表情を緩めた。けれど、すぐに真顔になる。

「これは軍の中でもごくごく一部の人間しか知らない。だから君もこれから耳にすることは決して他人には言わないでくれ。シアにはグレイの口から伝えられるから構わないと思うが。……実はつい先日、陛下の暗殺未遂事件があった」

「え!?」

ライザは思いもよらない言葉に息を呑んだ。

「いや、正確に言うと暗殺を実行するはずの当人が恐れをなして自ら告白したということだな。だから陛下に怪我はない。でもこの一件は周囲に与える影響が大きすぎるから限られた人間にしか知らされていない。なぜなら陛下に剣を向けようとした相手は右翼軍に所属する近衛隊の一員だったからだ」

「近衛隊……!」

公になったら影響が大きすぎるというフェリクスの言葉をライザは即座に理解する。そして事の重大さも。

王都の治安や国の防衛を受け持つ左翼軍に対して、右翼軍は王城の警備と王族を守る任務をもつ軍隊だ。庶民でも入隊できる左翼軍とは違い、右翼軍はその仕事の性質上、貴族の子弟だけで構成されている。その右翼軍の中でも近衛隊は直接国王の身辺を守るエリート中のエリートで、剣の腕のみならず王族に対する忠誠が厚い人間だけが選ばれるのだ。

ところが、その国王に絶対忠誠を誓ったはずの近衛隊の一員が国王に剣を向けようとした——その事実は近衛隊だけでなく右翼軍をも大いに揺るがすだろう。

「告白してきたのは三か月前に近衛隊に入隊したばかりの子爵家の次男だった。剣の腕はなかなか立つらしいが、調べたら素行の方は問題だらけでね。半年ほど前から高級娼婦に入れあげてかなりの額の借金があったようだ。取り調べではその借金を帳消しにする代わりに陛下の暗殺計画を持ち掛けられたらしい」

「誰に？」

　彼の口ぶりではその近衛隊の男は、国王の暗殺をその相手にそそのかされただけのようだ。引き受けたのは愚かとしか言いようがないが、暗殺を依頼したその相手が分かれば暗殺未遂の黒幕もおのずと分かるというもの。ライザはそう思ったが、事件はそう単純ではなかったようだ。

「ガードナ国の商人からだ。その商人はすでに姿をくらましていて、行方はようとして知れない」

「ガードナ国の……商人ですって!?」

　ガードナ国はフリーデ皇太后の出身国で、この国と数年前まで戦争をしていた国だ。両国の仲が険悪になったとき、グランディアではガードナ国の商人が商売することはおろか入国することすら禁止されて、それは今も解かれていない。つまり相手は不法入国した上に、この国で暗躍《あんやく》していたことになる。

「では、暗殺計画の首謀者《しゅぼうしゃ》は……ガードナ国の誰か？」

　ライザはきゅっと唇を引き結んだ。

　ようやく平和になったこの国に再び暗雲が立ち込めようとしている。戦争をしかけてきた当時のガードナ国王を退位させ、戦争反対派だった王太子が王位に就くことを条件にようやく結ばれたはずの平和条約もすべて無駄だったのだろうか？

　ところがフェリクスは首を横に振った。

「いや。ガードナ国の関与は間違いないと思うが、主導しているのはあちらの者ではないかもしれないんだ。ガードナ国の商人が暗殺計画だけではなくクーデター計画もあることを件《くだん》の近衛兵に仄めかしていたらしい」

「クーデター！　それはつまり……」

　ライザはさぁと青ざめる。いつになく硬い声でフェリクスはライザの懸念を肯定した。

「ああ、我々が集めた情報から考えても真の首謀者はこの国の中にいる。そいつが商人を装ったガードナ国の間者を引き入れ、陛下の命とこの国の転覆を狙っているのだと我々は見ている。そしてそれはおそらく右翼軍の中の有力者に違いない」

「右翼軍の中に……」

　王城と国王を守るはずの右翼軍の内部に国王を弑逆《しいぎゃく》してクーデターを起こそうとしている人間がいる。ライザの背筋に冷たいものが走った。と同時になぜこの件に関してフェリクスが調べているのか理解した。

「だから左翼軍の情報局が動いているのね……」

　通常ならば、国王の暗殺計画があり、その犯人が近衛隊の人間だというのなら、右翼軍の情報機関が事件の真相を調べるのが筋というものだ。けれど、素行に問題があったはずの例の兵士が近衛隊にすんなり入れたことからしても、右翼軍の情報機関はまともに機能していないのが分かる。もしかしたらクーデターの首謀者が右翼軍の情報機関をすでに掌握しているのかもしれない。

　ライザの言葉にフェリクスは頷いた。

「ああ。陛下から直々に、この件について内密に調べるよう僕に命令がくだった。けれど、情報局《うち》が動いていることをその首謀者に知られたら、いらぬ警戒を与えてしまうことになる。だから、おおっぴらには行動できなくてね。何かいい案はないかとグレイに相談しに来たというわけだ」

　なるほど、だからフェリクスは医者を連れてくるという名目で、休暇中のグレイシスを訪ねてわざわざ屋敷までやってきたのか。ライザは納得した。

「グレイは別の名目をつくったらどうかと提案してきた。僕もそれはいい案だと思ったよ。そうしたらどうだろう。その名目が僕の腕の中に自ら飛び込んできてくれたって訳だ」

　そう言うとフェリクスはライザを意味ありげに見つめた。その秀麗な顔と水色の瞳には謎めいた笑みが浮かんでいる。いつもの軽薄そうな気配は鳴りを潜め、油断ならない狡猾《こうかつ》そうな表情にライザの背筋にゾクッと震えが走った。けれどすぐにハッと身を引き締め、その目をまっすぐ見つめ返す。

「それで？　私は何を協力すればいいのかしら？」

「さすがライザ嬢。話が早い」

　フェリクスはくすっと声を出して笑った。けれどすぐに笑みを綺麗に消して真剣な眼差しでライザをじっと射貫く。

「君の恩人を探し出すというのを情報局が動く隠れ蓑《みの》にさせて欲しい。もちろんちゃんと君の恩人探しはするし、君の名前が表に出ないように細心の注意は払うつもりだ。決して君の名誉が傷つけられることはない」

「……あなたがそうするってことは分かってるわ」

……そう、彼は彼自身の名誉にかけてライザを守るだろう。そんな妙な確信があった。

「それともうひとつ協力して欲しいことがある」

「もうひとつ？」

「ああ。しばらく僕と一緒に夜会や舞踏会、茶会など貴族の催しに参加して欲しい」

「……なぜか理由を尋ねていいかしら？」

思いもかけない頼みごとをされ、ライザは眉を顰める。情報局が動く名目にライザを使いたいという提案はある程度予想できたことだ。けれど、フェリクスと一緒に貴族の催しに出席して欲しいと言われるとは思わなかった。

「君も知っているとおり、右翼軍の兵士は大部分が貴族だ。そんな彼らの情報を集めるにはそういった催しの席に出るのが一番効率がいい。右翼軍の将校たちも多く出席するし、彼ら自身もそういう席で情報を交換するからね。ただ、今までそういった催しにはあまり出なかった僕がいきなりあちこちに顔を見せて探りを入れたら、彼らはどう思う？」

「そりゃあ、警戒するでしょうね」

グレイシスもフェリクスも英雄だと騒がれたり持ち上げられることを嫌がって、できるだけ華やかな席には出ないようにしている。そんな彼がいきなりあちこちの催しに出始めたら何事かと人々は思うだろう。当然クーデターの計画をしている連中も警戒するに違いない。

「そうだ。だから彼らに警戒させることなく、僕が自然に参加する理由が欲しいんだ」

「私のエスコート役として、ね」

ちくりと刺してやるつもりで口にした言葉にフェリクスは頷いた。

「そのとおりだ。ライザ嬢、君にその理由になってもらいたい。……いや、身も蓋《ふた》もなく言ってしまえば、僕は君を利用したいんだ」

「……本当に身も蓋もないわね」

思わずライザは呆れたようなため息を漏らす。面と向かって利用させて欲しいなどと言われて喜ぶ人間がいるだろうか。

フェリクスはふっと笑った。

「もっと言葉を飾ってもいいけど、結局君は本当のことを確認しないと納得しないだろう？」

「そうね」

ライザはしぶしぶ頷く。彼の言うとおりだ。どんなに聞こえの良い言葉で取り繕われても、相手の思惑を探ってしまうだろうし、納得しなければライザは動かないだろう。親の庇護《ひご》も援助もなく貴族社会を生き抜くためには、自衛のためにそうせざるを得ないのだ。

相手の思惑を気にすることなくライザが付き合えるのは親友のエルティシアだけだ。裏表のないエルティシアの言葉だけはライザは素直に信じることができた。

「それに君は僕が利用したいと言っても怒りはしない。むしろその思惑を隠される方を嫌うだろう。違うかい？」

悔しいけどそのとおりだ。むぅと口を引き結ぶとフェリクスはくすっと笑った。

「で？　返事は？　君を利用させてもらってもいいかな？」

その問いかけにライザはそっと目を伏せ、めまぐるしく考える。彼女のその顔をフェリクスの水色の瞳がじっと見つめていた。

自分の力で恩人を見つけ出すのは不可能だ。だからフェリクスがそれが協力する条件だというなら受け入れるしかない。それに――。

心を決めたライザはまっすぐフェリクスを見返して告げた。

「分かったわ。私でよければいくらでも協力するわ」

その途端フェリクスが破顔した。

「ありがとう。その代わりといってはなんだけど、必ず君の恩人は探し出してみせるよ」

「頼りにしているわ」

そう答えながらライザはこっそり笑みを漏らす。自分が利用されると分かっていながら引き受けることにしたのは、何も恩人のことだけが理由ではない。ライザもこの状況を利用できることに気づいてしまったのだ。そう、王妃候補から外れるために。

フェリクスと二人で夜会や舞踏会に何度も出席すれば、周囲に二人の親密さを強く印象付けることになるだろう。フェリクスと関係があると見せかけることができれば、国王の側近たちはライザを王妃にはふさわしくないとみなすかもしれない。

——そうだ。一方的に利用されるだけじゃない。彼が私を利用するなら、私も彼を利用するのだ。

そう考えるとなぜか気分が高揚した。

「商談成立だね」

そう言いながらフェリクスはソファから立ち上がり、ライザに手を差し伸べる。ライザは目の前に差し出された手のひらを見つめてきょとんと目を丸くしたが、やがてにっこりと笑いながらその手に自分の手を乗せた。

フェリクスはライザの手を引いて立ち上がらせると、笑みを浮かべた。

「これからよろしく頼むね」

「こちらこそ……」

言いかけたライザは、次の瞬間ぎょっとした。フェリクスが突然頭を下げ、手の甲にキスをしてきたからだ。温かいものが押し付けられる感触にライザの頬が一気に染まった。

「ちょっ……！」

フェリクスはすぐに唇を離すと水色の目を煌めかせながら囁いた。

「これで僕らは共犯者だよ、ライザ嬢」

ぞくりと背筋を何かが駆け上がっていく。

「そ、そうね」

慌ててフェリクスから手を引き抜き、なんでもないふうを装ったものの、ライザは頬がますます赤く染まっていくのが分かった。

男性が女性の手の甲にキスをする。それは社交界では当たり前の挨拶だ。ライザだって今まで色々な男性から受けてきた。フェリクスにだってエルティシアに紹介されて初めて顔を合わせたときにキスされたはずだ。それなのになぜ今はこんなに恥ずかしいのだろうか。

そこでふと、手の甲にキスどころか、誰にも……侍女にすら触れさせたことも見せたこともない部分を、男であるフェリクスに触れられたこと、処女ではないこと、自分の身体が淫らに反応してしまうことも暴かれてしまったことを思い出して気分は急低下した。

つい国王の暗殺計画やクーデターの話に気がいってしまって頭の隅に追いやられていたけれど……。

正直に言えば、自分がすでに純潔を失っていることよりも、平然とした顔のフェリクスに触れられ、反応して声をあげてしまったことの方が衝撃だった。

今もズクズクと疼く下腹部のことをなるべく考えないようにしながらライザは忌々しそうに目の前の男を睨みつける。

――あんなことを許してしまうなんてどうかしていたんだわ！

おかげでフェリクスにとんだ弱みを握られてしまった。

三か月前に薬を盛られてしまったこと。そのことが原因で顔すら覚えていない相手に純潔を奪われてしまったこと。

それらは貴族女性であるライザにとっては身を滅ぼしかねないほど重大な秘密だ。

彼の手助けを得るためには、正直に話をしなければならなかったとはいえ、一方的に秘密を握られたこの状況はライザにとっては大いに不満だった。こういうのは五分五分でないと。

「ライザ嬢、商談成立の祝いにワインでも飲むかい？」

言いながらフェリクスは扉に向かおうと踵を返す。ライザは目の前で揺れる金色のみつあみに思わず手を伸ばしていた。

「うわっ……！」

席を離れかけたフェリクスはいきなり髪を引っ張られ、ガクッと後ろにのけ反った。

「痛っ！　酷いな、いきなり引っ張るなんて」

顔を顰めて振り返ったフェリクスにライザは髪を握り締めたまま口を尖らせる。

「考えてみれば私ばかり弱みを知られて何だか不公平だわ。共犯者だというのなら、あなたも私に何か秘密を一つか二つ教えてくれてもいいんじゃないしら？」

「は？　秘密？」

目を見開いているところを見ると、ライザの提案はこの抜け目のない男を心底驚かせたようだ。それをどこか小気味よく思いながら続ける。

「ワインを飲み交わすことより、それで商談成立としましょう」

それからライザはわざとらしく眉をあげてみせた。

「ちなみにさっきまた誰にも知られたくない秘密が増えたわよ。あなたにそそのかされて本来なら夫以外に見せてはいけない場所を触れさせてしまったわ。これが他の人に知られたらどうなると思うの？」

「……エストワール侯爵が『責任取って娘と結婚しろ』と怒鳴《どな》り込んでくるのかい？」

「あの人がそんなことするはずないわ。怒鳴り込んでくるのはシアよ」

指摘すると、フェリクスは苦笑しながら同意した。

「君たちは仲がいいものな。確かに、シアに知られたら僕のところに問いただしに来そうだ。君も前にグレイのところにシアのことで怒鳴り込んでいたし」

忘れて欲しい過去のことを持ち出されてライザはむっとする。

「あのときのことはもういいわ。それより何かないの？　言っておくけどロウナー准将のことはあなたの秘密ではなくて彼の秘密ですからね。数に入らないわよ」

「秘密ねぇ……」

フェリクスはしばらく考えたあと、何か思いついたようにぽんと手を打った。

「ああ、これはどうかな？　僕は公には二十八歳ってことになっているけど、二十九歳なんだ。グレイより一歳年上なんだよね、本当は」

「は？」

予想外のことを言われてライザの目が丸くなる。

「歳《とし》？　二十九歳？」

「ああ。僕の母――グローマン伯爵夫人は領地にある本宅で僕を生んだあと体調を酷く崩してね。生まれた僕も病弱で何度も死の縁をさ迷ってたんだ。だから出産の届け出どころじゃなくて。一年ぐらい経ってようやく母子共に容態が安定してきたから国に第二子の誕生を届け出たんだが、そのときにどういうわけか生まれた年ではなくて届け出た年で登録されてしまったんだそうだ」

貴族の名簿を管理するのは内務省の管轄《かんかつ》だ。あってはならないことだが、たまたま受け付ける人間がいい加減な仕事をしたからそんな間違いが生じたのだろう。

今でこそ国王のもと、きちんと統制の取れた仕事をしているが、フェリクスが生まれたあたりはもうすでにフリーデ皇太后と前宰相がこの国の内政を牛耳り始めていて、内務省の現場もかなり混乱していたと聞くからそのせいかもしれない。

「分かったときに訂正すればよかったのに」

「病弱で身体が小さかったからね。同じ年の子どもと並んで体格の差は歴然《れきぜん》としていたようで、それならば一年下と称した方が僕のためによかろうと両親は考えたらしい。だから本来は一歳年上なんだけど、公には二十八歳ということになっている。こんな秘密でどうかな？」

「それは交換条件にふさわしい秘密とは言えないのではなくて？　そのことが知られたからと言って、特にあなたに不利になるとは思えないもの」

フェリクスが今より一歳上だったことがたとえ公になったとしても、今さらだ。みんな今のライザのように「ああ、そう」で済んでしまうだろう。

「何も仕事上の秘密を教えろというわけじゃないの。普段隠していることでも……」

そこでライザの視線は自分の手がしっかり握っているみつあみに注がれた。

「そうだ、これならどう？　どうしてあなたは髪を伸ばしているのか。その本当の理由を教えてくれればいいわ」

なぜ髪を切らないのか、ライザは出会ったときからずっと疑問に思っていた。日常生活でみつあみに結っているのは作業に邪魔だと感じているからに違いない。だったらなぜ彼はあの髪をいっそばっさり切ってしまわないのか？

「髪を伸ばしている理由？」

面食らったような表情になるフェリクスにライザは頷いた。

「そう。言っておくけど、いつだったか、あなたが女性に同じ質問をされたときに答えていた『似合っているから』なんて言葉では誤魔化されませんからね」

以前どこかの夜会で、フェリクスが女性たちに囲まれてそんな質問を受けているときに通りかかったことがあったのだ。そのとき彼はにっこり笑って自分のみつあみを指し示し、

『僕に似合っていると思わないかい?』などと言っていた。そのときはいかにも彼らしい気障な受け答えに鼻で笑ってしまったのだが、よく考えてみれば彼は正確に質問に答えてはいないのだ。

「髪を伸ばしているのは何か特別な理由があるから。ではなくて?」

「理由は……あるといえばある、かな?」

フェリクスは苦笑し、ライザの手から髪を外すと、自分でそのみつあみに触れた。

「これは軍に入ってすぐ、願掛けのために伸ばし始めたんだ。ある望みが叶《かな》うまでは切らないと誓って。……思っていたより長くなってしまったな」

最後の言葉はどこか自嘲するような響きを帯びていた。

「……その願い、まだ叶っていないのね?」

叶うまでは切らないというのだから、そうなのだろう。ところがフェリクスは曖昧《あいまい》に笑った。

「色々複雑なんだ」

フェリクスはそう言って自分のみつあみを手にとって見つめた。

彼が軍に入ってからというと十年以上も前から何か望みを抱えていたということになる。それも髪を切らないで伸ばし続けるほどの「望み」だ。彼にとって小さなものではないだろう。

「……その叶えたい願いというのは?」

期待を持って訊ねた言葉に、フェリクスはにっこり笑って首を振った。

「それは内緒」

「ええ？　そこまで言っておきながら内緒なの？」

むぅと口を尖らせたライザにフェリクスはクスクスと笑った。

「願掛けのために髪を伸ばしていることを言ったのはグレイの他には君だけだ。十分秘密を教えてると思うよ。願いの部分は……いつか言えるときがくると思う。そのときになったら必ず君に伝えよう。それじゃダメかい？」

ライザは少しだけ考えてから頷いた。

「分かったわ」

もとよりフェリクスが本気で隠したいものを無理やり聞き出す気はなかった。それに、ライザだってすべてのことを彼に伝えているわけではない。時々見る淫らな夢のことは絶対に言わないつもりだ。

「だったらこれで商談成立かい？」

「ええ」

ライザはすました顔で頷くと、フェリクスはにやりと笑って再び手を差し出した。

「さて、それでは具体的に話を詰めていこうか、ライザ」

初めて名前を呼び捨てにされてびっくりしたライザだったが、すぐに納得する。これから特別な関係を装うのだから「ライザ嬢」「グローマン准将」という呼び方ではよそよそしすぎて誰の目も誤魔化せない。そういうことだろう。

フェリクスと同じような笑みを浮かべ、ライザはその手に自分の手を乗せた。

「ええ。そうね、フェリクス。よろしくお願いするわ」

第二章　仮初めのパートナー

二人揃って扉をくぐった途端、周囲にざわめきが走った。

先の戦いの英雄であるフェリクス・グローマン准将は、夜会で女性に話しかけられればにこやかに応じるが、今まで一度も女性を伴ってきたことはない。またライザ・エストワール侯爵令嬢も、兄以外の男性と一緒に来たことはなかった。そんな二人が親しそうに笑みを交わしながら登場したのだ。驚くのも無理からぬことだった。

驚きや好奇の視線が四方から注がれる中、ライザはフェリクスに手を取られて大勢の人たちが集まる夜会のホールにゆっくりと進んだ。

「視線が痛いわ」

微笑を崩さずにライザが呟くと、フェリクスも笑みを浮かべたまま小さな声で応じる。

「最初のうちだけだよ。それより、その水色のドレスは君にとてもよく似合っているね。男どもの視線が痛いのは君があまりに美しいせいだと思うよ」

「ありがとう。あなたも軍の盛装姿がとても似合っていて素敵よ。令嬢たちの嫉妬《しっと》の視線が突き刺さるようだわ」

周囲には聞こえないくらいの小さな声で軽口を叩き合いながら進む先には、この夜会の主催者である壮年の貴族がいた。彼は近づいてくる二人を含みのある笑顔で迎えた。

「グローマン准将！　よく来てくれた。まさかエストワール侯爵家の令嬢の付き添いとして君が一緒にくるとは思わなかったぞ」

「お久しぶりです、大将殿。ライザ嬢のような美しい方とご一緒できて光栄ですよ」

フェリクスが愛想よく応じる。彼が大将と言ったように夜会の主催者も軍人だ。けれどフェリクスが所属する左翼軍ではなく右翼軍に所属している。そのため今日の夜会には右翼軍の幹部たちも大勢出席していた。彼らを調べたいフェリクスにとっては絶好の機会なのだ。

ライザはにっこりと艶《あで》やかな笑みを浮かべて挨拶をした。

「お招きありがとうございます、伯爵様。私の方こそフェリクス様のような素敵な方とご一緒できて光栄ですわ」

伯爵という身分をもつ主催者の交友関係は広く、軍関係以外の貴族も大勢招かれていた。当然エストワール家にも招待状は届いていたが、ライザはよほど親しい間柄の貴族の招待しか受けないため、今回のこの夜会も丁重《ていちょう》に断ろうと思っていたのだ。ところがフェリクスがいい機会だからと、自分を同伴者《パートナー》にして出席するように要請してきたのだった。

協力するといった手前、断ることはできないと最初はしぶしぶその求めに応じたライザだったが、支度をしているうちにどんどん面白がる気持ちが湧いてきて、俄然《がぜん》楽しみになってきていた。

フェリクスに憧れている女性は多い。ライザの顔見知りにも彼に憧れている令嬢たちが何人かいる。きっと今夜も招待されていて、よりよい結婚相手を探すために出席しているに違いない。彼女たちはフェリクスのパートナーとして現れたライザを見てどう思うだろうか。

――せいぜい羨《うらや》ましがらせてやろう。

そんな思いからライザは今日の夜会には水色のドレスを身につけていた。

濃い褐色の髪に目鼻立ちのはっきりした顔立ちのライザは、甘い容姿を持つエルティシアと違い、白やピンクなどの淡い色合いのドレスはあまり似合わない。服が負けてしまうのだ。だから濃い色合いのドレスを身にまとうことが多く、この夜も深緑のドレスを着るつもりだった。ところが当日になってふと悪戯心《いたずらごころ》が湧いてライザが手に取ったのは、水色のハイウエストのドレスだった。生地と色合いが気に入ってつい誂《あつら》えてしまったドレスだが、まだ一度も袖を通したことがなかった。

そのドレスをライザが今晩着ることにしたのは、フェリクスの瞳と同じ色だと気づいたからだ。

最近、この国の貴族の間では、婚約者や特別な関係にある相手の瞳や髪の色と同じものを身につけることが流行っていた。それはドレスの色だったり、身につける宝石だったり、手にしている扇子の色だったりとさまざまで、周囲に親密な間柄であることを印象付けるのにとても効果的な方法だった。きっとこのドレスの色を見て周囲は勝手に色々と勘ぐってくれるだろう。

もうすでにその効果は出ているようだ。主催者と世間話をしているフェリクスの横で会話を聞き流しながらライザはほくそ笑む。

二人が夜会の会場に入ったとき、ざわめきの中に「まぁ、あのドレスの色！」「ドレスの色、ご覧になった？」「まさか、あの二人はもう？」という声が交じっていたからだ。

ちなみにライザを迎えに来たフェリクスは彼女のドレスを一目見るなりにやりと笑って、軍の盛装服の首元を飾る円形のブローチを指し示した。そこにはライザの瞳の色と同じ鮮やかな緑色の宝石が嵌《は》め込まれていた。

どうやら考えていたことは同じだったらしい。二人は顔を見合わせ笑い合ったあと、この戦いの場に臨んだ。彼の言うとおり共犯者として。

主催者と話をしたあと、ライザとフェリクスは連れ立って会場のあちこちを巡った。二人がパートナーであることを印象付けるためだ。

「やっぱり君が一緒でよかったよ」

しばらくして、ワインのグラスを片手に人の少ない壁際の方に落ち着いたあと、急にフェリクスが口を開いた。

「え？」

「いつもと違って囲まれることがないから、仕事がとてもしやすい」

言いながらフェリクスはちらりと視線を動かしてみせる。その視線の先を追ったライザは、令嬢や貴婦人たちがこちらを悔しそうに窺っているのを見て納得した。こういった席ではいつもフェリクスにつきまとっていた女性たちだ。けれど今はライザがいるからか、こちらの様子をちらちらと窺いつつも距離を保って近づいてこなかった。

「もしかして、私を連れ歩くのは女避《おんなよ》けのためでもあるのかしら？」

ライザはワインを口に運びながら眉をあげた。失念していたが、少し考えれば分かることだ。フェリクスが調査したいのは右翼軍の幹部とその周辺だ。けれどいつもの調子で女性に囲まれていたら調査対象に近づくこともできずにまったく仕事にならないだろう。ところがライザをパートナーに据《す》えて連れ歩けば、侯爵令嬢である彼女に遠慮して他の女性たちは近づかない。だからこそライザをこうして連れて盾にしている……そう思うのは穿ち過ぎだろうか？

「そうなればいいなとは思っていたよ」

悪びれもなくそう答えたフェリクスに、ライザは鼻を鳴らした。やっぱりそうだったのか。彼にとってライザは二重にも三重にも利用できる相手で、しかも最大限に使うつもりなのだ。

「本当に抜け目ないわね」

「気を悪くしたかい？」

しばし考えたのち、ライザは首を横に振った。

「いいえ。別に」

不思議なことに、腹立たしく思うより先にここまでくると妙に感心してしまう。

それはたぶん、お互い様だからだろう。

フェリクスはライザを利用し、ライザもまた彼を利用する。そう言うとなにやら殺伐《さつばつ》とした感じを受けてしまうが、実際は二人の間には気安さと妙な連帯感みたいなものがあって、仕方ないわねで許せてしまう。でもそれはライザだけではないだろう。きっとフェリクスもライザがこの状況を利用するつもりだと知っても怒らない。そんな確信があった。

「ああ、そういえば伝え忘れていた」

突然、思い出したかのようにフェリクスが言った。

「カーティス伯爵家で行われたあの夜会の招待客名簿が手に入ったんだ。ただ、当日欠席した人もいるから、その辺りのことを改めて精査してから、君に渡そうと思っている」

「早いわね」

ライザは目を丸くした。

二人が協力関係を結んだのはたった一週間前のことだ。それなのにもう内部の書類を手に入れるとは。今カーティス伯爵家は嫡男の逮捕の影響で色々とゴタゴタの最中だと聞いている。そんな混乱の中、よくこの短期間で手に入ったと思う。

……もしや何か取引でもあったのだろうか？

ライザに薬を盛ったあの男は憲兵隊に逮捕され、牢獄の中で今は裁判を待っている身だ。もしフェリクスが伯爵家と取引でもしてリストを手に入れたのだったら、減罰されて仮釈放ということだって……。

けれどライザの懸念をフェリクスはあっさり払拭《ふっしょく》する。

「逮捕後にあの屋敷の中をくまなく捜索して、証拠になりそうなものや関連してそうな書類もすべて押収していたからね。あの晩のリストもその中にあった」

「そう。それなら……」

「珍しく、貴殿が女性を伴ってきたと聞いたのだが」

よかったと続けようとしたライザの声が途切れる。二人は話を中断し、声の主の方を振り向いた。

カツカツと足音も高く盛装に身をつつんだ軍人らしき男が二人、こちらに向かってくる。片方は褐色の髪を後ろに撫で付けた中年の男性で、彼より一歩遅れてやってくる男性はもう少し若いようだ。二人の盛装のデザインはフェリクスやグレイシスたちのとは少し違っているところを見ると、右翼軍に所属する軍人なのだろう。

ライザたちの前にやってくると、中年の男性は卑《いや》しそうな笑みを浮かべた。ヘビのような笑いだ、とライザは思う。

「侯爵家のご令嬢か。さすが英雄殿が連れ歩く女性はレベルが違いますなぁ」

嫌みたらしいその口調にライザは眉をあげた。目の前の中年の軍人がフェリクスに良い感情を抱いていないのは明らかだった。けれどフェリクスは慣れているのだろう。にこやかに応じる。

「これはカールトン中将殿。あなたもいらしていたのですか」

「主催者は我が右翼軍の大将閣下。その部下が出席するのは当然のことだ」

カールトン中将と呼ばれた男は胸を張って偉そうにそう言ったあと、フェリクスにまたもや嫌みたらしい笑顔を向ける。

「貴殿は左翼軍ではあるが、先の戦いの英雄。我ら軍人の誉《ほま》れ。その貴殿に参加していただけるとはさぞや箔《はく》がつくことだろう。いや、さすが」

「ガードナ国との戦争に勝利できたのは僕だけの力ではありませんよ。たまたま目立っていたというだけのこと。皆が英雄です」

「いやいや、謙遜めされるな。我々が王や国民を守っている間に、よくぞ敵を撃退してくださった。まぁ、それが左翼軍の存在意義なわけだがな」

——何なの、この男は。

ライザはだんだん不快になってきた。へりくだったものの言い方をしているがその実悪意に溢れている。フェリクスは何でもないこととして流そうとしているが、聞いているライザの方がどうにも我慢できなくなってきた。前線で戦っていたのはフェリクスたち左翼軍だ。右翼軍など国王を守るためと称して一歩も王城から出なかったくせに！

ぐっと奥歯を噛み締めると、一言いってやろうとライザは一歩前に出て口を開きかけた。けれど声になる前に、今まで黙ってカールトン中将の後ろに控《ひか》えていた若い軍人が声をかける。

「中将殿。あそこに近衛隊の隊長がおられます。まだ今日はご挨拶していなかったでしょう」

「おお、そうだったな」

カールトン中将は青年の示す方を見て頷くと、フェリクスに鷹揚《おうよう》に告げた。

「それでは失礼する。貴殿も楽しんでいかれよ」

それから近衛隊の隊長らしき壮年の軍人の方にそそくさと向かっていった。けれど、上官が行ってしまったというのに、もう一人の若い軍人はその場に残っている。まだ何かあるのかとライザが眉を顰めていると、若い軍人はカールトン中将が十分離れたのを待ってフェリクスに向かって頭を下げた。

「グローマン准将殿。カールトン中将殿の失礼な物言い、まことに申し訳ありません」

どうやらあの中将のことを謝りたくて残っていたらしい。

フェリクスは苦笑して首を振った。

「いいえ、気にしておりませんので頭をあげてください、アルスター准将殿」

「はい。ご配慮ありがとうございます」

そう言って若い軍人は顔をあげた。年の頃はフェリクスより少し上だろうか。背は高く濃い灰色の髪をしていた。フェリクスに向ける黒い目は穏やかで、侮蔑も敵意もないようだ。カールトン中将の失礼な態度のあとだけに、その礼儀正しい態度にライザは好感を持った。准将というから階級こそフェリクスと同じだが、武功をあげにくい右翼軍にあってその若さで准将の位にあるということは、かなり優秀なのだろう。

「中将殿はグローマン准将殿と同じ情報局を預かる身として比べられることも多く、屈折した思いを抱いているのです」

若い軍人――アルスター准将は苦笑を浮かべて続けた。

「グローマン准将殿は先の戦いの英雄というだけでなく、つい数か月前に起きた人身売買の事件でもめざましい活躍をなさっておられる。それに比べて右翼軍の方はパッとしないと陰で言われているものですから」

「左翼軍と右翼軍では役割が違う。比べるものでもないはずなんですがね」

「そうなんですが、カールトン中将殿はああいう方ですから……」

言葉を濁《にご》したアルスター准将にフェリクスは同情の視線を向けた。

「君も苦労するね、アルスター准将殿」

「これも仕事ですから」

さらっと答えたあと、アルスター准将はカールトン中将が向かった方に視線を向け、それからフェリクスに向き直った。

「それでは私はこれで失礼します。カールトン中将殿についていないといけませんので」

　そう言って、アルスター准将はフェリクスにまた頭を下げ、それからライザにちらりと視線を向けて同じように頭を下げると、カールトン中将が向かった方に歩いて行った。

　その背中をしばらく見送ったライザは、彼の姿が人ごみに消えるのと同時にフェリクスに訊ねた。

「あの人たちは一体……？」

「嫌みを言ってきたのがクレメイン・カールトン中将。カールトン伯爵の弟で右翼軍の情報統制部の責任者だ。そして今の彼がディレード・アルスター准将。アルスター子爵でもあったかな？　カールトン中将の副官をしている」

「情報統制部。なるほどねぇ」

　ライザは呟く。情報統制部は左翼軍でいえば情報局の機関に相当する。ただし、規模が大きく仕事も多岐にわたる左翼軍の情報部に所属するフェリクスの華々しい活躍が伝えられる一方で、小さな規模の右翼軍の情報統制部はパッとしない。虚栄心の強そうなカールトン中将が、同じく情報を扱う部署の責任者としてフェリクスに敵愾心《てきがいしん》を抱くのも無理はない。

「あの男が長官ならうまく組織が機能していないのも分かるというものだわ」

　ああいうタイプは私情で周囲を振り回し、そのくせ他人の意見には耳を貸さない。相手が自分より地位の低いものなら尚更だろう。彼の下につくものは苦労しているはずだ。だからこそ素行調査一つ満足にできずに近衛隊に不適格な人材を配置するのを許してしまったに違いない。

「クーデターや国王の暗殺をもくろんでいる連中にとってはまったく脅威にはならないでしょうね」

　本来だったら右翼軍内部の怪しい動きには情報統制部がいち早く気づいて調査して対処しているはずだ。それがあの長官に振り回されているからまるで仕事にならないのだろう。

「おまけに彼自身が容疑者のうちの一人だ」

「え？」

「例のガードナ国の商人が彼の家に出入りしていたという証言が出ている」

「……最悪ね」

　ライザは思わず漏れそうになった悪態をぐっと堪えてため息を吐いた。

　反体制派を調査する機関の長官がクーデターや暗殺に一枚嚙んでいるとしたら……。国王が右翼軍ではなく信頼できるフェリクスに調査を命じるわけだ。

「局長」

　そのとき、軍服ではなく貴族たちが着るような盛装姿の男性が音もなくすっと現れた。フェリクスに「局長」と呼びかけているところを見ると彼の部下のうちの一人だろう。

　フェリクスは彼に頷いてからライザの方を向いた。

「彼と話をしてくる。少し離れるけど構わないかい？」

「もちろん構わないわ。いってらっしゃい」

おそらく部下から報告でも聞くのだろう。フェリクスの仕事の邪魔をする気はもうとうないので、ライザは快く応じて彼を送り出す。

ところが彼と入れ替わるようにして、二人の女性がライザのいる壁際に向かってくるのが見えて彼女は眉を寄せた。どうやらライザたちの様子をずっと窺っていて、フェリクスが離れるのを待っていたのだろう。

見覚えのある二人にライザの口元が歪んだ。けれど彼女たちがライザの目の前に来たときにはその笑みはすっかり消え去り、代わりに浮かんでいるのは取ってつけたようなよそよそしい笑みだった。

この二人を友人だと思っていたこともあった。けれど今は「顔見知り」程度の間柄だ。

「あら、二人ともごきげんよう」

「ライザ！」

「ねぇ、ライザ。フェリクス様と一緒に来たというのは本当なの？」

挨拶もそこそこにライザに尋ねる。フェリクスに憧れている二人はそれが聞きたかったらしい。

「ええ。ご一緒させていただいたわ」

ライザはにっこり笑った。

「最近貴族令嬢の連続拉致事件があったりして物騒でしょう？　だからシアが……あなた方もよく知っているエルティシアが知己《ちき》のフェリクス様に私のエスコートを頼んでくだ

さったの。彼女、グリーンフィールド将軍の姪でフェリクス様やグレイシス様たちとは幼い頃から親しい間柄だったから」

　エルティシアの名前を聞いた途端二人はばつの悪い顔になった。ライザは艶やかな笑みを浮かべたまま構わず続ける。

「そうそう。エルティシアの結婚のことはもうご存じでしょう？　英雄であるグレイシス・ロウナー准将とつい先日結婚したのよ。式にも招いてもらって出席したのだけれど、それは豪華な顔ぶれだったわ」

　エルティシアとグレイシスの結婚式は大々的ではなかったが、軍の上層部、将軍と知己の間柄にある大臣など錚々《そうそう》たるメンバーが揃っていた。しかも公式ではないにしろ国王イライアス自らも出席していたのだ。

「グローマン准将をはじめ、独身の青年幹部もシアたちを祝福するために出席されていてとても壮観だったわ」

　二人はライザの言葉を聞いて羨ましそうな顔をする。

　――軍属の独身貴族や高位の大臣たちに顔を売るチャンスだったろうけど、残念ね。シアの友人をやめたあなた方にその権利はないわ。

　ライザは口元に冷たい笑みを浮かべた。

　彼女たちとは同じ日に社交界デビューをしたことがきっかけで知り合った仲だ。年も身分もさほど差がないことからすぐに仲良くなり、エルティシアと四人でよく芝居を見に行ったりお茶会に出席したりしていた。

ところがエルティシアの実家であるグリーンフィールド伯爵家の経済状態が思わしくないことが広まると、彼女たちは態度を一転させたのだ。

『ごめんなさい。両親にあなたと親しくするなと言われたの。だから悪いけどこれからは声をかけないでちょうだいね？』

『没落寸前のおうちと付き合いがあると知れたら、縁談にも影響があるそうなの。だからごめんなさい』

二人はそう言ってエルティシアから離れていった。

『仕方ないわ、私と付き合っても何の得もないんですもの』

憤るライザをエルティシアはそう言って宥めたけれど、彼女がとても傷ついていたのは明らかだった。

あのときのことをライザは未だに腹を立てているし、許してはいない。

貴族の令嬢が親の意向に逆らうことは難しい。それは理解できなくはないが、本人に面と向かって縁切りを宣言する必要がどこにあっただろうか。親から放任されているライザは交流関係についてあれこれ言われることはない。けれどたとえ言われたとしても従わなかっただろう。だから、平然とエルティシアを切り捨てる二人を見てライザは親に言われて仕方なくではなく、エルティシアに価値なしとみなして自らの意思で縁を切ったのだと分かった。

あのときからライザにとって二人は友人ではなくなったのだ。

彼女たちは未だにライザを友だちと呼ぶが、それはライザが侯爵令嬢だからだろう。万一エストワール家が没落したら、その途端平気で背を向けるに違いない。それが貴族の付き合いだと二人は言うかもしれないが、ライザに言わせれば、そんなものは友人でもなんでもない。

ライザはわざとうっとりとした表情で言った。

「今夜も英雄であるグローマン准将にエスコートしていただけるなんて。本当にエルティシアの友だちでいてよかったわ」

彼女たちは今内心では地団駄を踏んでいるだろう。縁を切らなければライザのようにエルティシアの恩恵を受けられたのにと。でも自業自得だ。

「ライザ、お待たせ」

不意に声がして、ライザの隣にすっとフェリクスが並んだ。

「ま、まぁ、フェリクス様！」

「ご、ごきげんよう、フェリクス様！」

途端に二人は色めき立つ。ところがフェリクスは二人を無視して、ライザの腰に腕を回して囁いた。

「一人にしてすまない。今夜はずっと一緒にいる約束だったのに」

腰を引き寄せられた上に甘い声で突然言われて、ライザは仰天した。が、すぐにフェリクスがわざとやっていることに気づき、調子を合わせる。

「いいえ、フェリクス。寂しかったけれど、これから一緒にいてくだされればいいわ」

「約束するよ」

フェリクスはくすっと笑うと、今気づいたように彼女たちの方を見た。

「おや、君たちは確か……」

「あ、私たち、ライザの友人です」

「そうです、私たちは社交界デビュー当時からライザの」

身を乗り出して売り込もうと意気込む彼女たちの言葉に重ねるようにフェリクスは続けた。

「確か、シアの友人だったご令嬢たちだね」

明らかな過去形で述べられた言葉に、二人は青ざめて固まった。ライザはおや、と眉をあげる。

――シアがこの二人から縁を切られたこと、知っていたのね。

でもエルティシアがそんなことを自分から打ち明けるとは思えないから、フェリクスが彼女の様子に気づいて調べたのだろう。

「シアは僕の妹同然だし、将軍をはじめ左翼軍の重鎮たちには娘同然に可愛がられていてね。そのシアに同年代の友だちができたことをみんなで喜んでいたんだが……君たちが友人でなくなったのはとても残念だったよ」

「あの、その……」

「だけどライザは変わらず友人として傍にいてくれるし、今は夫となったグレイが……ロウナー准将がシアを愛して守ってくれるから、まぁ、もう必要ないかな」

憧れている男性から笑顔でばっさりと切り捨てられて愕然《がくぜん》としている二人を見て、ライザは少しだけ気の毒に思った。彼女たちにはかなりショックな出来事だろう。けれどそれも自業自得だ。

フェリクスは自分の言葉が二人に与えた衝撃を十分に堪能してからライザに向かって甘い笑みを向けた。

「さぁ、ライザ。ダンスをする約束だよ」

当然そんな約束などしていないが、ライザはその芝居に合わせて嬉しそうに笑ってみせた。

「もちろん覚えているわ。今夜踊るのは私とだけにしてもらいたいのだけど……？」

「もとよりそのつもりだよ」

ライザはフェリクスと笑みを交わすと、顔色がすぐれないかつての友人たちに視線を向けてにこやかに告げた。

「ごきげんよう、二人とも」

「僕たちはこれで失礼するよ」

言葉が出ない様子の二人を残してその場から離れ、やがて彼女たちの視線が届かない場所まで来ると、ライザはフェリクスを見上げた。

「シアがあの二人から経済状況を理由に縁を切られたこと、知っていたのね？」

「ああ、一時期、シアが酷く落ち込んでいたことがあったから、調べてみたんだ。そうしたらあの二人に行き当たった」

そこまで言ってフェリクスは急にくすっと笑った。

「あのときは可愛い妹分が傷つけられて僕も腹を立てたけど、それ以上にグレイの怒りが凄まじくてね。あいつ、当時はシアを避けていて、自分こそが悲しませていたくせに、他人が彼女を傷つけるのはどうにも我慢できなかったらしい。あの二人の親のところに抗議に出向こうとしていたから、慌てて止めたよ。正直に言えば、そんなことを臆面《おくめん》なく言う『友人』とは縁が切れた方がいいと思ったからね」

「まぁ、そうね」

その意見にはライザも同感だ。英雄であるグレイシスが抗議すればあの二人は彼におもねって態度を変えたかもしれないが、そんな「友人」など願い下げだ。

「でもシアに酷いことをされて、そのまま放免にするのはこちらの気が収まらなかったから、当時まとまりかけていた縁談をいくつか壊させてもらったよ」

「え!?」

驚くライザにフェリクスはニヤッと笑った。

「彼女たちの家に結婚を申し入れた相手の耳にそれとなく、彼女たちにとって少し不都合な噂をちょっとだけ流したんだ。それを聞いて相手はさっさと手を引いたようだ」

「あらら。お気の毒様」

少しも気の毒に思っていない口調でライザは言った。けれどこれで、そこそこ身分もよく、持参金も多い彼女たちが未だに婚約の一つもできない理由が分かるというものだ。

「でも噂を信じてすぐ手を引くような相手と結婚しないで済んだのですもの。結果的にはよかったのよ」

「僕もそう思うよ。だから悪いことをしたとは思ってないね」

フェリクスは悪びれもなく言いながらライザを導いていく。相変わらず腰に手は回ったままだ。

「あら、本当に踊るの？」

行き先が身を寄せ合って身体を揺らしている男女がいるダンスホールの中央だと気づいたライザが尋ねると、フェリクスは片目をパチッとつぶっていたずらっぽく笑った。

「だって約束だっただろう？　今夜は君とだけ踊るって」

「え？　でもそれは……」

それは先ほどあの二人の前で演じた芝居だ。彼女たちから離れてしまえばわざわざ踊る必要はないのでは？

けれど、フェリクスの考えは違うようだった。

「僕は本気で言ったんだけど？　それに周囲に僕たちが特別な間柄だと思わせるのに、ダンスは有効だと思う」

義理でダンスをすることはよくあることだ。けれど同じ人と続けて二度、三度と踊ればそれは義理ではなく、意味のあることだと貴族たちはみなす。きっとライザたちの今日のダンスは色々な憶測を生むだろう。

「確かにそうね……」

そう呟きながらライザはちらりとフェリクスを見上げた。

「でも諜報活動は？　今日は情報を集めるためにわざわざ参加したのでしょう？」

フェリクスがライザを伴うのも、それが主な理由だったはずだ。ライザと踊ってばかりいたら情報を収集することはできない。そう指摘したが、フェリクスは腰に回した方とは反対の手をライザに差し出しながら答えた。

「情報なら僕の部下たちが集めている。今日ここへ来た主な目的は君と一緒にいるところを大勢の人間に見せつけて、印象付けることだ」

「……それにダンスはうってつけってわけね」

ライザは納得すると、口元に艶やかな笑みを浮かべてフェリクスの手に自分の手を重ねた。

「ではみつあみ男さん、私とダンスを踊ってくださる？」

「君の誘いとあれば、一晩中でも」

笑顔で応じると、フェリクスはライザを伴って踊りの輪の中心に向かった。

＊＊＊

そんな二人をじっと見つめる目があった。

手を取り合い身を寄せ合って踊るライザたちを視界に捉えながら男は笑みを零した。

「フェリクス・グローマン准将とライザ・エストワール侯爵令嬢か……。我々にとってこれほど都合の良いことはない」

男は傍らに控えている部下に命じた。

「ガードナ国の犬を呼べ。計画は続ける。だが、わざわざ命など狙う必要はない。我々には勝機がある。必ずやこのクーデターを成功させて、我々の正統な王に玉座に就いていただくのだ」

「はい」

傍らに控えていた部下は頷き、その場から立ち去ろうとしてふと足を止めて振り返った。

「そういえば左翼軍の情報局がなにやら動きを見せていますが、いかがしますか？」

男は少しだけ何かを思案したあと、頭を横に振った。

「放っておけ。手は打ってある。彼らには適当な情報を与えておけばいい」

「分かりました。ではそのようにいたします」

部下が姿を消すと、男は音楽に合わせて踊るライザたちに視線を戻す。踊りながら会話でも交わしているのだろう。二人は笑顔で、ここからでも楽しげな様子が伝わってきていた。

男の口元に歪んだ笑みが浮かぶ。

――兄上。偽りの王よ。玉座を汚すあなたには速やかに退位していただく。

そう心の中で呟く男の目には、ワルツを踊る二人の姿ではなく、今ここにはいない、玉座に腰をおろし、王冠を戴《いただ》く線の細い青年の姿が映っていた。

第三章　ベレスフォードの影

「最近、ライザ嬢を連れてよく夜会に行っているそうだな」

フェリクスが差し出した書類に視線を落としていたグレイシスが不意に顔をあげて言った。

「仲睦まじい様子だとあちこちから耳に届いているぞ」

「そう見えるように振る舞っているからね」

まったく同じ書類に目を通していたフェリクスは顔もあげずに答える。

「社交界ではすでにお前たちをカップルとみなしているというじゃないか。シアがびっくりしていたぞ。ライザ嬢にとってお前はお気に入りというわけじゃなかったからな」

「それは、またずいぶん控えめな表現だね」

書類から顔をあげてフェリクスはくすっと笑った。

今はそれほどではないが、少し前までライザはフェリクスを時々汚いものを見るような目で見ていた。軍人としての働きは認めていながら、それ以外はダメと言わんばかりに。それを面白がって構えば構うほど、ライザの中のフェリクスの評判はどんどん下がっていくようだった。

それが今では社交界でカップルとして扱われるほどになっていると聞いても、エルティシアが信じられないのも無理もない。

「例の事件について協力してもらっていると伝えてようやく納得したようだが、今度はライザの身の安全を心配しだした」

「ライザに累《るい》は及ばないようにするから心配ないとシアに伝えてくれ」

そう言ってからフェリクスは、グレイシスが「例の」と言葉を濁した理由を悟って周囲を指し示す。

「この家の中なら陛下の暗殺未遂事件とクーデター計画のことは口にしても大丈夫だ。その代わり他の場所では決して口にしないでくれ。特に左翼軍本部内では。誰が話を聞いているか分からないのでね」

今二人がいるのはフェリクスの館の中にある談話室だ。この館で雇《やと》われているのは退役した軍人や厳選した信頼できる使用人ばかりで、盗み聞きされる心配も無用だった。

グレイシスは書類を手にしたまま頷く。

「ではそうさせてもらうが……。しかし毎回お互いの屋敷にいかないとこういった話もできないとは、左翼軍も落ちたものだな」

フェリクスは肩を竦《すく》める。

「まぁ、良くも悪くも大所帯だからね。戦争が終わって落ち着きを取り戻して、全体的にたるんでいるというのもあるかもね」

「嘆《なげ》かわしいな」

小さくため息をついたあと、グレイシスはフェリクスにちらりと視線を向けた。

「監視者の件だが、お前の方はまだ続いているんだな」

「ああ。どうやら君とは別口だったらしい」

半年以上前からフェリクスとグレイシスは共に監視されていた。軍の作戦本部の中でも、本部への行き帰りもやんわりと見張られ、動向を追われていた。正体も目的も不明だ。常時監視されているわけでもなかったし、敵意があるようには感じられなかったので、泳がすつもりで放置していたのだが、その代わりに極秘の仕事の話は気軽に本部内でするわけにはいかなくなってしまった。

グレイシスは眉をあげた。

「俺の方はディレーナ・リュベックだけだったということか。予想外だったな。てっきり俺たちが表に出過ぎることを恐れた上層部か、陛下の周辺あたりからの監視かと思っていたんだが……。案外、お前の監視も思いもよらない人物によるものかもしれないな」

つい三か月前にあった令嬢拉致事件のおかげでグレイシスを監視していた人間が判明した。その事件の主犯でグレイシスの元婚約者、ディレーナ・リュベック侯爵夫人が差し向けたものだったのだ。その証拠に、事件の解決と共にグレイシスへの監視の目は消えた。けれど、フェリクスの監視は継続中だ。

「心当たりが多すぎて困るな」

フェリクスは肩を竦めた。情報局の局長という今の役職や、先の戦いで勝利に貢献したという立場も、この国の権力を望む者にとっては脅威となるには十分だ。

「情報局がらみか、先の戦争がらみか、それとも……」

「フェリクス」

グレイシスの声が真剣みを帯びる。

「そんな状態でライザ嬢に近づき、噂になるのはマズイのではないか？　彼女はベレスフォードを受け継ぐ人間だ。お前を監視している誰かはそれを脅威に思うかもしれない。そうでなくとも痛くない腹を探られるかもしれないぞ」

「かもしれないね。陛下の周辺ではライザを王妃にしようとする動きもあるから」

フェリクスの言葉にグレイシスは少し目を瞠《みは》ったが、納得したように頷いた。

「そうか。でも驚くことじゃない。彼女は侯爵令嬢だし、ベレスフォードごと取り込めればそれだけ陛下への脅威が減る。そう考えたのだろう」

「反発も大きくなり、ある意味火種を抱え込むことになるけどね」

――ベレスフォード。

それはフリーデ皇太后と前宰相によって潰された侯爵家の名前だ。フリーデ皇太后が権力を握っていた間、誰も表立って口に出すことができず、陰で囁かれていた悲劇の象徴。そして今では反国王一派の中で、旗印のように囁かれるようになった名前だ。

先々代の国王のもとで宰相を務めていたベレスフォード侯爵には娘がいた。名前はエリーズ。美しさと聡明さから「グランディアの華」と呼ばれ、先代国王とは幼馴染みの間柄で親しく、次期王妃に内定していた女性だった。

ところが内定した矢先、ガードナ国から国王の一人娘であるフリーデとの縁談が持ち込まれる。ガードナ国は近年力をつけてきた国の一つで、長い歴史こそあれ陰りが見え始めたグランディア国としては断りきれなかったようだ。更に申し出を受けた理由の一つには、グランディア王家が抱えていた問題もあった。

グランディアの王族は長年純血主義の思想のもと、近親交配を繰り返してきた。その影響か、近年では王族に子どもができにくくなっていた。他国に比べて王族の外戚である公爵家の数が極端に少ないのはそのためだ。

また、生まれた子どもも病弱なことが多かった。前国王も生まれたときから身体が弱く、たびたび床《とこ》に臥すことがあった。

ベレスフォード家には数代前に王女が降下しており、王族とは遠い姻戚関係にあった。そしてこの血の近さが、美しく聡明なエリーズが王妃になることへの唯一の懸念材料となっていたのだ。

国王になったばかりの弱々しい青年を支えていた国の重鎮たちの間で、新しい血を入れた方がいいという意見が生じたのは仕方ないことだった。

前国王はその意見を受け入れ、エリーズとの婚約を破棄してフリーデ王女と結婚をした。それがグランディア国の存亡に関わる事態になるとはこのとき誰が予想できただろうか。

フリーデ王女はわがままで気が強く、気が弱くて病弱な国王では彼女を御《ぎょ》することができなかった。夫婦仲も良いとは言えず、結婚してから三年経っても子宝には恵まれなかった。そのため、早々に側室をつくる話が持ち上がり、選ばれたのが元婚約者だったエリーズ・ベレスフォード侯爵令嬢だった。

同時に前国王のたっての望みで、子爵令嬢だったレスリー・ブランジェットも側室として召し上げられることになった。レスリーとエリーズは側室同士仲がよかったらしい。レスリーは前国王と恋仲にあったが、エリーズと国王の間に恋愛感情はなく、あったのは幼馴染みとしての親愛の情だけであったからだ。

けれど、彼女たちの存在を当然フリーデ王妃は嫌った。国王との仲は冷え切っているとはいえ、自分の地位を脅かす存在を容認できるはずもなかった。特にもともと王妃候補だったエリーズへの敵愾心はそれは凄まじいものだったらしい。

皮肉なことに二人の側室ができた直後にフリーデ王妃は懐妊し、現国王であるイライアスを生んだ。遅れてその一年後、エリーズが男子を出産した。……それがあとに続く悲劇の始まりだった。

産後間もないエリーズと、生まれたばかりの王子が突然亡くなったのだ。

死因は毒によるもので、他殺と思われた。公にされなかったのは、外聞が悪いこともあるが毒の成分が検出されなかったからだ。だが、跡を残さない毒も存在するため、毒殺の可能性はきわめて高かった。

疑われたのはフリーデ王妃だ。あの王妃がイライアスの脅威となる男児を放っておくはずはないと思われた。

他国とはいえ王族で王妃。その彼女が産んだイライアスの立場は盤石《ばんじゃく》なはずだが、純血主義者の多いこの国にあっては王族の血を引くエリーズが産んだ男子はイライアスの立場を脅かす存在になりえたからだ。けれど、毒の特定もままならず、証拠がないためにどうすることもできなかった。

この対応に不服だったのが、ベレスフォード侯爵とその嫡男だ。特に嫡男は妹の死因を特定するべく内務大臣補佐官としての立場を利用して色々と動き回っていた。ところが妹の死から一年半後、嫡男は不慮《ふりょ》の事故で亡くなってしまう。領地へ戻る途中、乗っていた馬車が崖から転落したのだ。この事故もフリーデ王妃が関わっているのではないかと思われたが、このときも証拠がなかった。

こうして唯一の息子を失ったベレスフォード家の悲劇はその後も続いた。子どもを相次いで失った失意のベレスフォード侯爵が病に倒れ、亡くなってしまったのだ。その死から間もなく、跡継ぎがいないとの理由でベレスフォード侯爵家は断絶された。爵位は返上され、領地も国に返還されることとなった。

けれど、本当に跡を継ぐ人間がいなかったわけではない。故ベレスフォード侯爵には別の侯爵家に嫁いだ妹がいて、そこに男子が生まれていたのだ。慣例であれば、この男子がベレスフォードの侯爵位を継ぐはずだった。だが権力を増してきていた宰相やその一派に、今まで二つの侯爵位を兼任した前例はないと突っぱねられてしまったのだ。これも王妃の差し金であることは明らかだったが、前国王にはもはや覆す力はなかった。

こうしてベレスフォード侯爵家は爵位ごと王宮から消された。前国王が特例措置として、女子に相続させることを条件に、故ベレスフォード侯爵の妹にベレスフォード家の屋敷と領地の半分を与えることができたが、それが王妃と宰相たちに譲歩させる限界だった。

そのいわく付きの土地を相続した故ベレスフォード侯爵の妹こそライザの祖母だ。その祖母の死後ベレスフォードの領地を受け継いだのがライザの母親で、亡きエリーズとは従姉妹同士にあたる。そしてその領地はやがてライザに受け継がれることが決まっている。

「ライザ嬢は自分が色々な思惑の渦中《かちゅう》にいることを知っているのか？」

グレイシスの問いかけに、フェリクスはライザと協力関係を結んだときのことを思い出しながら首を横に振った。

「いや、知らないと思う。フリーデ皇太后が幽閉されるまでベレスフォードの名前はタブーも同然だったし、その後も陛下に気を遣って口にする者はいなかった。そもそも再び注目され始めたのはライザが社交界デビューして彼女がベレスフォードを継ぐことが明らかになってからだ。ベレスフォード侯爵家のことは知っていても、今さらその領地が問題になるとは考えてもいないに違いない」

そこまでで一度言葉を区切ったあと、フェリクスは続けた。

「でもおそらくライザのお父上であるエストワール侯爵は分かっている。ベレスフォードという火種を身の内に抱えながら、自分が道化に徹することでエストワール侯爵家を存続させてきた人だからね。今のこの状況でベレスフォードの名前がどれだけの意味を持っているのか彼が誰よりもよく理解しているはずだ。その彼にとってライザの王妃候補の話は痛し痒《かゆ》しといったところだろう」

ライザにとっては最低の父親だろうが、フェリクスのエストワール侯爵への評価は悪くなかった。何度か会話を交わしたことがあるが、女にうつつを抜かしている人間にしてはそつがない。

「お前のエストワール侯爵の考察はともかく」

言いながらグレイシスは手にしていた書類をばさりと机に放り投げる。

「だからこそ、お前がベレスフォードに近づくのは危険ではないのか？　ある意味奴らにとって一番近づいて欲しくない人間だろう」

「そうだろうな」

そう言いながらもあまり危機感のないフェリクスの口調に、グレイシスは眉を寄せた。

「あまり刺激しない方がいいぞ。そう思ってお前もずっとライザ嬢に深入りしなかったんじゃないのか？」

「……よく分かったな」

　意外だったのかフェリクスは目を丸くした。グレイシスはふんと鼻で笑った。

「お前がライザ嬢を気に入っているのはとっくに気づいていたよ。邪険にされても楽しそうにちょっかいを出すのを見れば、親しい人間はすぐに気づく。たぶん、親父《おやじ》さんも気づいているんじゃないか？」

　グレイシスの言う「親父さん」とは実の父親のことではなく、エルティシアの叔父であるグリーンフィールド将軍のことだ。二人は左翼軍に入ったときから将軍に目をかけてもらい、彼の指導のもとに鍛えられてきた。彼らにとってはもう一人の親のようなもので、親しみをこめて「親父さん」と呼んでいるのだ。

　フェリクスは片手で目を覆い呻《うめ》いた。

「まいったな。親父さんもか……」

「あの人のことだ。俺たちの結婚のときのように後見人欄か証人欄に署名する気満々だぞ」

「だろうね」

　呟いて、顔から手を離すとフェリクスは苦笑を浮かべた。

「確かに僕はライザを気に入っているよ。でもどうこうする気はなかった。ベレスフォードに近づく気もなかったし、君もそうだったように、僕も一生独りでいるつもりだったからね」

「……ああ、そうだな」

グレイシスは一瞬だけ遠い目になった。彼はどれだけ愛おしく思う存在があっても、前王の隠された庶子という自分の運命に巻き込みたくなくて、一生誰とも結婚する気はなかった。それはフェリクスも同様だ。

「でもグレイはそれを乗り越えてシアと結婚した」

最悪の犯罪者にエルティシアを奪われそうになって、グレイシスはなりふり構っていられなくなったのだ。そして、彼女を得るために自分の運命にエルティシアを巻き込む決心をした。二人の幸せを願い、手を貸していたフェリクスにとってもそれは喜ばしいことだった。

「君たちを見ていたら、共に人生を歩む人間が傍らにいるのも悪くないなと思えるようになったよ。……いや、少し違うな。三か月前の事件を通して話す機会が増えて、より彼女を知ったからだろうな。きっとライザなら僕の背負うものを重荷とは思わず、笑い飛ばすだろう。そう思ったら手を伸ばして掴みたくなった」

言いながらフェリクスは片手を持ち上げ、ぐっと拳を握り締める。

「だからこそ今回の調査を受けた。陛下の周辺に恩を売る絶好の機会だ」

フェリクスはにやりと不敵に笑う。

「この際だ。使えるものは何でも使う。陛下に頭を下げて願い出ることも厭《いと》わないさ」

その言葉にグレイシスは目を瞠った。

「……本気なんだな、お前」

あんなに関わることを拒否していたフェリクスが、自分からその関係を利用することも辞さないと言っているのだ。それだけ真剣なのだろう。

グレイシスは、友人としてそれを嬉しく思うのと同時に懸念を覚える。常に先を読み、賢く、狡猾でそつのないフェリクスだが、欠点がないわけではない。現実的で非情な部分を併せ持つ彼は、任務を完遂しようとするあまり人の気持ちを置き去りにすることが往々にしてあった。グレイシスは付き合いが長いために慣れているが、果たしてあの正義感の強いライザが彼のそのずるい部分を受け入れられるだろうか。

そこまで考えてグレイシスは首を横に振った。それは二人の問題であって自分が介入するべき話ではないからだ。

「お前の気持ちは分かった。でもライザ嬢をこの問題に巻き込むのはどうかと思うぞ。彼女の立場は複雑だ。一歩間違えれば彼女に身の危険さえある」

「僕が関わらなくてもいずれライザは巻き込まれていたさ。でも僕と一緒に出歩くことで、少なくとも彼女の後ろに情報局がいることは示せる。それはある程度彼女の守りになるはずだ」

「確かにそうだが……」

「それに周囲に付き合っていると思わせることで他の男を牽制《けんせい》できるし、うまくすればベレスフォードを利用しようとする連中もあぶりだせるかもしれない」

「相変わらず用意周到だな」

けれど、グレイシスの表情は硬かった。

「だが欲張り過ぎだ。そううまくいくかどうか。思いもよらないことはいつだって起こるぞ」

意外なことにフェリクスは素直に頷いた。

「ああ、そうだね。いつだって予想外のことは起こる。三か月前も……」

そこで急に言葉を切ったフェリクスは、しばし思案したあと、神妙な顔つきで言った。

「分かった。慢心して足をすくわれないように気をつけよう」

「そうしてくれ。ライザ嬢に何かあったらシアが嘆くからな」

グレイシスはそっけない口調で言うと、テーブルに放り投げた書類を再び手に取った。

「それで？　このリストにある連中を調べればいいんだな？」

フェリクスは話題が変わったことを理解し、自分の手元にある書類に目を落とした。

「ああ。頼む。どうやら右翼軍情報統制部の中に陛下の暗殺計画とクーデター計画に関わっている奴がいるらしい。下の方の人間は何も知らずに動かされているだけかもしれないが、上の連中が関与しているのは確かだ」

フンッとグレイシスは鼻で笑った。

「素行に問題のある兵士をろくに調査をしないで近衛隊に送り込んでいるからな。情報統制部の上の連中が直接関与しているのか、それとも更に上のやつに命じられたのかは知らんが、関わりがあることは確実だろう」

「ああ。ただ、僕らと同じく情報を扱う部署だけに手の内が知られているのがやっかいでね。こちらの動きはある程度把握されていると見ていいだろう。それを逆手にとって、連中の目はこちらで引き受けるから、グレイにはそちらの人物の調査を頼みたいんだ」

すぐには返事をせず、書類に書かれたリストを眺めていたグレイシスはやがて顔をあげて頷いた。

「分かった。プロであるお前たちのようにはいかないだろうが、情報収集が得意な部下を何人か調査にあたらせよう」

「ありがとう。恩に着るよ」

ホッとしたようにフェリクスは微笑む。

「さっそく手配する」

そう言いながらソファから立ち上がったグレイシスだったが、ふと何かを思い出したようにフェリクスを見下ろした。

「そういえば、情報局の連中はあのクズ嫡男の魔の手からライザ嬢を助け出した恩人を探しているらしいが、見つかりそうなのか？」

「いや？」

謎めいた微笑を浮かべながらフェリクスは答える。

「ライザが思い出さないかぎり、見つけるのはかなり困難だと思う」

その言葉を受けて、知りたいことのおおよその答えを見出したグレイシスは珍しくにやりと笑った。

「難儀だな、お前も。せいぜい頑張るといい」

それからフェリクスの返事を聞かずに扉に向かって歩き始める。フェリクスはその背中を見送りながら、答えた。

「そうさせてもらうよ」

＊＊＊

フェリクスとともに夜会や舞踏会に出るようになって約一か月。

――慣れというのはすごいわね。

ライザはフェリクスの傍らで右翼軍の中将を務める軍人とその妻のおしゃべりを聞きながらそんなことを思っていた。

二人で夜会に出始めて間もなくの頃は驚かれ、好奇の目を向けられていたが、何度か一緒に参加しているうちにそのように見られることもなくなり、二人一緒にいるのが当たり前のようになっていた。今では二人連名で招待を受けるほどだ。

未だにフェリクスに憧れている女性たちからは妬《ねた》ましげな視線を送られるし、一人になった隙に嫌みを言われることもあったが、それも少数派に過ぎず、概《おおむ》ね好意的に受け取られているようだった。

　ライザ自身も思いがけないことにこの状況を楽しんでいた。最初はフェリクスの仕事ぶりを見守っていただけだったが、いつしか彼の仕事を補佐するようになっていた。おしゃべりの相手が夫婦であるときはライザも夫人の相手として一緒にいた方がより有益な情報を得られると分かったからだ。

　また軍人の夫に比べてその妻はおしゃべりなことが多く、彼女たちの言葉から重要な情報を得ることも少なくなかった。ライザはそれを詳細に記憶し、ターゲットから離れたあとでフェリクスに伝えた。

「やっぱりガードナ国の物がかなり流れ込んできているようだわ」

　中将夫人は瑪瑙《めのう》の玉飾りを身につけていた。瑪瑙はガードナ国の特産品の一つで、グランディアではまず産出されない。夫人によれば、その玉飾りはつい最近、なじみの商人から購入したもので、商人はガードナ国から仕入れたと言っていたようだ。出入りが規制されているにもかかわらず、人を介して品物が持ち込まれている現状をよく表していた。

「この分じゃ、人の出入りだって規制してもほぼ無意味ね」

　ガードナ国の人間はグランディアへの出入りが規制されている。けれど、戦勝国であるグランディアからガードナ国への入国は規制されていない。そのため、商人たちはガードナ国へ行き、品物を買い付けてまたグランディアに戻ってくる。その際、商人に見せかけて、あるいは荷物に紛れてガードナ国の密偵が出入りしていることは十分に考えられた。

「そうだね。戦争が終わって国全体の緊張感が緩んでいるのかもしれない。規制自体も段階的に廃止していく方向だから、これからますます人と物の行き来は盛んになるだろうさ。頭の痛い話だ」

フェリクスは顔を顰めたが、すぐにふと表情を緩ませた。

「ライザ、ありがとう。助かったよ。こういう情報は男性側からはなかなか得られないだけに貴重だ」

「たまたまよ」

ふふっとライザは笑ったが、褒められて悪い気はしなかった。……いや、悪い気どころか正直に言えば妙に嬉しかった。

もともとこういう社交場は好きではなく、ライザにとっては義務でしかない。せいぜい噂話を仕入れてエルティシアに教えるくらいの楽しみしか見出せなかった。ところがこの一か月、フェリクスと共に多くの場に出たライザの日常は退屈とは無縁だった。彼とともに情報を仕入れることは刺激と興奮、それに達成感をライザにもたらしていたのだ。あまりに楽しくて当初の目的である「恩人を探し出して婚約者になってもらう」ことを失念してしまうくらいに。

それを思い出させたのは、偶然、ある夜会でばったり出くわした父親だった。

すでにライザがフェリクスと共に出歩いている噂を知っていたのだろう。顔を合わせたエストワール侯爵はライザの傍らにいるフェリクスと紳士的な挨拶を交わしたあと、珍しく笑みを浮かべてライザにこう言った。

「グローマン准将か。……悪くない選択だ」

その言葉でライザはもともとの目的を思い出し、同時に父親がフェリクスをライザの婚約者候補だと思っていることを悟って困惑した。

そもそもライザの純潔を奪った「恩人」に婚約者になってもらうつもりだったわけで、フェリクスは「彼」を探す手段というだけだ。でもそんなライザの思惑を知らない父親にしてみたら、一緒に夜会に出席しているフェリクスがライザの仕立てた婚約者候補だと思うのも無理はない。

——困ったわ。何て説明したらいいのかしら？

焦っているうちに父親がフェリクスに声をかけていた。

「娘をよろしく頼む」

「お、お父様。その、彼は……」

ここで「何の話だ？」とならないところがフェリクスのフェリクスたる所以《ゆえん》だ。彼は一歩前に出ると、にこやかに笑って応じてみせた。

「はい。お任せください」

ライザは唖然とする。そんな彼女をよそに男同士の間では話が弾んでいた。

「知ってのとおりこの子は気が強い。多少てこずるだろうが……」

「そんなところも魅力的だと思っています」

「そうか。ならばよかった。ああ、正式に話が決まったら一度訪ねてきてくれ。話がしたい」

「はい。伺わせていただきます」

フェリクスの言葉を聞いたエストワール侯爵はどこか満足そうに頷くと、二人の前から離れていった。一人でいるところを見ると、今日は愛人同伴ではないらしい。

父親の姿が消えると、ライザはため息交じりにフェリクスに謝罪した。

「父がごめんなさい。妙な勘違いをして。……でも話を合わせてくださってありがとう」

「僕たちのことが噂になっていることを考えれば、侯爵がそう考えるのも無理はないさ」

そう言うとフェリクスは苦笑した。

「むしろ普通の貴族令嬢の親なら、どういうつもりだと怒鳴り込んできてもおかしくない。エストワール侯爵のようにすんなり受け止める方が希少な反応だろう」

「いいえ、それは……」

父親がすんなり受け止めたのも、ライザが独身男性と噂になるくらい出歩いても文句一つ出なかったのも当然だ。父親は、ライザが国王との縁談を断るために選んだ相手だと思っているのだから。これでエストワール家の名誉を傷つけることなく縁談を断れると思えば、歓迎もするだろう。

確かにライザは王妃候補から外れるためにフェリクスとの噂を利用しようとは考えていたが、実際に彼をこんな形で巻き込むつもりはなかった。こうなってはきちんと説明しなければならないだろう。

「実は……」

ライザは重い口を開いた。


話を聞いたフェリクスは、すぐに納得した。

「ああ、なるほど。だから侯爵は噂をすんなり受け入れたんだね」

クスクスと笑って続ける。

「侯爵公認か。君が言っていた『責任を取って、少しばかり協力してもらうつもりでいる』と言った理由が分かったよ」

「巻き込んでごめんなさい」

「いや、構わない。僕だって君を自分の仕事に巻き込んでいる。お互い様さ」

いきなり婚約者扱いされたことも、知らず巻き込んだこともフェリクスは怒っていないようだ。ライザはホッとした。

「あとで父には訂正しておくわ」

けれどフェリクスは首を振って驚くようなことを言った。

「いや、訂正しなくていい。期日まであと一か月なんだろう？　そのまま僕を利用すればいい」

「え？　でも……」

ライザは目を見開く。確かに父にもらった期限は二か月間で、あと一か月しかない。その間にライザは恩人を探し出し、その恩人に協力をあおがねばならなかった。

「一か月で探し出せる保証はない。すまないが、人数が多い分、時間がかかる」

「分かっているわ」

そう。それはライザも承知していたことだ。先日フェリクスから新しいリストを渡されたが、精査されたそれでもかなりの人数にのぼることが分かった。クーデター事件を調べることにも人数を割かれていることを思えば、リストにあがった人間のあの夜の行動を調べるのに相当な時間がかかってしまうことも理解していた。

「一か月後まで見つけ出せない場合、保険が必要だろう？　君にはこの件についてさんざん協力してもらった。だから今度は僕が君を助ける番だ」

フェリクスはスッとライザの手を取って、指先にキスを落とした。二人が一緒にいることが当たり前のようになったとはいえ、なんといってもフェリクスは先の戦いの英雄だ。注目されていないわけではない。親密なしぐさに周囲にざわめきが走った。けれど一番驚いているのはライザ本人だ。

「ちょ、ちょっと!?」

ゆっくりと唇を離したフェリクスはライザを見上げてきっぱりと告げた。

「大丈夫。君を陛下には渡さない」

……それはおそらくフェリクスにしたら、望まない国王との縁談からライザを守るというつもりの言葉だったに違いない。けれど、ライザの耳には妙な含みを持っているように聞こえてしまい、かぁっと顔に熱が集まるのを感じた。

「そ、そう」

恥ずかしくなって手を引き抜きながらライザは答える。その頬は真っ赤に染まっていた。

――私、おかしいわ。なんでこんなことでドキドキしているのかしら？

知り合ってからフェリクスには何度も思わせぶりなことを言われて、すっかり慣れているはずなのに。いつもだったら簡単にあしらえるのに。けれどなぜか今はフェリクスの顔がまともに見返せなかった。

フェリクスは紅潮したライザの頬を見て満足そうに微笑むと、さりげない口調で促した。

「さて、もう少し見て回るとしよう。その後でライザ、一曲だけ踊ろうか」

「え、ええ」

ライザはぎこちなく頷いた。

――その様子をある者は微笑ましく。ある者は苦々しく。そしてある者は悦に入りながら見守っていた。

＊＊＊

「お嬢様。フェリクス様の馬車が到着しました」

「今行くわ」

ライザは侍女の報せにソファから立ち上がる。そのまま扉に向かおうとしたが、途中で姿の確認をしようと思い、壁に設《しつら》えた姿見へと足を向けた。

鏡に全身を映し、あちこちの角度から不備がないか確認をする。

クリーム色の生地にレースを重ねて深みを出したドレスはいつもよりライザを大人っぽく見せていた。年上のフェリクスと並んでも見劣りしないようにと、最近は選ぶドレスのデザインが無意識に変わってきているのだが、ライザ本人はまだそのことに気づいてはいなかった。

「問題はなさそうね」

大丈夫だと判断し、最後に髪を手櫛《てぐし》で整える。手入れを怠らない褐色の髪がさらりと指の間を流れていく。その感触にふと夢の中のことを思い出した。

あの夢の中でもライザは情熱の赴《おもむ》くまま「彼」の髪に手を差し入れて搔きあげて……。

不思議なことに何一つ覚えていないくせに、夢で感じたそのさらさらした髪の感触が指の間に残っているのだ。

相手の顔も漠然として思い出せないのに、身体に受けた愛撫や感覚だけが妙に鮮明なのもその夢の特徴だった。だからこそ普通の夢とは違うと分かるのだが、やっかいなことこの上ない。

それさえなければ、ただの夢として忘れられるのに。けれど繰り返される甘い感覚が、ライザに忘れさせてくれない。

——あら、でも、待って。最近はあの夢を見ていない……？

そのことに気づいて鏡の中のライザの目が大きく見開かれた。

フェリクスと共に国王の命を狙う者たちの情報を得ることに夢中になるあまり、最近夢を見ていないことに気づいていなかった。

いつからだろう？　いつから見なくなっていた？

しばらく前なのは確かだ。フェリクスと夜会に出るようになって周囲に噂されるようになる頃にはもう……。いや違う。

ライザはきゅっと口を引き結ぶ。

……夢を見なくなったきっかけは分かっていた。認めたくなかっただけだ。

単純なことだ。ライザにはおぼろげな夢を見ることで身体が覚えていた悦楽以上のものを現実に知ってしまったからだ。

夜にふと目覚めて疼いた身体が思い出すのは夢の出来事ではなかった。フェリクスに蜜口をまさぐられ、探るように指を突き立てられたあのときの感触だった。

昼の間もフェリクスといるときもなるべく思い出さないようにしているが、夜ベッドの中で一人きりになるとどうしても思い浮かんでしまう。あの手と指を、フェリクスの囁きを。そのたびに子宮が重く疼き、両脚の付け根がじわりと潤んでいく。

そんなとき、ライザの頭の中はフェリクスのことでいっぱいで、夢のことなど思い出す余地などなかった。

――私、変だわ。本当に、変。

あれは医療行為に過ぎないのに。フェリクスに性的な意図などなかったのに、ライザだけが感じてしまい、いつまで経っても忘れられない。

現に思い出すだけで、ライザの身体は反応する。下腹部が甘く締めつけられるのを感じてライザはクリーム色のドレスにつつまれたお腹にそっと手を当てた。

「お嬢様？　どうかされましたか？」

いつまで経っても部屋から出てこない主を心配して侍女が扉から顔を出す。ライザはハッと我に返り姿見から離れた。

「何でもないわ。少しドレスを整えていただけだから」

そう取り繕うとライザは頭を小さく振って気持ちを切り替えた。今夜出席する予定の夜会は高位の貴族が主催しているため、いつもより大勢の人が集まるだろう。そんな中で隙を見せるわけにはいかないのだ。

もちろんフェリクス自身にも、ライザがあのときのことをいつまでも引きずっていることを勘づかせるわけにはいかない。何しろフェリクスときたら、医療行為とはいえライザの大事な部分に触れたくせにまったく気にも留めていないのだから。それどころかすでに記憶にないのかもしれない。忘れられないのはライザだけなのだ。そんなことを絶対に知られたくない。

ライザは改めて気を引き締めると、背筋を伸ばして玄関に向かった。

フェリクスの手を借りて彼の用意した馬車に乗り込むと、すぐに一枚の紙が手渡される。その紙にはずらっと名前が記されていた。

「これは？」

尋ねるとフェリクスは眉をあげた。

「もちろん君が捜している『恩人』かもしれないリストだよ。この前君に渡したリストから、君が伯爵の嫡男に襲われそうになった時間帯にはすでに館を辞していた者や、まだ到着していなかった者など、該当者である可能性の低い人間を削除したものだ」

「そ、そう。ありがとう。絞るのは大変だったでしょう」

恩人を探そうという熱意はやはり薄れていたが、ライザは骨を折って調べてくれたものを無下《むげ》にすることはできず、そのリストに目を落とした。

前回見せてもらったリストよりはだいぶ人数は減ったものの、まだかなりの名前があった。上から順に見ていくと、顔見知りや、名前だけは知っている人物なども含まれている。

「恩人の年齢も未婚者か既婚者かも分からないというから、全部交じっているよ。ただ比較的若いらしいというのは確かなので、高齢の貴族は外している」

なるほど。確かにこのリストの中には高齢の貴族はいない。壮年の男性は交じっているようだが……。

　名前を一つひとつ確かめていたライザはある名前のところで顔を顰めた。

「あら。この名前って、もしかして例の右翼軍の……」

　間違いない。クレメイン・カールトン。この間嫌みを言ってきた情報統制部の責任者だという男だ。その下には彼の副官をしているディレード・アルスター子爵の名前もあった。

「ああ、カールトン中将もあの夜会にいたそうだよ。何人もの有力者が招待されていた夜会だったからね。自分を売り込むために精力的にそういう場に出席しているようだ。アルスター子爵を従者のように伴ってね」

「アルスター子爵も大変ね。だけど、絶対に私の『恩人』はクレメインなどではないわよ」

　むっと口を尖らせながら言うとフェリクスは笑った。

「そうだろうね。万一君を助けたのが彼だったとしたら、とっくに君に接触しているはずだ。ただ、彼だという可能性がないに等しいとしても、勝手に僕らがリストから外すわけにはいかないよ。一応彼にもその機会があったということだからね」

「機会があったとしてもありえないから、私の脳内のリストからは削除しておくわ」

　不機嫌丸出しの声でそう言ったあと、ライザはリストに目を戻したがすぐに顔をあげた。クレメイン・カールトン中将のことをきっかけに、前から尋ねようと思っていたことを思い出したからだ。

「そういえば国王暗殺未遂計画の首謀者の調査は進んでいるの？」

聞いてから慌ててライザは付け加える。

「あ、私に知られたくないことなら無理に言わなくていいわよ。そもそも重要機密なのだし、全部言えないのは理解しているから」

「気を遣ってくれて嬉しいけど、そうじゃないんだ」

くすっと笑ってからフェリクスは続けた。

「君に言えないわけではなくて、報告できるほど調査が進んでいないんだよ。何しろいろんな可能性を考えて調べているからね。まだ確証がない」

ライザは驚いてまじまじとフェリクスを見た。

「情報局が動いても調査が進んでないなんて、よほど敵は巧みに偽装しているということなのね……」

フェリクス率いる情報局が優秀なのは、エルティシアが巻き込まれた令嬢誘拐事件やそれに連なる闇の人身売買組織を壊滅させたあの一件でよく分かっている。的確に組織の拠点を潰し、それでいて一部はわざと泳がせて首謀者をあぶりだした手腕は空恐ろしいほどだ。

「それもあるけど、今回は右翼軍の情報統制部にこちらの動向を知られないように極秘で動いているから、思うように捗《はかど》らなくてね。それに何より探る範囲が膨大で、グレイの部隊の協力を得ても手が回らない」

「範囲が膨大?」

「陛下には敵が多いからね」

そう呟くとフェリクスは笑みをすっと消した。

「君も知っていると思うが、陛下は即位した直後から前宰相とフリーデ皇太后の一派を粛清して一掃した。けれど、全員というわけじゃなく、証拠不十分だった末端の者はまだ生きながらえている。甘い汁を吸えると皇太后たちにおもねっていたその連中は当てが外れて陛下を恨んでいるだろう。それにもともとフリーデ皇太后たちを恨んでいた者たちの中にも、その息子だということで陛下に憎しみを抱く者も多い」

「……そうね。想像できるわ」

ライザは頷いた。潰されたのはベレスフォード家だけではない。多くの貴族が前宰相とフリーデ皇太后の暴挙の犠牲になっていた。その血族にしてみたら、イライアスは憎い敵の息子ということになるだろう。

また、血族ではないが貴族の中には今の国王に対して複雑な思いを抱いている者も多い。現にベレスフォード家と懇意にしていたライザの父であるエストワール侯爵は、イライアスを認めて恭順《きょうじゅん》な姿勢を見せながらも、決して好意的ではない。だからこそライザを王妃候補にすることを嫌がっているのだ。

「とはいえ彼らの中でも行動に起こしそうな顔ぶれは把握できているからまだいいさ。問題は純血主義の人間だ」

「純血主義……」

「王族の血、それに自分たち貴族の血を何よりも尊ぶ連中だ」

いつもより低くなったフェリクスの声とそこに含まれている厳しさに、ライザは彼が純血主義者にまったく好意を抱いていないことに気づく。

「彼らは貴族社会のあちこちに潜んでいる。我々にも全体像は把握できていない。表向きは陛下に従っているが、裏では何を思っているのかしれないんだ。だからこそ調査も難航している。日ごろからそのような言動をしている者ならともかく、個人の思想だから隠してしまえば表面上では分からないからね」

「だから範囲が膨大だと言ったのね」

なるほど。貴族の中に潜んでいる純血主義者を探し出してそれを調べる必要があるのだ。時間も手も足りないわけだ。

そんな大変なときに自分の恩人探しなどに手を割いてもらっていることにライザは急に罪悪感を覚えた。

社交界ではライザとフェリクスは付き合っているものだと思われている。このまましばらく親しいフリをしていれば、ライザの純潔を疑う声があがるだろう。そうなれば、ライザの狙いどおり、国王の周辺の者たちは彼女を王妃候補から外した方がよいと判断するだろう。

そう考えたライザは自分の恩人探しは中止してもいいと伝えようとして口を開きかけた。

けれど、そのとき急に別の疑問が頭の中に浮かんでしまい、口に出たのは言おうと思っていたこととは違うことだった。

「でも純血主義者は王族の血を何より尊ぶのでしょう？　だったら誰よりも国王陛下に忠誠を誓っているのではないの？」

現在、先代国王の血を引くのはイライアスと庶子のグレイシスだけだ。グレイシスの亡き母親は子爵令嬢で高い身分とは言えない。一方イライアスはガードナ国の王女である正妃の子どもだ。純血主義者が主とあおぐのはどう考えてもイライアス以外にはいない。

ところがフェリクスは首を横に振った。

「陛下に忠誠を誓っている者ももちろんいるだろう。けれど、大部分は陛下が大粛清のあと、下級貴族や庶民を重用していることをよく思ってはいない」

内政を牛耳っていた前宰相とフリーデ皇太后の一派や彼らに加担していた役人を排除したあと、イライアスはその穴を埋めるために積極的に能力のある下級貴族や庶民を登用した。彼らは今では重要な地位につき、イライアスのためにその力を発揮している。それを面白くないと感じている貴族たちもいるだろう。ことに、貴族としての血統を重要視する純血主義者にしてみたら、取るに足らない連中を重用するイライアスが裏切り者と映ってもおかしくない。

「それに純血主義の中にはまだ陛下の出自について疑問視している連中がいる」

「出自？」

ライザが不思議そうに瞬きをすると、少しだけ言いづらそうにフェリクスは説明を始めた。

「君が社交界に入ったときにはもう噂が下火になっていたから知らないのも無理はない。……陛下には生まれたときからずっと、前国王の実子ではないという噂がついて回っていたんだ。それこそ王位を継いだあともね」

「……ああ。聞いたことあるわ」

それはライザがまだ少女だった頃、母親とともに、ある伯爵夫人の催したお茶会に出席したときのことだ。庭に設えたテーブルの一角で貴婦人たちが当時王太子だったイライアスの噂話をしているのを耳にしたことがあった。すぐに母親がライザをその場から遠ざけてしまったため噂話の全部を聞いたわけではなかったが、何となく言っていることに想像がついた。

フリーデ皇太后は前国王に嫁いで三年もの間、懐妊の気配がなかった。それなのに前国王が側室を迎えた直後にイライアスを身ごもっている。一方で彼女は長年前宰相とは愛人関係にあった。その関係はフリーデがこのグランディアに嫁いでしばらくしてから始まっていたらしい。

疑惑の声があがるのは当然だった。

――王太子イライアスの父親は国王ではなくて、実は宰相なのではないか？

陰でまことしやかにその疑惑は囁かれ続けた。

今聞こえてこないのは、イライアスの御世が十年目に入り盤石《ばんじゃく》になっていることと、彼自身の容姿が前国王とよく似てきていたからだ。

赤みがかった金色に碧眼。線が細く、女性とも見紛う整った顔立ちは前宰相のがっちりとした男らしい容貌とはまるで似通っておらず、むしろ前国王を髣髴《ほうふつ》とさせた。そのこともあって、今ではイライアスの出自に疑問を呈する人間はいなくなっているはずだった。少なくとも表向きは。

「まだそんなことを言っている人がいるのね……」

「さんざん陛下の出自を疑い王族と認めてこなかった連中だ。自分の過ちを認めて忠誠を誓うことなど今さらできないのだろうさ。うちの父などその典型だ」

フェリクスは苦々しい声で付け加える。ライザは驚いたように目を向けた。フェリクスの父親――グローマン伯爵は純血主義者だということだろうか？

表情でライザの思っていることが分かったのだろう、フェリクスは苦笑を浮かべた。

「そうさ。あの人も公言していないが、純血主義者だ。決して陛下を王族だと認めていなかった」

「グローマン伯爵が……」

ライザはグローマン伯爵とは直接会ったことはない。けれど、社交界デビューをしたあと、夜会や舞踏会で何回かその姿を見かけたことはあった。

グローマン伯爵はフェリクスとはまったく似ておらず、気難しそうな顔をした初老の男性だった。よくこういう偏屈《へんくつ》そうな父親からフェリクスのような軽い調子の男性ができたものだと不思議に思ったものだ。

　まるで水と油のように両者は違う。

『あの人と僕では考えが合わなくてね』

　夜会で一緒になってもお互い避けて目も合わせようともしない父子の姿が気になって尋ねたとき、フェリクスに言われた言葉だ。折り合いが悪いと聞いて妙に納得したライザだった。

「陛下に忠誠を誓う僕も許していない。あの人にとって僕は王位の簒奪者《さんだつしゃ》に仕える裏切者なんだ」

　淡々とした口調だが、ライザはそこに彼の苦悩とやるせなさを感じ取っていた。

「あなたがグローマン伯爵家を離れて別に屋敷を構えて一人で住んでいるのは、もしかしてお父様のことがあるから？」

「ああ。あの人と僕は離れている方がいいんだ。子どものときならいざ知らず、実際の陛下を知っている今、父のあの歪んだ考えを僕は受け入れられない」

　思わずライザは手を伸ばしてフェリクスの腕に触れた。

「肉親とはいえ、違う人間よ。お父様はお父様、あなたはあなた。気にする必要はないわ。子は親を選べないもの。大事なのは自分がどう生きるかよ」

　女狂いと揶揄《やゆ》される父と、それに対して何も言わず無関心な母親。そんな両親の間に生まれたライザだからこそ、フェリクスのやり切れない気持ちがよく分かった。

　ふっとフェリクスの口元に笑みが浮かぶ。

「そうだね。……君ならそう言うと思った」

　ぽつりと呟いたあと、フェリクスは重い気持ちを振り払うように明るく言った。

「純血主義は家族の中では父だけだ。母や僕や兄はそう考えていない。父が領地に引っ込んでくれてよかったよ。陛下の御世にあの人の居場所はない」

　確かグローマン伯爵は一年半前に大病を患《わずら》い、領地にある本宅で静養しているはずだ。名代としてフェリクスの兄がグローマン伯爵家を取り仕切っていて、フェリクスはその兄とは仲が良いらしい。

「君の言うとおり、僕と父は違う人間だ。父に親不孝者だと責められようが勘当《かんどう》されようが構わないさ。左翼軍は陛下とこの国を守るための片翼だ。軍の一員として、そして僕個人としても陛下のことは必ず守ってみせる」

　フェリクスの言葉には静かな決意がこめられていた。

　この一か月の間、ライザはフェリクスのパートナーとして彼の傍に立ち、彼の仕事ぶりをつぶさに見てきた。それで分かったのは、彼はライザが当初思っていたよりもっとずっと仕事に対して真摯に取り組んでいるということだ。軽薄さを装うのも、時に非情になるのも、すべては任務の遂行のため……ひいては自分が大切に思っているものを守るためだ。

　そんな彼にライザは今では尊敬の念さえ覚えていた。つい半年前までは考えられなかったことだ。

――ずっと思い違いをして酷い態度を取っていたこと、いつかちゃんと謝らなければならないわね。

そう思いながらライザは少しだけ姿勢を正し、改まった口調でフェリクスに声をかけた。

「フェリクス。私の恩人探しを中止して。そちらの人員を陛下の暗殺未遂事件とクーデター計画の方に回してちょうだい」

フェリクスは驚いたようにライザを見下ろした。

「そんなわけにはいかないよ。君にはこうして十分協力してもらっている。約束は守るよ」

「それなら、中止ではなくて一時中断という形にして。私のせいで手が足りなかったなんて事態になってもらっては困るもの。今は陛下の事件の方に集中して」

言ってからライザは明るく笑った。

「私の方は心配はいらないわ。こうしてあなたと夜会に出ることで十分効果が出ているから。この前のお父様の様子ならこのまま協力してもらえそうだし、恩人探しは私が王妃候補を外れてからゆっくりお願いすることにするわ」

「ライザ……」

驚いたように見開かれていたフェリクスの水色の目が不意に何かの感情を宿して揺れた。

フェリクスは腕に添えられたライザの手を自分に手に絡めて口を開く。

「ライザ、僕は……」

けれど、彼はそれ以上続けることはできなかった。がくんと馬車が大きく揺れて停まったからだ。窓の外に視線を向けたフェリクスは小さくため息をついて、ライザの手をそっと放した。

「どうやら屋敷に到着したようだ」

「そのようね」

彼は一体何を言いかけたのだろうか？

フェリクスにエスコートされて夜会の行われている広間に向かいながらライザは内心首をかしげる。

――けれど、ライザがその言葉の続きを聞く機会はついぞなかった。

第四章　捜し人

「ライザ、すっかりフェリクス様の恋人役が板についたわね」

エルティシアが朗らかに笑った。面白がっているというよりは感心しているような口調だった。ライザは苦笑を浮かべる。

「そう見えるようにわざと振る舞っているんですもの」

今日の夜会には親友のエルティシアとその夫であるグレイシス・ロウナー准将も参加していた。グレイシスは夜会などの社交場を苦手としているので、めったに出席しないのだが、今日の主催者は左翼軍で上官にあたる人物だったため、断りきれなかったらしい。

しぶしぶ出席したグレイシスは今フェリクスと共に主催者の左翼軍中将でもある伯爵と懇談している。軍内部の話題のようなのでライザとシアは遠慮し、二人で広間の隅で話をしていた。

「私、ライザとフェリクス様はけっこうお似合いだと思うの。いっそこの際くっついてしまえば?」

悪戯っぽく笑いながらエルティシアがとんでもないことを言う。ライザはぎょっと目を剝いた。

「じょ、冗談じゃないわ。これは単なるお芝居ですもの。私たちは協力関係にあるというだけに過ぎないわ」

「二人の様子を見ているとそれだけだとは思えないいんだけど?」

「それだけよ」

きっぱり断言したあと、ライザはエルティシアの気をそらそうと別の話題を振る。

「それよりも、ようやくロウナー准将はあなたを社交の場に出すのを許すようになったのね」

エルティシアはグレイシスと結婚したあと、こういった社交の場にはまったく姿を現さなくなっていた。もともとめったに出席しなかったが、それは実家のグリーンフィールド伯爵家の経済状況が思わしくなかったからだ。けれど今は違う。土地も財産も名誉もある男性と結婚したのだから、彼女は毎晩でも着飾って夜会に出る余裕がある。

ではなぜエルティシアがまったく姿を現さないかといえば、ひとえにグレイシスのせいだ。彼はエルティシアが単独で夜会に出ることを許さず、自分がいない場には彼女を出すつもりはないらしい。

結果、エルティシアはめったに夜会に出る機会がなくなってしまった。

――本当にもう、あの男は……。

ライザはこっそり呆れたようにため息をついた。

半年前と評価が変わったのはフェリクスだけではない。ライザの中でグレイシスへの評価も確実に変わっていた。主に下の方へと。もう決して寡黙で真面目な軍人の鑑のように見ることはないだろう。

そんな自分の夫への評価を知ってか知らずか、エルティシアは嬉しそうに顔をほころばせた。

「これからはもう少し夜会にも出る機会が増えそう。グレイ様がね、時々こうして夜会や舞踏会に出て二人でダンスをしようって言ってくださったの」

「はいはいはい。ごちそうさま」

茶化しながらもライザは少しだけ安心する。どうやらグレイシスはエルティシアを閉じ込めっぱなしにするつもりはないようだ。それどころか決して好きではないだろうダンスまで約束するほど譲歩している。これは間違いなくよい兆候だ。

「ライザったら。でも、グレイ様と踊ることだけじゃなくて、ライザと夜会でこうしておしゃべりできるのは嬉しいわ」

「私もよ」

それからしばらくお互いの近況を話していた二人だったが、ふと耳に届いた声に話を中断させた。

「まったく、招待客を差し置いて自分の部下と長話とは、これだから左翼軍の連中は……」

「我々が遅れてきたこともありますが……」

「だが主催者だろう！　遅刻してきたとはいえ、招待客には声をかけるのが礼儀というものじゃないか！」

その憎々しげな呟きは、広間の端に置かれたテーブルから聞こえた。そこは招待客がいつでも好きなときにお酒を手に取れるように、グラスに入った数種類のワインが据え置かれている場所だ。ライザたちが立っているところからそう離れていないこともあって声が届いたようだ。

ライザは会話を交わしている二人に目を向けて顔を顰めた。エルティシアも不快そうに呟く。

「あれは誰？　ものすごく失礼ね。こんな大規模な夜会では主催者が招待客すべてと話すことは無理だと分かりきっているのに」

エルティシアの言うとおりだ。お茶会や小規模なパーティなど人数が限定されている場合は主催者は玄関、あるいは会場の入り口近くで客を出迎えて一人ひとり声をかけることもある。だが、今夜のように大勢の客が招かれている会では、そこまで主催者の手が回らないことが多い。招待客側もそれが分かっていて、主催者と話がしたい場合は自分から挨拶に出向くのが暗黙《あんもく》のルールになっていた。

「しかも遅刻してきて、主催者が他の招待客と話をしているのを憤慨するなんて筋違いもいいところだわ」

　夜会は何時までに屋敷に来なければならないという決まりはない。招待状にも開始の時刻が記されているだけだ。けれど、ここにも暗黙のルールがあって、夜会の開始時刻から二時間以内に到着するのが普通だ。それ以降は遅刻ということになる。

　今日の主催である伯爵もその二時間は広間の入り口で待機し、続々と到着する招待客に声をかけていた。フェリクスやグレイシスに声をかけて話をしているのはそれが一段落したからであって、何も礼儀に反してはいない。

　ライザはその二人の男たちに——正確に言えば一人で文句を言っている中年の男に冷ややかな目を向けた。その男たちをライザは知っていた。

「あれは右翼軍の情報統制部の長官クレメイン・カールトン中将よ。その横で宥めているのが副官のディレード・アルスター准将。子爵だそうよ」

　その名前に覚えがあったのかエルティシアは目を瞬かせた。

「あれがグレイ様の言っていた『無能な』情報統制部の長官ね」

　その言葉にライザは思わずクスッと笑った。

「ロウナー准将も辛辣《しんらつ》ね。でも彼が就任してからは明らかに情報統制部の質が低下したそうだから、無能というのは合ってるわ」

「自分より身分や位の高い人に取り入るだけで、仕事は下の人間に丸投げなんですって。

グレイ様が一番嫌いなタイプね」

「でしょうね。想像つくわ」

二人がそんな話をしている間も周囲に人が少ないからか、クレメインはディレード相手に愚痴を零している。

「それになんだ、この夜会は。明らかに貴族でない者や下級の連中まで集まっているじゃないか」

「今夜の主催者は左翼軍の中将をなさっていますから、軍の主だった将校も参加されています。中には貴族の出ではない者も交じっているようですが、皆それなりの位に……」

「それがおかしいというんだ！　貴族ではない者に重要な地位を与えるなどと正気とは思えん」

「中将殿。ここでそういう発言は控えた方が……」

「事実は事実だ。くそ。今夜ここに来たのは無駄足だったな。せっかく商人との面会を中断させてまで来たというのに」

――商人との面会？

「……本当に話に聞いている以上に嫌な男ね」

エルティシアが顔を顰める。ライザは「ええ」と頷いたが直前のクレメインの言葉が気になっていた。

もしかしてそれはガードナ国の商人では……？

「時間の無駄だったな。私はもう帰る」

「まだ来たばかりですが……」

「構わん。それよりもディレード。今晩来た商人たちとまた会う段取りをつけてくれ」

言いながらクレメインは広間の出入り口に向かって歩き始めた。その後にディレードが続く。ライザは思わずエルティシアに言っていた。

「私、気になることがあるから少し席を外すわ。すぐに戻ってくるから待ってて」

「え？　ライザ？」

戸惑うエルティシアをその場に残して、ライザはクレメインとディレードのあとを追いかけた。少し距離を保ちながら、広間を出て廊下を進む彼らのあとを見つからないように角に隠れながらついていく。

広間から玄関ホールに至るまでの廊下に、ひと気はなかった。これから夜会が盛り上がっていくこの時間に出入りする客などほとんどいないからだ。使用人も多くは夜会に借り出されているようで、辺りは静寂に満ちている。

無謀なことをしている自覚はあった。けれど、ここは左翼軍の――フェリクスたちの信頼している上官の屋敷で、何かあっても安心だと確信があった。

ライザとしても深追いするつもりはない。彼らが玄関ホールに向かうまでの間だけだ。でもその間にさっきの話の延長で「商人」のことを話すかもしれないと考えていた。

それがガードナ国の人間であることを示す言葉が得られたなら、少なくとも出入りが禁止されているはずのガードナ国の人間をそうと知りながら迎えていたということになる。もしクレメインがクーデターと関わりがなかったとしても、そのことだけで十分罪に問うことができるだろう。

誰もいないことで安心しているのか、クレメインは隠す様子もなく商人から贈られた「貢《みつ》ぎ物」の話をディレードにしている。呆れたことに何か便宜《べんぎ》を図った見返りに賄賂《わいろ》を受け取っているようだ。

本当にあれが情報を扱う部署の責任者だというのだろうか。どこまで右翼軍は堕《お》ちているのだろう。そんな連中が国王という国の要を守っているのだ。

空恐《そら》ろしさを感じながらライザは角を曲がっていく二人を用心しながら追っていく。あと少しで玄関ホールに到達してしまうのに、声高々に貢ぎ物の話をしながらもクレメインの口からはなかなかガードナ国の話は出てこない。

やはりそう簡単にうまくいくはずはないか。少し落胆しながら二人を追って角を曲がろうとしたライザはぬっと目の前に現れた人物にあやうく悲鳴をあげかけた。

それは少し前を行っているはずのディレード・アルスター子爵だった。

「っ……！」

「これは不思議なところでお会いしましたね、ライザ様」

ディレードがにっこり笑う。その顔はライザがなぜこんなところにいるのか、分かっている顔だ。どうやらあとをつけていたのはバレていたらしい。そういえば角を曲がった辺りからクレメインの声がしなくなっていた。間もなく玄関に到着するからだとばかり思っていたのだが……。

「あら、アルスター子爵。偶然ですわね」

動揺を押し隠しながらライザは口を開く。ここで怯んだりしては負けだと思った。

「今夜は大勢の方がいらっしゃるので少し人酔いしてしまいましたの。それで少し夜風にあたろうと思って出てきたのですわ。アルスター子爵はどうなさったの？」

あくまでしらを切るライザに、ディレードは面白そうに目を煌めかせた。

「私ですか？　私はカールトン中将殿とお暇《いとま》させていただこうと思ったのですが、伯爵様に退出のご挨拶をするのを忘れていたので、私だけ戻ってきたところです。中将殿には一足先に馬車の方へ行っていただきました」

「あら、そうなんですの」

引き返してきた理由が本当なのか建前なのかは分からない。でも、確実に分かるのはライザがあとをつけていたことにディレードは気づいていること、でもそれをクレメインに伝えずに一人残ったということだ。おそらく何か企みがあるのだろう。

「ここで会ったのも何かの縁でしょう。よろしければ会場までエスコートさせてください。安全な屋敷内とはいえ、何があるか分かりませんから」

柔らかな口調ながら、そこに含まれていたのは明らかな警告だった。

「……お願いするわ」

ライザは気を引き締めながら答える。と同時に今まで無能な上官に振り回されている気の毒な将校だとしか思っていなかったこの男が、クレメインなどよりよほど油断のならない相手だと悟った。

ディレードと並んで広間の方にゆっくり戻りながら、ライザは何を言ったらいいのか思案していた。けれど、先に口を開いたのはディレードの方だった。

「カールトン中将殿のことですが、身元がはっきりしない自称『商人』と癒着《ゆちゃく》して出入国の便宜を図っています。その見返りに金品や品物を受け取っていますよ」

いきなりとんでもないことを軽く言われて、ライザは仰天する。

「そ、それって……」

「ええ、犯罪です。これが知られたら軍法会議にかけられて、爵位は剝奪《はくだつ》。投獄されて、命は助かるかもしれませんが、社会的に抹殺されたも同然ですね」

そんなことをニコニコと笑顔で言いのけるディレードにライザは薄気味悪さすら感じた。

「……そんなことを私に言ってもいいんですか？」

それが公になろうものなら、彼の上官は破滅する。それどころか……。

「副官であるあなたも彼の共犯者とみなされるかもしれないのに……」

いや、確実にそうなるだろう。どこまでその収賄に関わっているのか知らないが、あの様子ではクレメインは細かいことを副官のディレードに押し付けるために巻き込んでいたのだろう。上官命令に逆らえなかったということで情状酌量《じょうじょうしゃくりょう》されるかもしれないが、彼も地位の剥奪や軍からの放逐《ほうちく》は免《まぬが》れないに違いない。

けれど、ライザの言葉にもディレードの微笑みは崩れない。

「そうなるでしょうね。でも構いません。私は軍での地位や子爵の爵位にも未練はありませんから。ですからグローマン准将殿にこのことを言ってくださって構いません。……もっともあの方ならたぶんその辺はもう摑んでいることでしょう。私の上官と違って彼はとても優秀ですから」

ディレードはそこまで言うと不意に足を止めた。ライザも釣られて足を止める。

「ライザ様には分からないかもしれませんが、右翼軍の内部は腐っているんですよ。もちろん陛下の身を守る近衛隊は実力主義だけど、他は違う。上層部を牛耳っているのは侯爵や伯爵で、いくら能力があっても身分の低い者や爵位を持たない者は上にはあがれない。中将殿のようにおべっかと賄賂を使ってのし上がるしか方法はないのです。そんな軍になど未練は少しもありませんね」

それからディレードはいきなり話を変えてきた。

「ところで、ライザ様はカーティス伯爵家の夜会であなたをふらちな男から助け出してくれた相手を捜しているとお聞きしましたが」

「……なぜ私だと？」

硬い声でライザは尋ねる。

フェリクスたちは「恩人」を捜しているが、ライザの名前は伏せているはずだ。それなのに、ディレードははっきりライザであると名指しした。

「彼らが名を出さなくともすぐにライザ様だと分かりましたよ」

クスッとディレードが笑う。上官は無能でも情報を扱う部署だ。少し調べればライザであることは簡単に割り出せるだろう。

「……あら、そう。それが何か？」

動揺を押し隠して、ライザはディレードに探るような視線を向ける。この場でそんなことを言い出した彼の目的は一体なんだろうか。

「その人物について、私がお答えできるかもしれませんよ？」

「え？」

思いもかけないことを言われ、ライザは顔を顰めた。ディレードは謎めいた笑みを浮かべてライザの反応を楽しむように見つめている。

「あの夜。私もカールトン中将のお供としてあの夜会に出席していました。中将殿が招待客と話をしている間、手持ち無沙汰で屋敷の中を色々観察していたところ、あなたとあなたにつきまとうカールトン伯爵の子息に気づいたのです。彼にはしばらく前からよくない噂がありましたので注視していたら、彼を振り切ったあなたは会場をあとにした。それを彼が追いかけていったので、思わず私もあとを追いました」

「まさか、あなたが……？」

ライザは息を呑んだ。あの夜会にディレードが出席していたことはフェリクスの調査でもはっきりしている。今の話が本当ならディレードはライザとあの嫡男を追いかけて目にしたに違いない。薬を盛られたライザがあの男によって部屋に連れ込まれようとしているのを。

ディレードはくすっと笑い、思わせぶりに答えた。

「そうだと言ったらどうしますか？」

「……」

目を大きく見開いて、ライザはディレードを見る。その答えを聞いたとき、ライザの心を占めたのは、捜し人が見つかった喜びでも安堵でもなかった。

……ずっと捜していた。お礼を言おうと思っていた。協力をあおぐつもりだった。なのに、今ライザの胸に湧き上がるのは困惑と戸惑い、そして激しい拒絶感だった。

――この人が私に触れたの？　夢で見たように裸の胸に触れて、キスをして、そして……。

ぐっと胃の奥から不快感がせりあがってくる。それを抑えるために拳を握り、深呼吸しようとしたが、唇が震えてしまうのはどうしようもなかった。

「それ、は……」

何とか答えを返そうとした。けれど頭が真っ白になって何も言うべき言葉が思い浮かばなかった。……いや、言葉は頭の中にガンガンと点滅するように浮かんでは消えていた。でもそれはどれも拒絶の言葉だった。

一体、どうしたのだろうか。あの夢を見始めた頃は会いたかったはずなのに。今の自分は判明しない方がよかったと思っている。嫌だと思っているなんて。

それになぜか脳裏にフェリクスの顔がちらついて離れなかった。一緒にいる意味もなくなってしまう。もし「恩人」がはっきりしたら彼とのお芝居も終わりになってしまう。そう考えたら胸が突然苦しくなった。目の前にいる男のことなど忘れてしまうくらいに。

そのとき、いきなりディレードがクックッと笑い始めた。

「そんなに嫌そうな顔をなさらなくても、大丈夫ですよ。安心してください。あなたを助けたのは私ではありません」

「え？」

ライザはぽかんと口を開けた。

「申し訳ありません。少し悪戯が過ぎましたね。私はあなたの恩人ではありません」

「つまり、嘘だったのね？　夜会で私とあの男を見かけて追いかけたということも、恩人を見たということも……」

内心安堵しながらライザは呟く。ところがディレードは謎めいた笑みを浮かべながら首を横に振った。

「いいえ。嘘ではありません。あなたとあの男を見かけて、追いかけました。何かよからぬことをあの男がしでかした場合、あなたをお救いしようと思って。でもね、私があなたを追いかけるとそこには先客がいて、その人があなたをあの男の手から助け出していました」

「では……」

「ええ、あなたの恩人が誰なのか、私は知っています」

ライザの喉がひゅっと鳴る。ディレードは彼女の反応を見て一度言葉を切ったあと、問いかけた。

「誰なのかお教えしましょうか？」

「結構よ！」

反射的にライザは叫んでいた。知りたくなかった。でもそれ以上に、ディレードの口からそれを聞きたいとは思わなかった。

この男は危険だ。隙を見せてはいけない。借りをつくってはならない。その言葉を聞いてはいけない——そうライザの本能が警告を発していた。

ディレードはおかしそうに片眉をあげる。

「おや、でもライザ様は恩人が誰なのか捜すようにグローマン准将殿に依頼していたのでしょう？」

「ええ、そうよ。だから恩人が誰なのかは彼の口から聞くわ！」

「手っ取り早く私の口から聞いた方がこれ以上彼の手を煩わせることはないのに？」

「それは……」

つい言葉に詰まってしまう。確かにそうだ。ライザの恩人を捜す必要がなくなれば、その分の人員をフェリクスは国王の暗殺未遂やクーデター計画の調査へと回すことができる。けれどつい忘れがちになってしまうが、もともとフェリクスがライザに調査と引き換えにしたのは、彼に大義名分を与えるためだ。

ライザの恩人を捜すことを隠れ蓑にしてクーデターや暗殺計画のことを調べている。だから今ここでよりにもよって右翼軍の情報統制部の人間の口から聞くわけにはいかない。そう、彼にはまだライザの協力が必要なのだ。

そのことにライザは奇妙な安堵を抱きながらきっぱりと言い切った。

「いいえ。ご遠慮申し上げますわ。私はフェリクスに捜すように依頼したのです。ですから、彼の口から聞くのが筋というもの。あなたから聞く気はありません」

ライザは気づかなかったが、そのとき、彼女の緑色の瞳は、強い意志を示すように煌めき、挑戦的な光を放っていた。ディレードはその鮮やかな光に魅入られたようにうっとりと微笑む。

「血筋だけでなく、その気高さも義理堅さもすばらしい。やはりあなたはあの方にふさわしいようだ」

「あの方？」

その質問には答えずにディレードは笑みを浮かべたまま意味ありげに呟いた。

「なのになぜ彼はあなた相手にこのようなゲームをしているのか……」

「ゲーム？」

　ディレードが何を言っているのかライザにはよく理解できなかった。そんなライザの困惑を見てディレードは笑う。

「私は色々なことを知れる立場にあります。彼——グローマン准将殿と同じようにね。あなたが陛下の妃候補の筆頭にあがっていることも知っています」

　仰天してライザは目を見開く。

「それは……内密だったはず……」

「私は情報統制部の人間ですよ。右翼軍の情報局があなたの恩人探しを名目に色々動いていることも分かっています。……ああ、大丈夫です。カールトン中将殿は知りません。あなたに関することはすべて私のところで止まっています」

「……あなたは、一体……」

　ライザは不気味さを感じてディレードから一歩離れる。カールトンは無能だが、あれでも一応情報統制部の長官だ。ディレードはその部下。なのに上官に対して独断で情報を渡さないなどと尋常ではない。

「警戒させてしまいましたか？　でもご安心ください。私はあなた方の敵に回るつもりはありません」

　クスクス笑いながらディレードが一歩近づく。ライザは慌ててまた一歩引いた。

「信じられるものですか」

「いずれ分かりますよ、いずれね」

また一歩、ディレードが歩み寄る。ライザは更に後ろに下がろうとして、壁に背中があたるのを感じた。ヒヤリとしたものが背筋を駆け上がる。

──怖い。

カールトン伯爵の嫡男に部屋に連れ込まれそうになったときとはまた違う危機感に、ライザの足が震えた。あのときライザは怖いと思うより先に腹を立てていた。でも今は違う。目の前の何を考えているのか分からない男に対して、身の危険を感じるより先に得体の知れない恐怖を覚えていた。それが足を竦ませる。

「傍に、来ないで！」

そう叫んだときだった。

「ライザ！」

声と共に廊下の向こうにフェリクスが現れる。長いみつあみを揺らしながらこちらに向かってくる姿を見て、ライザの胸が震えた。

「お迎えのようですね」

そう呟くディレードの声も今のライザには聞こえない。ただひたすら目も意識もフェリクスにしかなかった。

安堵と喜びと、心の奥から湧き上がってくる「何か」に、ライザは声も出せなかった。

──私……ああ、そうか、そうなんだわ。

ライザの胸にすとんと落ちるものがあった。

――私は、あの人が……好きなんだわ。

一度そうと分かってしまえば、もう気づかないフリをすることも押しこめることもできなかった。

いつの間にかライザはフェリクスのことを特別に思うようになっていたのだ。もしかしたらこうして一緒に行動するようになる前からずっと。

でなければいくら医療行為と言われても、ライザは決して大事な部分を触れさせることはなかっただろう。あれを容認できたのも、あんなふうに感じてしまったのも、相手がフェリクスだったからだ。

思えば彼を父親と同じように女好きだと思い込んでいたときから憎からず思っていたのだろう。だからこそいつもだったら眉を顰めるだけで無視していたのに彼にはそうできなくて、反発していたのだ。

――こんなときに気づくなんて。

いや、こんなときだから気づけたのだろう。このことがなければライザはきっといつまでも認めなかった。自分の気持ちから目をそむけ続けただろう。

足早に近づいてくるフェリクスを、思いをこめてじっと見つめていたライザは不意に間近で聞こえてきた言葉に飛び上がりそうになった。

「お迎えがきたようなので私は先に会場の方へ行かせていただきますね」

忘れていた。ディレードがすぐ近くにいたのだ。

彼は上体をかがめ、ライザの耳のすぐ近くで囁いた。

「もし、恩人のことを知りたいのならいつでもおっしゃってください。グローマン准将殿はあなたに教える気はないようですので」

「え？」

思わず眉を寄せる。フェリクスはライザに恩人のことを教える気がない？

「彼はとっくにその恩人が誰だか分かっていますよ。でもそれをあなたに伝えていないだけです」

ライザの胸がドクンと嫌な音を立てた。

――信じてはいけない。この人は味方じゃない。私が信じるべきなのはフェリクスだ。彼の言葉など突っぱねてすぐに離れなければ。けれど、頭ではそう思っているのに、ライザの口から出たのはまるで違う言葉だった。

「どういう、こと？」

尋ねるべきじゃない。無視してすぐにフェリクスの方に向かうべきだと分かっているのに。ディレードが植えつけた疑惑をライザは無視することができなかった。

ディレードは足早に向かってくるフェリクスの方にちらりと視線を向けながら答える。

「あの夜、あの時間にカーティス伯爵家の屋敷内には伯爵家にとって招かれざる客がいたことをお忘れなく。そして彼らが標的にしていたのは誰だったかを。そうすればおのずと答えは見えてくるでしょう」

あの夜、屋敷にいた招かれざる客……？　それは……。

「ライザ！」

そのとき、フェリクスがたどり着いた。ライザの腕を引いてディレードから離すと、背中に庇《かば》う。

「アルスター准将殿、ここでライザに一体何をしていたのです？」

険を孕《はら》んだ口調でフェリクスがディレードに問いただす。問い方こそ丁寧だが、一触即発の雰囲気があった。

「フェリクス……」

フェリクスの背中で、ホッと息を吐く。安堵感と共にライザはディレードの言葉などに耳を傾けたことを後悔していた。

フェリクスがすでに恩人が誰かを知っていて、あえてライザに言わなかったとしても、それは何か理由があってのことに違いない。彼がすることは何かしら意味があるのだ。そう思いつくくらいにはライザはフェリクスという人間が分かっている。もちろん、彼が目的のためには手段を選ばない面があることも。それでもライザはフェリクスを信じるつもりだった。

けれど、ディレードはまるでその決心をあざ笑うかのように、疑惑という名の毒を流す。

「何もする気はありませんよ。あなたのところへ送り届けるところでした。准将殿たちが捜している、ライザ様を助けた恩人のことなどを話しながらね」

にこにこと笑うディレードの顔には含みはないように見える。けれど、ライザはフェリクスが一瞬だけ身体を硬くして反応したのを見逃さなかった。

――フェリクス？

「私はあの夜、屋敷にいて色々と見聞きしておりますので、もしグローマン准将殿のお役に立てればいつでもお力になりたいと思っております」

「……その申し出はありがたいが、遠慮させていただこう」

フェリクスが硬い声で応じる。いつもの余裕のある様子は鳴りを潜めていた。

「そうですか。残念ですね。気が変わったらおっしゃってください。では私はこれで」

断られたディレードは気にする様子もなく小さく頭を下げると歩き始める。

けれど、ライザを背中に庇うフェリクスの前を通り過ぎるときに一瞬だけ足を止めて笑いながら言った。

「不可解ですね。あなたはなぜライザ様相手にゲームをしているのでしょうか？」

それはフェリクスに向けた言葉でありながら、ライザにも向けられていた。

――ゲーム。

ディレードが「ゲーム」と言う言葉を使ってライザに示そうとしている事実は――。

ライザは誰かに頭を殴られたかのような衝撃を受けた。まさか、という思いが浮かぶ。

……恩人はフェリクスだった？

「まさか……」

その可能性と事実を考えて、全身がぶるっと震えた。

一方、フェリクスは言うだけ言って去っていくディレードの姿をじっと見つめていた。

その顔からは何を考えているのか窺いしれない。

ライザはその横顔を見ながら、あとからあとからあふれ出てくる疑惑の芽を潰そうとしていた。

――まさか。そんなのは嘘よ……！

フェリクスが恩人だったなんて。それを分かっていながらずっとライザに黙っていた、いや今も隠し通しているだなんて。……言う気がないだなんて。

――そんなのは、絶対に嘘だ。

「ライザ」

くるりと振り返ってフェリクスはライザを見下ろす。

「大丈夫かい？　あいつに何かされなかったかい？」

心配そうに尋ねてくるフェリクスはいつもと変わらないように見える。

「大丈夫よ。何かされたわけじゃないわ……」

そう、話をしただけだ。色々な話を聞いた気がする。その中にはフェリクスに伝えなければならない情報も入っていたはずだ。けれど、今のライザには何も考えられなかった。

ライザには考える時間が必要だった。冷静になって彼が言ったことをもう一度吟味《ぎんみ》しなければ。

「ライザ……」

フェリクスが何か言いかける。けれど、彼は頭を小さく振ると、思いなおしたようにライザに手を差し出した。

「ひとまず会場に戻ろう、ライザ。シアとグレイが心配している。話はあとで、二人きりになってからにしよう」

「……ええ」

これで少しは考える時間ができる。そう思ったライザは頷いてフェリクスの手に自分の手を乗せた。それから二人連れ立って広間に戻っていく。

いつものように知り合いに笑顔で応じる二人の様子は、すっかりパートナーとして振舞うことに慣れているように見える。

けれどもライザは以前と同じようにはもう二度とフェリクスを見られない気がしていた。

＊＊＊

――フェリクスが「恩人」かもしれない……。

その疑惑はその後もずっとライザについて回った。夜会の会場に戻って心配させたエルティシアに謝罪しているときも、フェリクスの傍らに立ち笑顔で貴族と話をするときも、頭の片隅にはずっとそのことがあった。

信じたくない。まさかと打ち消す傍からもしかして、という思いが湧き出てくる。

フェリクスはカーティス伯爵家の夜会には招待されていないと言った。あのリストにも彼の名前はなかった。それは確かだろうとライザも確信がある。

フェリクスは有名人だ。女性にも人気がある。彼が会場に姿を見せれば女性たちは色めき立ちその場が一気に華やかになる。そういう場面をライザは今まで何度も見てきた。だから、あの夜、フェリクスが現れたのならライザにはすぐに分かったはずだ。エルティシアのことを心配して注意力が散漫になっていたとしても、周囲のことがまったく見えなかったわけではないのだから。

あの夜フェリクスがカーティス伯爵邸にいなかったのは確かなのだ。だからフェリクスは「彼」にはなれない。「彼」ではありえない。でも……。

『あの夜、あの時間にカーティス伯爵家の屋敷内には伯爵家にとって招かれざる客がいたことをお忘れなく。そして彼らが標的にしていたのは誰だったかを』

そう。ディレードの言葉のとおり、あの夜カーティス家には憲兵隊がいた。あの男を捕らえ、狙われていた伯爵令嬢を助けるために。彼らは「招かれざる客」だ。そしてそこには事件の調査を担当していた左翼軍の情報局の人間もいた……。

部下が行ったという言葉が嘘で、彼らをあの場所で率いていたのがフェリクスだったとしたら？　あの嫡男を捜査していたフェリクスが、薬を盛られたライザがちょうど連れ込まれそうになったところに居合わせたら……。そして媚薬を盛られて正気を失ったライザを元に戻すために抱いたとしたら……。

脳裏に夢の中の一場面が浮かんでライザの頬が赤く染まった。

――全身を貫く熱と悦楽に煽られて、逞しい肩に縋《すが》りつき「もっと、もっと……!」と甘い声でねだっていた自分の姿を。

彼はライザの願うとおりに細い腰をぐっと抱き寄せる。胎内にみっちり埋まった楔の太い先端が奥をつきあげ、ライザは悦びの声をあげた。下半身がぐずぐずに溶けていて感覚すらあやしいのに、勝手に脚がビクビクと震え、つま先がシーツを掻く――。

ライザは慌てて脳裏からその場面を追い出す。

――いや、やっぱりフェリクスじゃない。

ライザには夢の記憶はあっても実際の記憶はない。あんなことをフェリクスとしたなんて信じられなかった。

それに仮にフェリクスだったとしても、ライザの純潔を奪っておいて何も言ってこないのは変だ。あの夜はカーティス家の嫡男を捕縛し、動揺する伯爵たちや招待客たちへの説明や始末もあってライザの傍にいるわけにはいかなかっただろう。でもその後、何も音沙汰もないなんて、ライザが知るフェリクスらしくない。

そう、やっぱり彼じゃない。フェリクスだって、あの夜、指揮をとっていたのは部下だと言っていたではないか。もしかしたら「彼」は部下の誰かなのかもしれない。それでライザには言えないでいるのかも……。

そこまで考えてライザは鈍器で頭を殴られたような衝撃を覚えた。

……いや、連絡はあった。実際フェリクスは、ライザのもとを訪れたではないか。用件はエルティシアについての相談と報告だったけれど。

その訪問はあの夜のすぐあとのことだ。

あのときフェリクスはライザの体調を気遣ってくれた。それが別のことを念頭においたものだったとしたら……？

「ライザ。着いたよ」

不意に声をかけられて、ライザは飛び上がりそうになった。

慌てて小さな窓の外に目をやると、見知った屋敷の玄関が見えた。色々考え込んでいる間に馬車はいつの間にかフェリクスの屋敷の玄関先に着いていたのだ。

「……どうして、ここに？」

いつもだったら先にエストワール邸に寄ってライザを降ろすのに、なぜ今夜はフェリクスの屋敷に直行したのだろうか？

物憂げな様子でフェリクスは小さなため息をつく。そこにはいつもの笑みはなかった。

「分かっているだろう？　ライザ。僕たちは話をする必要がある」

「……ええ」

ライザは膝の上に置いた両手をぎゅっと握り締めながら頷いた。フェリクスの言うとおりだ。このまま疑惑をうやむやなままにすることなどライザにはできない。それに、ディレードのことも話し合う必要があるだろう。あの話を聞いた直後は混乱して頭がごちゃごちゃしていたけれど、今は少し冷静になって、ディレードの言っていたこともちゃんと思い出せるようになっている。

フェリクスはライザを談話室へ連れて行った。テーブルを挟んで、ソファに向かいあって腰をおろす。執事がワインを運んできたが、彼が部屋を出て行ってもライザもフェリクスもグラスを手に取ろうとはしなかった。

先に口を開いたのはフェリクスだった。

「ライザ。ディレード・アルスターと何を話した？　何を言われた？　まずはそれを聞きたい」

「……最初は、クレメイン・カールトンのことだったの」

覚悟を決めてライザは話し始める。クレメインとディレードの話を聞いてしまい、何か他に情報がないかと二人を追いかけたこと。尾行していることをディレードに気づかれてしまったが、なぜか彼はそれを咎めることなく、クレメインが手を染めている犯罪のことをライザに暴露したことも。

「フェリクス。クレメイン・カールトンはガードナ国の商人から賄賂を受け取って出入国に関して便宜を図っているみたいだわ。このことで罪に問えないかしら？」

フェリクスはライザの話を難しい表情で聞いていたが、ふと顔をあげて思いもよらないことを告げた。

「クレメイン・カールトンの行状については実は情報局でもすでに摑んでいる。逮捕できるだけの証拠も揃えてある。でも今はわざと泳がせているんだ」

「え!?」

わざと泳がせている?

「どういうことなの?」

「確認させたところ、クレメインの家に出入りしている商人と、近衛隊に入隊した例の子爵家の次男に陛下の暗殺を指示した商人とは別だったんだ」

「別人……」

そういえば暗殺を指示した商人は消息不明になっているとフェリクスは以前言っていた。一方、クレメインと癒着している商人は依然として取引を続けているところからも、同一人物であるわけがないのだ。

「……そう簡単に尻尾は出さない、というわけね」

「ああ。クレメインに賄賂を渡しているのは商人くずれの男だ。物も人も流通が止まっている今、ガードナ国の物を密輸して売りさばけば儲《もう》かると思ったんだろう。ちんけな男だが、ガードナ国と繋がりがあるのは確かで、暗殺を指示した商人とも何か関わりがある可能性が高い」

「だから泳がせて様子を見ているのね」

ライザは納得したとばかりに頷くと、身を乗り出した。

「ねぇ、クレメインと癒着している商人はガードナ国の物品をグランディアに密輸しているのよね。それを隠れ蓑にしてガードナ国の人間も出入りしているという可能性は？」

「大いにあるね。クレメインは商人に依頼されて数回ほど偽の身分証明の書類も発行しているようだ。それを使ってグランディア国民と偽り検問をすり抜け入国し、活動している者がいると見ている」

「やっぱり」

いつもの調子でフェリクスと情報を交わし、意見を言い合う。このとき、ライザはそれに夢中になりフェリクスへの疑惑のことは忘れていた。それをライザが思い出したのは、フェリクスがその名前を口にしたからだ。

「問題は……ディレード・アルスター准将だな」

ライザはドキッとした。

「自分が共犯として捕まるかもしれないのに、上官の犯罪行為をあっさり君に話すとは一体何を考えているのやら……」

まるで独り言のように呟くと、フェリクスは思案するように目を細める。ライザはフェリクスへの疑惑を思い出し、心がしぼんでいくのを感じながら尋ねた。

「彼は共犯なの？」

しばらく考えたあとフェリクスは首を横に振った。

「いや、彼が賄賂を受け取った形跡はない。ただ、関わっていた可能性は高いと思う。クレメインに命令され、偽の身分証明書類を作成したのもおそらく彼だろう。だからこそ、君にあっさり犯罪行為を暴露する理由が分からない」

――ディレード・アルスター。彼の目的は一体何なのだろう？　なぜライザに、そしてフェリクスに思わせぶりなことを言うのだろうか？

「まともに話をしたのは今日が初めてなのに……。彼は一体どういう人なの？」

「一言で言えばとても優秀な人物、だな。周囲からの評判もそうだし、実際僕もそう見ている」

それからフェリクスはまるで身上書を読み上げるように淡々と言う。

「年は二十九歳。一年前に亡くなった義父のあとを継いでアルスター子爵となる。その義父の推薦で右翼軍に入り、めきめきと頭角を現していった。二年前に情報統制部の副長官に就任。キレ者で、クレメインが長官になって以降、実質的に情報統制部を動かしているのは彼だ」

「義父？　彼は前アルスター子爵の実子ではないの？」

「ディレードは前アルスター子爵夫人の連れ子だ。前アルスター子爵と血は繋がっていないが、夫人との間に子どもができなかったので、彼が子爵位を継いだ。本当の父親は不明。五年前に亡くなったアルスター子爵夫人は未婚で、誰が父とも知れぬ子を身ごもって産んだ。けれど、決して相手の名前は明かさなかったそうだ」

「まぁ」

初めて知る事実にライザは目を丸くした。

「未婚の母だなんて、さぞ大騒ぎになったでしょうね」

いくら昔に比べて貞操観念《ていそう》がゆるくなったと言っても、貴族の娘が結婚もしないで父親の知れない子どもを産んだとなったら醜聞《しゅうぶん》は避けられなかっただろう。

ところがフェリクスは肩を竦めて意外なことを言った。

「実は当時はそれほど大騒ぎにはならなかったようだよ。皮肉なことにその一年前にフリーデ皇太后が子どもを――陛下を産んでいたからね」

「え？　どういうこと？」

「当時、今までまったく妊娠する気配のなかった王妃が子を産んだことで、父親は前国王ではないという噂がまことしやかに流れていた。そんな中で父の分からない子を産んだ令嬢のことで大騒ぎするには少し微妙な時期だったようだ。ちょうど側室も子どもを産んだばかりだったしね。おかげで母子は遠い領地で静かに暮らせたらしい。やがて前の妻と死別したアルスター子爵に求婚され、母親は子どもを連れて結婚したというわけだ」

「なるほど、彼も複雑な生い立ちだったのね……」

実の父親は不明で、しかも連れ子。その事実が彼の人生に暗い影を落としていたのは想像に難《かた》くない。だから、地位にも爵位にも未練はないと言ったのだろうか？

そう言ったときのディレードを思い出して顔を顰めていると、フェリクスが急に声を落としてライザに尋ねた。

「ライザ。ディレードが言ったのはそれだけ？　クレメインと商人の癒着のことだけかい？」

ライザはギクリと顔をあげた。そんな彼女をフェリクスの水色の目が射貫く。

「言って、ライザ。彼は他に何を言っていた？」

「彼は……」

言い逃れはできなかった。フェリクスが来たときにライザとディレードが話していたことはクレメインの犯罪のことではなかったし、彼もディレードに同じことを仄めかされたのだから。

「彼は……私があなたに捜してもらっている『恩人』のことを持ち出して、あの夜に誰が私を助けたのか知っているって、自分がその『恩人』のことを教えようかと言ってきたわ」

少し掠れた声でライザは続ける。

「私は断った。あなたに依頼したのだから、あなたに教えてもらうのが筋だって。そうしたら、彼は言ったわ。あなたはすでに恩人が誰かを知りながら私に教える気はないのだと……」

その言葉に反応して、フェリクスの眉がぴくりと動くのをライザは見た。これ以上彼の顔を直視できなくて、膝の上に載せた自分の手に視線を落とす。

「ディレードは、あのときあの屋敷の中には伯爵にとって招かれざる客がいて、誰を標的にしていたのかを考えれば答えはおのずと分かるって。彼は……」

「彼は……あなたが私を相手にゲームをしているって……」

声が震えた。

ライザは膝の上で拳をぎゅっと握り締めて、顔をあげた。

「フェリクス。あなたが、私の『恩人』なの——？」

沈黙が広がった。フェリクスは何も言わない。ただ、ライザを見返しているだけだった。

——違うと言って！　お願い！

もしフェリクスがライザを抱いた「彼」だったとしたら、自覚したばかりのこの想いが粉々に砕け散ってしまう気がした。ライザはこの恋を守りたかった。だから違うと言って欲しかった。

なぜなら、フェリクスにとってライザは、純潔を奪っておきながら責任を取るどころか、その事実を伝える必要もない存在であると言っているにも等しいのだから。

フェリクスの反応を待ちながら、ライザは今自分が縋るような目で彼を見ていることを自覚していた。

「……ライザ」

小さな吐息をつくと、フェリクスが立ち上がった。その表情は何を考えているのかまったく読み取ることができない。けれど、ライザの目の前に跪き、彼女を見上げたフェリクスの顔は優しそうであり、どこか辛そうでもある、初めて見せる表情だった。

「ライザ」

手を伸ばし、ライザの頬に触れながらフェリクスは優しく問いかける。

「君にとって『恩人』はそんなに大切なものかい？」

「え？」

「何が何でも探し出したい？　責任を取らせたい？」

「それは……」

ライザはそっと目を伏せる。

……確かにあの淫らな夢を頻繁に見ているときは「彼」に会いたかった。疼く身体と熱を持て余し、夢の中でライザを解き放ってくれた顔の見えない相手に惹かれていた。

……恋とは言えないまでも、縋る手に応えて抱きとめてくれた相手を欲していたのだ。

けれど、今は違う。フェリクスと一緒にいるのが楽しくなっていた。彼のパートナーとして夜会に出席し、情報を集め、意見を交換することにわくわくした。夢はいつの間にか遠ざかり、現実のフェリクスという存在がライザを埋め尽くしてしまった。

「ねぇ、ライザ。僕じゃだめかい？」

「フェリクス？」

「僕が君の隣に立ってはだめかい？　恩人じゃなければ、君に触れる権利もない？」

「……それ、は」

唇がわなないた。

……その言葉の意味は？　少しはうぬぼれてもいいのだろうか？

「どういう、こと？」

「僕は君の傍にいたい。君の隣に。それは『恩人』じゃなきゃだめなのかい、ライザ？」

「っ……」

急に喉がつかえてうまく言葉が出せなくなった。小さく頭を振って大きく深呼吸する。

「……そうじゃ、ない」

かろうじて吐息とともにそう言うと、フェリクスが嬉しそうに笑った。

「だったら、ライザ。『恩人』ではなくて、僕のことを考えて欲しい」

ライザは目の前の男をじっと見下ろした。

そのときフェリクスが自分の質問にまったく答えていないことに唐突に気づいて、ライザは口を尖らせる。

「酷い人ね。あなた全然私の質問に答えてないじゃない……」

けれどフェリクスはライザのボヤキを聞いて笑った。

「君が手に入るなら頷いてもいいんだ。だって君は全然覚えていないのだから。僕は自分が『恩人』だともそうじゃないとも好きなだけ嘘がつける。でもそれじゃ意味がないだろう？」

「……そんなのは詭弁《きべん》よ」

言いながらライザは不思議なことにフェリクスが言うとおり、彼が『恩人』かどうかなどまるで気にならなくなっていた。フェリクスが自分を求めている、そのことだけで頭がいっぱいになってしまったのだ。

あとから思うにこのときライザは完全に「金の狐」の術中に嵌まっていたのだろう。

「ライザ」

フェリクスはライザの頬をそっと撫でる。少し体温の低い手は、火照った肌にはとても心地よく感じた。

「僕に権利を与えてくれ」

「権利？」

「そう、責任を取る権利を」

「それって……」

ライザは息を呑んだ。『純潔を奪った責任を取って婚約者の役をやってもらう』と、確かに以前ライザはそう言った。……つまりフェリクスは、過去のことはどうあれ、今からライザを抱いて、その責任を取りたいと言っているのだ。

親指をライザの唇に滑らせると、フェリクスはまるでそそのかすようにゆっくり撫でる。ぞくりと背筋に甘い痺れが走った。

「僕に責任を取らせて欲しい。だめ？」

「それは……」

答えられずにライザは思わず唇を噛む。するとすかさずフェリクスが身を乗り出しながら笑った。

「ああ、ほら、ライザ。その綺麗な唇を傷つけたらだめだって言っただろう？」

弧を描いた唇がライザの唇を覆った。

「……っん……！」

いきなりの口づけに、とっさに薄く開いてしまった唇を割ってフェリクスの舌が入り込む。驚いて逃げようとする舌を捉えられ、ざらざらとした表面が絡まり擦れ合う。

「……っふぁ……」

たったそれだけだったのに、ぞわぞわと全身の肌が粟立《あわだ》った。根元を扱《しご》かれ、上顎を舌先でくすぐられ、ライザの背中に何度も震えが走る。

巧みな舌に咥内を攪拌《かくはん》され、ぴったり合わさった口からピチャピチャと濡れた音が漏れ始める。最初は恥ずかしく思えたその音もどんどん大きくなるにつれ、ライザの頭は次第にぼうっとしてきて、やがて何も考えられなくなっていった。

……気持ち、いい。

やがてフェリクスが顔をあげたときにはライザは息を弾ませ、ぼんやりと見上げることしかできなくなっていた。

フェリクスはライザの赤く濡れた唇、せわしなく上下する豊かな膨らみ、そしてハイウエストのドレスの奥に隠された両脚の付け根に目を走らせる。そしていつになく無防備なライザに欲情を更に煽られたらしく、彼女の耳元で性急に答えを迫った。

「ライザ、君を抱きたい。いいかい？」

ライザは自分が頷いたかどうかさえ覚えていない。けれど、ふと気づくとフェリクスに抱き上げられ、どこかへ運ばれている最中だった。

屋敷の人間に見られるかもしれないことは頭になかった。運ばれている間も、敏感な耳に歯を立てられ、耳の中を舌でまさぐられ、絶えることなく刺激を受けていたからだ。

「ふぁ、ん、あん、んっ……」

甘い声が自分の口から漏れていることも気づかなかった。そして、ライザの耳に息を吹き込むように囁かれた言葉も。

「思い出すんだ、ライザ。君の身体が誰のものなのかを――」

＊＊＊

尖った胸の先端を舌で嬲《なぶ》られ、歯を立てられながらきつく吸われて、ライザの赤く染まった身体が白いシーツの上で艶めかしくくねった。

「こうされるの、好きみたいだね」

フェリクスはくすっとライザの肌の上で笑うと、再び先端を甘噛みしながら薄紅の小さな乳輪ごとぱくりと口の中に入れて吸い上げる。

「や、あっ、ぁあ、や、も、もう……」

もう片方の胸の頂《いただき》もフェリクスの指で痛いくらいに捏《こ》ねられ、両方の胸に同時に与えられる刺激にライザの唇から喘ぎ声が漏れた。

「あっ、んんっ……っ」

びくん、びくん、とライザの裸体が震える。

フェリクスの寝室に連れて行かれ、彼のベッドの上でドレスやシュミーズ、ドロワーズなどを優しく宥めるように脱がされたところまではライザもまだ正常にものを考えられていた。けれど、ひとたび肌に触れられ、愛撫を受け始めると、まるで自分の身体ではないように激しく反応した。フェリクスはまだ服を身につけたままでいるのに、自分だけが一糸纏わぬ姿を晒している恥ずかしさもすでに頭の中から抜け落ちている。

――おかしい。私、変だわ。

あの夢を見たあとだってこんなふうになったことはない。まだ乳房にしか触れられていないのに、まるで全身が性感帯になったかのようにあちこちが疼いている。両脚の付け根は奥から溢れてくる蜜ですでにしとどに濡れていた。

「んっ……！」

胸の膨らみを下から掬《すく》い上げられるように揉みしだかれ、ライザはフェリクスの下で身悶える。

「私……あっ、変……、ん、どうして……？」

涙をたたえ、喘ぎながらライザは呟く。こんなに感じてしまうだなんて、おかしい。まるで……。

「まさか……媚薬……」

まさかと思いつつも口にすると、フェリクスの指がピンっと立ち上がった胸の先端をぎゅっとつまんだ。

「ああっ……！」

「酷いな。盛ってないよ」

罰とばかりに胸の突起を苛められ、ライザは嬌声をあげながら身をくねらせる。

「ぁ、ん、だ、だって……前に……」

何しろフェリクスには前科がある。エルティシアから身を引こうとするグレイシスに焦《じ》れて、背中を押すために一服盛ったのだ。

「グレイのときは特殊事例だよ。君に薬を盛る理由はない。それに忘れているようだけど、君はこの屋敷にきてから薬どころか水一滴も口にしていない」

「そ、それ、は……」

そう。それは確かだ。執事がワインを用意してくれたが、ライザもフェリクスもまったく手をつけていない。

ならば、こんなに感じてしまうのは、薬のせいではなくて……。

「君が敏感なだけだと思うよ」

フェリクスはそう言いながら乳房から手を離し、下腹部に手を滑らせる。ライザは汗ばんだ肌を撫でていくその感触にビクンと腰を震わせた。期待に下腹部が疼き、トロリと胎内から蜜が溢れて零れていく。

蜜をたたえたその場所に指をそっと差し入れながら、フェリクスがふっと笑う。

「ライザ、君はとてもいやらしい身体をしているね」

恐れていたことを言われてしまい、ライザの身体は羞恥で更に赤く染まった。けれどすぐに割れ目を優しく撫でていた指が入り口で蜜を攪拌し始め、ライザはそれどころではなくなってしまう。

「ん、ぅんっ」

漏れ出そうになる声を必死でかみ殺す。

ぬちゅっという粘着質な水音が自分の脚の間から聞こえてきていた。そのうえ口から零れてくるのは自分でも驚くくらいに甘く濡れたような声で、二重の恥ずかしさに舌を噛んでしまいたくなる。

「声、我慢しなくていいよ。誰もここには近づかないように申し付けているから。僕しか聞いていない」

笑いを含んだ声が上から降ってくるのと同時に、蜜口を探っていた手が、ぬかるみの中に沈んだ。

「あっ、んっ……！」

ライザは息を呑んだ。蜜をたたえた狭い膣道に長い指が押しこまれていく。違和感と圧迫感はあるものの、痛みはない。前に医療行為として探られたときと同じように、ライザのそこはフェリクスの指をあっさり受け入れた。

「ライザ、君の中は相変わらず熱いね。指、きゅうっと締めつけてるの、分かるかい？」

「……いや……言わない、で……」

思わずライザは手で顔を覆った。フェリクスの言うとおり、ライザの胎内は無意識のうちに彼の指を奥に引き込もうとしているように熱く締めつけていた。まるで待ちわびていたみたいに。

……いや、もしかしたら本当に待ちわびていたのかもしれない。この指で以前探られたときのことは脳裏に刻み込まれている。

奥深くまで埋められたフェリクスの指が、抜き差しを始めた。

「……んぅ……」

ちゅぷちゅぷと淫らな水音を立てながら隘路を慣らすように抽挿を繰り返したあと、今度はゆっくりと円を描き始める。締めつけてくる膣壁をなぞるように擦りながら中を探っていく。

「んっ、ふぅ……」

両手でシーツを握り締め、ライザは零れそうになる声を懸命にかみ殺す。けれど、中で

折り曲げた指にお腹側を擦られた瞬間、甲高い声をあげた。

「っひゃあ！」

ビクンと腰が跳ね上がる。背筋を快感が走りぬけ、脳天を突き抜ける。奥から蜜がトロッと溢れだし、フェリクスの手を濡らしていく。それを恥ずかしいと思う間もなく、感じる場所を執拗に擦られてライザはそのたびに嬌声をあげ、腰を震わせた。その嬌態をフェリクスは水色の目に愉悦の光を浮かべながら見下ろしていた。

「やぁ、な、なんで……」

自分の身体が勝手に反応してしまうことに、ライザは怯える。そんな彼女を宥めるように浅いところを掻き混ぜながら、フェリクスはライザの耳に唇を滑らせながら囁く。

「怯えなくて大丈夫。ここね、君の感じる場所なんだ。だからそうなるのも無理はない」

敏感になっている耳の穴に息を吹きかけられてぞわりと肌が粟立った。

「んっ……！」

ぶるっと四肢を震わせながら、女性の感じる場所をいとも簡単に探し当てられるほど彼がこういう行為に手馴れていることに、ライザの心に嫉妬めいた炎が燃え上がる。けれど、蜜壷を掻き混ぜる指が増やされたことに気づいてそれどころではなくなってしまった。

「ぁ……は……ん」

痛みはなく、違和感もすでに遠のいた媚肉は柔らかく蕩けて、呑み込んだ指を迎え入れる。ぐりぐりと抉られるように広げられたかと思うと、中でバラバラに動き出した手に濡れた粘膜の壁を擦られて、法悦の波が何度も押し寄せてきた。

「あっ、ぁぁ、だめ、あ、ん、んン……」

びくんびくんと陸に揚げられた魚のように身体が跳ね上がる。丸まったつま先は何度もシーツを掻いた。

「一度イっておいた方がいいかな」

フェリクスの声が聞こえた次の瞬間、指を呑み込んでいる膣口の上にある赤い蕾を親指の腹で撫でられ、ライザは甘い悲鳴をあげた。

「あぁあぁぁ！」

充血して敏感になったそこを刺激されて、ビクンと腰が浮き上がり、またベッドに沈む。けれどそれは一度だけで終わらなかった。尖った突起を何度も擦られ、繰り返し与えられる悦楽にライザは声をあげた。もう抑えることはできなかった。

「や、ぁあ、そこ、あ、ん、だ、め……ぁぁあ！」

腹の底からせりあがってくるような甘い悦びにライザは淫らに身をくねらせる。指と淫核を撫でる指の動きに合わせて腰が動いていることに本人は気づいてはいなかった。

下腹部が甘く締めつけられ、そこから何かがせりあがってくる。目の前がパチパチとはじけて怖くなり、ライザはシーツを握っていた片手を離し、何かに縋るように伸ばした。その手をフェリクスの手が捉え、口に運ぶ。

ほっそりとした人差し指の先端に歯を立てられるのと同時に、花芯を指の腹で揉み転がされて、ライザは一気に頂点に押しやられた。

「ひゃぁぁぁあ！」

顚を反らし、一際高い声をあげて、ライザは達した。熱く濡れた媚肉がフェリクスの指に絡みつき、ぎゅうっと締めつける。

目の前が真っ白に染まり、ライザの意識は快楽の波に沈むように蕩けていく。荒い息を吐きながら、絶頂の余韻にビクンと身体を震わせる彼女を水色の目が笑いを含んで見下ろしていた。

「ライザ、君は本当に可愛いね。こんな姿を見たのが僕だけだと思うとゾクゾクするよ」

「あ、んっ……」

その言葉に疑問を覚える余裕もなく、蜜壷から指が引き抜かれていく感触にライザは悩ましげな声を漏らす。

空洞になったそこがまるで失ったものを求めるかのようにヒクつき、蜜を溢れさせた。じくじくした熱が疼きとともに全身を駆け巡り渇望を訴える。

——彼が欲しい。この熱を治めて欲しい……。

その渇望はフェリクスでないと癒やせないのだと、なぜかライザには分かっていた。

すぐ横で衣擦れの音が聞こえ、ライザはそちらに目を向ける。するとフェリクスが身につけていた服を次々と脱いでいくのが目に入り、息を吞んだ。次第に露わになってくる裸体に、ようやく整えたはずの息が乱れる。

軍人なのだから鍛えているのは当然知っていた。見かけによらず筋肉質なのも、談話室から寝室までライザを軽々と抱えて移動したことからも明らかだ。

けれど、脱いだシャツから現れたのは、ライザが思っていた以上にがっしりとした筋肉質の身体だった。筋骨隆々というわけではないが、あるべき場所にきちんと筋肉がついている。幼い頃の兄くらいしか異性の裸を見たことがないライザにも、フェリクスが均整のとれた美しい体躯の持ち主であることくらいは分かった。

ごくりと喉が鳴った。ライザが見ていることに気づいたのか、フェリクスがくすっと笑いながら、トラウザーズに手をかける。ライザはそこが欲望を主張して盛り上がっていることに気づいて慌てて目を逸らした。頬が燃えるように熱い。

急に喉の渇きを覚え、唇を濡らしていると、ギシッとベッドが鳴った。フェリクスの笑いを含んだ声が落ちてくる。

「こんなときに更に煽ろうとしているのかな、ライザ？」

「あ、煽ってなんか……」

そう言いかけたライザだったが、太ももに手をかけられ、ぐっと大きく脚を開かされて口をつぐんだ。ライザの脚の間に身を落ち着かせたフェリクスは、蜜をたたえた秘部に猛ったものをこすりつける。

蜜をまぶされ、濡れた先端が蜜口にぴたっと押し付けられるのを感じてライザは息を潜めた。ほとんど初めての経験だというのに、不思議と怖くはなかった。

「挿れるよ、ライザ」

ライザはフェリクスの水色の目に浮かぶ情欲の炎に魅入られるようにしてこくんと頷いた。フェリクスがぐっと腰を進めてくる。

「……んんっ……」

太い先端がライザの狭い入り口を押し開き、ぐぷっと音を立てて埋まっていく。指の比ではない圧迫感と異物感にライザはぎゅっと目を瞑った。けれど痛みはない。

隘路をフェリクスの太い楔が拓いていく。ずぶずぶと埋まっていき粘膜の壁を擦られ、ぞわぞわとしたものが背筋を駆け上がる。ライザの太ももがふるふると震えた。

「……ふぁ、あ、ん、ぅ……」

やがてライザの脚の付け根にフェリクスの腰がぴったりと重なり、彼のすべてを受け入れたことを知る。そこに至るまで遮るものはなかった。痛みもなく、まるで慣れ親しんだもののように受け入れていく自分の身体に、ライザは胸を締めつけられた。

――やっぱりもう私はすでに純潔を失っているのね……。

どうせならフェリクスに純潔を捧げたかった。

「……君の中は熱くて狭くて、すごく気持ちいいよ、ライザ」

中に埋めたままフェリクスが掠れた声で呟く。そっと目を開けたライザの頬や唇に触れるだけのキスを落とすと、フェリクスはライザの顔の横に両手を置き、彼女を組み敷いて艶やかに笑った。

「君の胎内《ここ》は僕を覚えているようだね。いい子だ」

「……え？」

けれど、聞き返す間もなくフェリクスの腰が動き始め、ライザの意識は快楽に蕩けた。

「ぁぁあ、ん」

猛った肉茎が絡みつこうとする膣壁を擦りあげる。得もいわれぬ愉悦が子宮に伝わり、背筋を駆け上がっていく。何度も何度も。

ギリギリまで引き抜かれた怒張が、再び突き入れられ、指では届かなかった最奥《さいおう》を抉った。太い先端でズンと感じる部分をこじ開けられ、ライザは背中を反らして声をあげる。

「ひぁあ……んあぁっ！」

頭がじんと痺れて何も考えられなくなっていく。

「や、あ、んっ、ぁあん」

入れたまま小刻みに揺らされて、ビクビクと腰が淫らに揺らめく。奥からじわじわと蜜が零れ、それを塗りこめるように媚肉を捏ねられる。ぬちゅぬちゅと音を立てて擦れ合う淫らな感触に、全身にぞくぞくと甘い痺れが走った。

「フェリクス……ああ、フェリクス……！」

熱に煽られて、ライザはフェリクスの頭に両手を差し込んで縋りついた。指と指の間に柔らかな髪の感触が伝わってくる。

そのとき、悦楽に蕩けた頭の中に何かが差し込んだ。

柔らかな髪。いつかどこかで感じた手触りだ。……そう、あの夢で感じたような。

夢の中の「彼」のような。

――そう思った瞬間、頭の中で何かがパーンと音を立ててはじけて飛んだ。

「……あ……？」

あれほど何も思い出せなかったあの夜の出来事が、まるで霧が晴れたかのように脳裏に蘇ってくる。

フェリクスの頭を抱き寄せようとしていたライザは全身を硬直させた。悦楽の波もサァーと引いていく。

「……ライザ？」

異変を感じとり、フェリクスが不思議そうにライザを見下ろす。自分を組み敷く男を、これ以上はないほど大きく目を見開いてライザは見つめた。

「……あなた、だったのね、フェリクス」

絞り出すような声がライザの乾いた唇から漏れる。ついさっきまで甘い声を響かせていたのに、今のライザの声はこわばり、甘さなどまるでなかった。

「あなただったのね、フェリクス。あの夜、私をあの男から助けたのは――」

その言葉にフェリクスの口の両端が弧を描くのを、ライザは見た。

――今ならはっきり思い出せる。薬に煽られ、正気を失う直前のその光景を。

あの夜、薬を盛られて朦朧としたライザを抱え、そっと後ろから抱きしめた腕の持ち主はフェリクスだった。

「もう大丈夫」

そう囁きかけられて、ライザは曖昧になっていく意識の中で、安堵につつまれていた。フェリクスが来てくれた。もう大丈夫だ、そう思ったからだ。

身体を預けながら、ライザはぼんやりとあの嫡男とその従者らしき男がフェリクスの後ろから現れた彼の部下たちに捕縛されていくのを眺める。それが済むと、フェリクスはライザを見下ろしながらいつもの調子で言った。

「やれやれ、ライザ。シアのことでも大変なのに君までこんな事に巻き込まれてくれるとはね」

でもライザはそのときすでに目を閉じ、薬の影響で荒い息を吐き、内側で燃える熱に苛まれて正気を失う直前だった。それに気づいたフェリクスは舌打ちすると、すぐさまライザを抱き上げた。

「解毒剤を！」

部下にそう命じたが、言いにくそうに返ってきた答えは、彼の望むものではなかった。

「それが局長、今夜持参したあの解毒剤は、やつの私室に軟禁されていた伯爵令嬢に使用してしまいまして」

「予備は？　確か持ってきていたはずだ」

「そ、それが、薬を飲ませる際に伯爵令嬢が暴れ出し、予備の瓶を壊されてしまったようで……」

「くそっ」

フェリクスは再び舌打ちしたが、念を入れてもっと解毒剤の予備を持ってくるように指示しなかった彼自身にも責があると分かっていた。

「どうしますか？」

「……僕が応急処置をする」

躊躇したのは一瞬だった。腕の中でぐったりと目を閉じているライザを見下ろしそう宣言すると、フェリクスは部下たちを見やって指示を与える。

「伯爵令嬢は念のため、今すぐ人目につかないように医者のもとへ。それと誰か司令本部へ行って今すぐ解毒剤を取ってきてくれ。そいつらの尋問、それに伯爵たちへの説明はライザの応急処置が終わり次第僕が行う。その間、ここは任せた」

そう言うとフェリクスはライザを抱えたまま少し離れた部屋へと足を向けた。そこは奇《く》しくも嫡男がライザを連れ込もうとしていた部屋だった。フェリクスは部屋の前まで来ると、急に振り返り厳しい口調で命じた。

「応急処置が終わるまで、ここへは決して人を近づけるな。それと……ライザのことは他言無用だ」

「はい」

部下たちが頷き、それから一斉に動き出すのを背後で感じながらフェリクスは部屋へ入り、ライザをベッドにそっと降ろす。

「ライザ」

熱さと疼きに煽られて、荒い息を吐いていたライザはその呼びかけに目を開けた。けれどすでに薬は全身に回り、まともにものを考えることは不可能だった。

「熱いの……」

身体が疼いて仕方なかった。解放されたくて、唯一助けてくれそうな相手に縋る。

「助けて……」

必死で伸ばした手を、フェリクスが握る。

「今すぐ助けてあげるよ。ライザ。でもその代わり――」

そのとき、フェリクスが何を言ったのかはっきり分からなかった。すぐに熱に呑み込まれ狂乱の渦の中でもみくちゃにされていった。


「あの夜のことを思い出したんだね、ライザ」

ライザを見下ろしていたフェリクスは何を考えているのか分からない表情で呟く。そこに正体が知られたことへの焦りや気まずさは見当たらなかった。

「どうして、言って、くれなかったの？　自分が『恩人』だって。いいえ、どうして、そのもっと前に……！」

思い出せば思い出すほどライザの心は冷えていく。さっきまで感じていた快感は今は遠かった。

フェリクスがライザの純潔を奪ったのは正気に戻すためには仕方のないことだった。それは理解できる。解毒薬がない状態であの嫡男に飲まされた媚薬の効果からライザを解放するには、抱くしかなかっただろうから。

ライザが許せないと感じるのは、そして裏切られたと感じたのは、フェリクスが彼女を抱いたことじゃない。その後彼がそれをなかったことにしたからだった。

処女を奪っておきながら、それを伝えることもしないほど彼にとっては意味のないことだったのだろうか？

そう思うと胸が苦しくなる。

別に責任を取って欲しいわけじゃない。ただ、誠意を見せる必要もない相手だと思われていたのが悔しくて、悲しかった。

――フェリクスにとって私はそんな価値すらない女なの……？

それはライザには身を切られるように辛いことだった。

「当の本人に『恩人』を捜すように依頼し、責任を取らせると息巻いていた私は、あなたから見たらさぞかし滑稽だったでしょうね……」

震える声で呟くと、ライザは浮かんできた涙を堪えようと目を閉じる。

「君が怒るのも無理はない。ライザ」

静かな声が降ってくる。

「君に黙っていたのも、言わなかったのも、僕なりの事情があったからだ。決して君を蔑《ないがし》ろにしていたわけじゃない」

「もういいわ」

言い訳など聞きたくはない。今は一人になりたかった。

ライザは顔を背けると、フェリクスの身体を押しのけようとした。

「放して。家に帰るわ」

ところがフェリクスはライザの腰を掴んだかと思うと、ぐっと自分の腰を押し付けた。繋がったままの楔がライザの奥の部分を擦り上げる。

「あっ……！」

背筋を貫く快感に、ライザは思わずのけ反った。

「だめだよ、ライザ。逃がさない」

フェリクスは腰を押し付けたまま、ライザの奥の感じる場所を執拗に小突きあげる。遠のいたはずの淫悦が急速に戻ってきた。

「あっ、や、やめっ」

揺さぶられ、身体を震わせながらライザはそれでも何とかあらがおうとする。けれど、フェリクスの熱い身体をおしやろうとした手はすぐに落ちて、シーツを握り締める。

「放すわけないだろう？　三か月以上もの間、君を目の前にしながらずっと我慢していたのに。思い出したのならもう手加減はいらないよね？」

手を伸ばし、フェリクスは自分を呑み込んでいるライザの花弁の上にある突起を指で撫でる。

「いや、やめっ、ん、あっ、ぁあ！」

ライザの腰がビクンと跳ね上がる。充血して立ち上がった敏感な蕾をまさぐられながら貫かれ、急速にライザは押し上げられていった。

「君の身体が誰のものか、もう一度刻み込んであげよう。今度はもう二度と忘れないように」

「あっ、や、ん、んンっ、ぁあ、や、あ」

繋がった場所からぐじゅぐじゅと粘着質な水音が鳴り響き、掻き出されて白く泡立った蜜がシーツに零れ落ちていく。

一段と嵩《かさ》を増した楔に奥を穿たれて、ライザの目の前に火花が散った。たまらずにフェリクスにしがみつきながら、せりあがってくる波に身を委ねる。

「あ、ああああ！」

高い声をあげ、頤を反らしながら、ライザは絶頂に達した。膣壁が動きを止めたフェリクスの肉茎に絡みついて締めつける。

「あっ……はぁ……ん……」

ライザは絶頂の余韻に身を震わせる。けれど、ライザが達している間、腰の動きを止めていたフェリクスは、すぐに動きを再開させた。

「ま、待って、まだ……、ああっ！」

絶頂の波が収まらないうちに始まった律動に、ライザは悲鳴をあげた。達して敏感になった胎内に猛った灼熱の楔が新たな悦楽を送り込んでくる。

「あっ、いやっ、あ、あっ」

ライザの肉壁を掻き混ぜながら、フェリクスは嫣然《えんぜん》と笑う。

「ライザ、あの薬はね、人身売買の組織が女性を性奴隷にするためにつくられた薬なんだ。性欲と感度を高め、女を性行為なしには生きられなくしてしまう。一回くらいならほとんど副作用もなく影響はないけれど、何度も繰り返し服用されるうち、女性は自ら身体を開くようになり、快楽に堕ちていく」

……そんな危険な薬をあの男はライザに盛ったのか。

喘ぎながら、ライザはその恐ろしさに身を震わせた。

「あの薬の恐ろしいところはそれだけじゃない。あの薬が作用している間に受け入れた男を主人だと身体に覚えさせていくんだ。だからあの組織から女性を買った人物には何回か分の薬が渡される。それを使って繰り返し女性を犯すことで、自分専用の性奴隷にするんだ。やがて、女性は主人なしには生きていけなくなる。救い出された女性は今も禁断症状に苦しみ、時々狂ったように『ご主人様』を求めるそうだ」

フェリクスは腰の動きを止めると、薄く笑いながら、彼女の下腹部に手を滑らせた。平らなそこをそっと撫でながらライザを意味ありげに見下ろす。

「君はあの薬に冒されているときに僕を受け入れた。この意味、分かるかい？」

手のひらの下でまさに今フェリクスの楔がライザの隘路をみっちり埋め尽くしていることをまざまざと感じながら、ライザは震え声で答える。

「薬は……一回じゃ影響ない、って……」

「そうだね。検査させたら一回じゃたいした影響はないという答えだった。でも薬の効き目には個人差がある。君の場合、記憶が飛ぶくらいにあの薬に過敏に反応していたことを考えると、影響なしとはいえないかもね」

「まさか……」

こんなにも身体がフェリクスに対して反応してしまうのは、まさか……。

「実際、君のここは僕の形を覚えているよ。あれから数か月以上も経つのに、とても優秀だ。君も自分がどんなに悦んで僕を受け入れているか分かるだろう？」

酷薄な笑みがフェリクスの口元に浮かんだ。ライザの下腹部を撫でながら、「ほら」とでも言うようにゆっくり律動を開始させる。

「あっ、や、ま、まって、っ、あンっ」

膣壁が擦れて得もいわれぬ快感がライザを貫いた。胎内がすぐに反応し、フェリクスの肉茎を締めつける。彼の言うとおりだった。まだ二回目の交わりなのに、ライザの身体は異常なほどフェリクスの雄に反応し、悦んで彼を受け入れていく。

「っ、や、あ、ぁあ」

息も絶え絶えに喘ぎ、四肢を震わせながら、ライザは艶やかな笑みを浮かべて自分の嬌態を見下ろすフェリクスを見つめた。

軽薄なところはあるけど、誰とも柔和に接するフェリクス。何となくだけど、彼との交わりはとても優しいものになるだろうとライザは思っていた。実際、あの夜のことを思い出すまでは、フェリクスは優しく労わりに満ちていた。

でも今はどうだろう。もちろん、激しいながらもライザの身体を傷つけないように気遣ってはいる。触れる手も優しい。けれど、彼が自分を見下ろす目は優しさや穏やかさからはほど遠かった。

水色の目には情欲が燃え上がり、嫣然とした表情でライザを見下ろす様はまるで獣が捕らえた獲物を見ているかのようだ。

ライザの背筋にゾクリと快感とは違う震えが駆け上がっていった。

──「金の狐」

どうしてこの呼び名を忘れていたのだろう。狡猾な獣──まさに今の彼は獣のようだ。そして彼にとってライザは彼が狩ろうと決めてじわじわと追い詰めてようやく捕らえた獲物だ。

目の前の獣が艶やかに笑う。

「君は僕のものだよ。それを分からせてあげる、もう一度」

「あっ、ああっ！」

律動が激しくなる。二人が繋がった場所からは淫らな水音と、肌がぶつかる音が絶え間なく、鳴り続ける。それに重なるようにライザの嬌声が寝室に響き渡った。

再び奥を犯されて、揺さぶられ、ライザは背中を反らしながら甘い快感に身を震わせる。頭の中ではだめだと思うのに、身体は圧倒的な淫悦に流されて心が引きずられていく。

「ライザ、君を抱いているのは、誰？」

「あっ、だめ、あ、んんっ……あ……」

意識が朦朧として何も考えられなかった。

「ほら、答えて」

「っ、ぁぁああ！」

奥の感じる場所をズンッと穿たれて、ライザは背中を反らして甘い悲鳴をあげる。続けざまに打ちつけられてビクビクと身体を揺らしながら喜悦に喉を震わせた。

「ふあっ……ああっ！」

「ライザ、答えて。君を今抱いているのは？」

「あっ、あ、くぅ、ん、フェ、フェリクス……あ、ぁ、だめ、あっ」

「そうだ、僕だ。今度は忘れないで覚えていて」

腰を持ち上げられ、結合がより深くなる。

打ちつけられる最奥をごりっと抉られて、ライザの目の前が白く染まった。

「ぁ、ぁ、あ、ああああ！」

絶頂の波に翻弄されながら、無意識のうちにライザは目の前の肩に縋り、足をフェリクスの腰に絡め、より深く彼を引き込もうとしていた。

「くっ……」

媚肉が蠢きフェリクスの怒張を熱く締めつける。ライザは荒い息を吐き、ビクビクと四肢を震わせながら、自分の胎内にあるフェリクスの楔がぐぐっと膨れ上がったのを感じた。

「あ、ぁあ、んぁ……」

「あ、くっ……」

フェリクスが歯を食いしばり、息を漏らした次の瞬間、ライザは自分の奥に熱が放たれるのを感じた。

「あっ……」

白濁を受けたら、身ごもってしまうかもしれない――。そう思いながらもじわりと広がる熱にライザは陶然となった。フェリクスにずっと欺《あざむ》かれていたことも、純潔を奪っておきながら何もなかったことにできるくらい、彼にとってどうでもいい存在なのだということも、そのときは頭に浮かばなかった。

「ライザ……」

掠れた声とともに、唇が塞がれる。

「ん……」

促されるまま口を開き、フェリクスの舌を受け入れる。舌を絡ませ、濃厚なキスを交わしていると、ライザの胎内に埋められたままのフェリクスの楔が膨らんでくるのを感じた。それはあっという間に膨張し、ライザの膣道を埋め尽くす。ライザはうろたえたように目を見開いた。

フェリクスは口を離すと、舌を出してライザの味を確かめるようにペロリと自分の唇を舐める。そして唖然としている彼女を見下ろし、目を細めた。

「三か月以上も我慢していたんだ。まさか一回で終わるとは思ってないよね？」

獣はそう言って淫靡に笑う。

「ねぇ、何度中に出したら君は孕むのかな？」

「え？」

「大丈夫。ちゃんと責任取らせてもらうから」

「まっ……ぁああ！」

白濁に濡れた胎内を攪拌され、待って、という言葉は甘い悲鳴に変わった。

再び喜悦の嵐に放り込まれ、ライザがくたくたになってフェリクスの腕の中で眠りに落ちるまで、部屋には長い間嬌声が絶えることはなかった。

＊＊＊

目覚めたとき、ライザはベッドに一人だった。

頭がぼうっとして、どうして自分が見知らぬ場所にいるのかが分からなかった。全身がこわばってぎこちないことに戸惑いながらも身体を起こすと、自分が一糸まとわぬ姿であることに気づきうろたえる。と、そのとき、脚の付け根から何かが零れるような感触があった。その途端、昨夜のことを思い出し、ライザは愕然とする。

――私、フェリクスと……。そして、ああ、何てことだろう！

フェリクスが『恩人』だった。それなのに彼はそのことをライザには言わず、ずっと黙っていた。ずっと騙していたのだ。

ライザはリネンの上掛けを身体に巻きつけてぎゅっと己を抱きしめた。震えが止まらなかった。

そのとき扉が開き、水差しとコップの入ったお盆を持ったフェリクスが現れた。彼はすでにシャツとトラウザーズを身につけていて、昨夜ライザが乱した髪も整えられ、綺麗にみつあみに編まれている。その様子はいつもの彼とまるで変わりなかった。

「ああ、起きたんだね、おはようライザ」

ライザが起き上がっているのに気づくと、フェリクスはにこやかに笑い、ベッドサイドのテーブルにお盆を置いた。

「身体の調子はどう？」

そう尋ねてくる声も表情もいつもどおりだった。それがかえってライザの癇《かん》に障った。

この人はまた何もなかったことにするつもりなのか。

「……着替えるから出て行って。私は今すぐ家に帰るわ」

こわばった声でそう言うと、フェリクスの顔から笑みが消えた。

「怒っているんだね。君が腹を立てるのも無理はない」

——怒っているんじゃないわ！　傷ついているのよ！

ライザはそう叫びたかった。けれど、言ってしまえば自分の一方通行の気持ちを晒し、みっともない真似をしてしまうだろう。プライドにかけてそれは言えなかった。なぜなら相手はライザのことなどなんとも思っていないのだから。

欺かれて怒っている。そう思っていてくれた方がよっぽどいい。泣くのも惨めな気持ちを晒すのも、家に帰って一人になってからだ。

「出て行って」

再びそう告げるが、フェリクスが動く気配はなかった。

「……ならいいわ。私が出て行くから」

ライザは唇を噛み締めながら服を拾うためにベッドから足を下ろした。脚の間から零れ続ける白濁は無視をする。今は一刻も早くここから逃げ出したかった。

けれど、ライザがベッドから立ち上がる前にフェリクスがすぐ目の前に立ち塞がった。

「ライザ、聞いてくれ」

「聞きたくないわ。少なくとも今は」

その言葉を無視してフェリクスは続ける。

「あの夜君を抱いたあと、それを君に話すことができなかったのは君が何も覚えてなかったからだ。直後に君を訪ねたときの様子であのときの記憶がまったくないのはすぐに分かったから、このまま忘れていた方が君のためにいいのかもしれないと思った」

「……言ってくれればよかったのに。あなたは単に責任を取りたくなくて、言わないで済まそうとしただけでしょう？　卑怯よ」

声が震えた。喉に何かがつかえて、抑えてないと今にも泣き出してしまいそうだ。

「うん、そうだね。僕は卑怯だった。あのとき君に深く関わることができなかったのは理由があってのことだけど、それでも伝えるべきだった」

「……その後も私を騙し続けて。恩人を捜して欲しいと言った私をあなたは陰で笑っていたんでしょう？」

「まさか！　君がほんの少しでもあの夜のことを疑問に思ってくれていることが分かって嬉しかったよ、君に近づく取っ掛かりができたのだから」

だがその言葉はライザの耳にはむなしく聞こえた。

「でもそれを利用したのよね？　私に近づく云々ではなくて、事件の調査の隠れ蓑にするために」

ライザが許せないもう一つの理由がそれだった。確かに自分を利用しろと言ったのはライザだ。けれどそれよりもっと前にフェリクスはライザを欺《あざむ》いていた。今度も黙ったまま利用しようとした。知ればどんなにライザが腹を立てるか分かっていながら。

　フェリクスはそっと目を伏せる。

「うん。そうだね。僕は君を利用した。僕が君に近づくために、事件のために、二重に。……すまなかった」

　こんなときにばか正直にライザを利用したとはっきり告げるフェリクスが恨めしかった。話術に長けているのだから、言いつくろっていつものように煙にまけばいいのに。……でも彼はライザにはそれをしない。

「あ、謝って済むと思っているの？」

「いや。でも許してもらいたいとは思っているよ」

「……」

　ライザは唇を噛み締める。怒りはいつか鎮まるだろう。けれど傷ついた心はそう簡単には治らない。フェリクスを見るたびに胸の奥に痛みを覚えることだろう。それなのに、こんなことになってもまだ彼を恋しいと思う気持ちはなくならない。

　――だから男性になど心を傾けたくなかったのに。

「ライザ」

　突然フェリクスはライザの前に跪いて、彼女の手を取った。

「ライザ。僕と結婚して欲しい」

「え？」

あまりに唐突な言葉にライザは仰天した。

「と、突然、何を……」

「突然じゃないさ。僕に責任を取らせて欲しい、その立場が欲しいって前もって言っただろう?」

その言葉に、フェリクスがライザをベッドに連れて行く前にそう言っていたことを思い出す。

今思い出すとあれも滑稽《こっけい》なやり取りだ。責任を取る立場もなにも、ライザの純潔を奪ったのは彼だったのだから。

ライザはフェリクスから自分の手を乱暴に引き抜いた。

「今さらだわ。それに責任なんて言葉は嫌いよ」

それではまるで義務のようではないか。……いや、きっと彼にとっては義務なのだろう。彼女が思い出してしまったから仕方なく責任を取ろうとしているに違いない。

けれど、ライザが欲しいのはそんなものではないのだ。

「責任なんて取ってもらわなくて結構よ。それに、結婚なんてする気はないわ。私は義務でする結婚がどういうものになるのかいやと言うほど分かっているんですからね」

そう。自分をなんとも思ってない男性と結婚をするとどうなるか、ライザには分かっている。彼女の両親がその結果だ。妻に無関心で浮き名を流す夫と、それを無視し続ける妻。

ライザにとって責任と義務だけの結婚は、母親が味わった辛い日々を自分もやがて味わうのだろうということを予感させた。

　母親は侯爵夫人の務めとして公の場に姿を現し、断りきれなかった重要な夜会や茶会に出席し最低限の社交は行っていた。けれどそれは彼女にとっては試練の時間だった。夫に顧みられることのない妻として好奇と嘲笑の視線を受け、夫の女関係について当てこすりを受ける。そのすべてを笑顔でやり過ごしていた。でもいくら父の異性関係に興味がないとはいえ、彼女がそのことに傷つかないわけはないのだ。

　成長して母親の社交に少しずつ付き合うようになって、ライザは笑みを浮かべ優雅に振る舞う母親の苦悩に気づいてしまった。仮面のように貼りつけた笑顔の下で、彼女の扇子を持つ手はいつでもこわばっていたこと、そんな当てこすりを言われた日の夜は寝室に閉じこもって決して出てこなかったこと。

　娘としてはともかく、ライザは女としてそんな母に同情していた。だからこそ母のような結婚生活など送りたくなかった。フェリクスと義務だけで結婚したら、待っているのは母親と同じ立場だ。それなら結婚などしない方がましだ。

「君がなにを指してそう言っているのかだいたい分かるが、一つ訂正させてもらうなら、僕は君とのこれからの関係を義務だとは思っていない」

「そんなの信じられないわ。あなたの行動がそれを示しているもの」

　言いながらやっぱり自分は最初に純潔を奪ったあと、フェリクスがライザとのことをなかったものとしたことに傷ついているのだと知る。利用されたことよりも、何よりもそれが応えていた。だからフェリクスが今さらどう言いつくろおうとしても信じられるものではなかった。

フェリクスは再びライザの手を取ると静かな声で言った。

「自分の行動が遅かったのは自覚している。それでも僕は君に信じてもらいたい。どうしたらいい？　何をしたら君は許してくれる？」

懇願するような口調にライザはキッと顔をあげた。それをライザに尋ねるのは卑怯だと思った。

――欲しいものは義務なんかじゃない。心だけ。でもそれをフェリクスは私に与えるつもりはない。

「何をしても信じられるわけが……」

だが、言いかけたライザの目にそれが留まった。綺麗に編まれた一本のみつあみだ。彼は願掛けのために髪を伸ばしているのだと以前言っていた。

これだ、と思ったライザの唇が知らず知らず弧を描く。

「いいわ。だったら、そのみつあみを私のために切るのなら信じてあげるし、許してあげる」

……言い訳をするならば、このときライザは傷ついてもいたし怒ってもいた。だから意地の悪い気持ちになってついそう口にしていたのだ。

フェリクスは嫌がるだろうと思った。少なくとも躊躇するだろうと。それを見て溜飲《りゅういん》を下げるつもりだったのだ。

ところがフェリクスはそれを聞くなりキョトンとして「なんだ」と呟いた。

「そんなことでいいの？　ならばお安い御用だよ」

彼は立ち上がると、サイドテーブルの抽斗《ひきだし》を開けて護身用だと思われる小型のナイフを取り出す。

「え？　な、何を？　まさか……？」

ライザがあっけに取られて見ている前で、フェリクスは手にしたナイフを髪に当てると
躊躇することなく切り落とした。

「なっ……！」

唖然とするライザにフェリクスはにっこり笑う。その片方の手にはナイフ、もう片方の
手には切り落とされたみつあみが握られていた。

「これでいいかい？」

「きゃあああ！　何てことを！」

悲鳴をあげてうろたえたのはライザの方だった。

あそこまで長く髪を伸ばしてまで掛けていた願いは、おそらく彼にとってとても重要な
ことだったに違いない。それが分かっていて切るなら許すと言ったのは自分だが、まさか
こうもあっさり切るとは思ってなかったのだ。

自分は何てことを言ってしまったのだろう！

肩の上でザクザクに切られてしまったフェリクスの髪を見て、ライザは深い後悔に襲われた。

「……髪、髪が……私ったら何てことを……」

動転するライザとは裏腹に、フェリクスはさっぱりしていた。

「君に信じてもらえるなら、髪を切り落とすことなど何でもないさ」

フェリクスは笑うと、ナイフを仕舞い、髪を無造作に床に落としてライザの前に跪いた。

「髪、髪が……」

涙目になっているライザの額にフェリクスはキスをすると優しく微笑む。

「君は気にしなくていいんだ。本当はもっと前に切るべきだったんだから」

「でも……でも……」

「ちょうどいい機会だったよ。それよりも、これで少しは僕の気持ちを信じる気になって欲しいな」

「……」

ライザは何も言えなかった。傷ついているし簡単にフェリクスを許すことはできない。でも不思議なことに怒りはすっかり霧散していた。代わりに心を占めるのは、彼にここまでさせてしまったことへの後悔と、自分のためにそこまでしてくれることへの嬉しさだった。それらが複雑に絡み合って、ライザ自身もどうしたらいいのか分からなくなっている。

俯いていると、フェリクスは立ち上がってライザの頭のてっぺんにキスを落とした。

「君に簡単に許してもらえるとは思っていないよ。だからこれからの行動で示すことにする」

「え?」

ライザが驚いて顔をあげると、妙にさっぱりしたとした表情でフェリクスが言った。

「さぁ、僕は部屋を出るから君は着替えるといい。助けがいるなら、侍女を呼ぼうか?」

「え? い、いえ、一人で着替えられるわ」

突然話題が切り替わり、ライザは戸惑いながら答える。

「そうか。ならば着替え終わる頃を見計らって迎えをよこすから、一緒に遅めの朝食をとろう。それから君を屋敷に送っていくよ」

「え? あ、ありがとう……」

ライザは話の転換についていけないまま、フェリクスのペースにすっかり嵌まっていた。

「じゃあ、またあとで会おう」

フェリクスはライザににっこり笑いかけると、ベッドを離れて扉へ向かう。けれど、ふと途中で足を止めて振り返った。

「そういえば、君のご両親のことだけど。彼らの本当の関係は、たぶん、君に見せているものとは違うと思うよ」

「え?」

目を見開くライザにフェリクスは微笑んだ。

「今度ご両親が揃っているときの様子をよく観察してみるといい。多感な子ども時代と今とでは、きっと違って見えるだろうから」

フェリクスはそう言うと、ベッドに呆然と座ったままのライザを残して部屋を出て行った。

――本当の関係は私に見せているのとは違う？

それは本当だろうか？　……よく分からない。フェリクスの言うような機会があるかどうかも不明だ。なぜならライザの父親は別宅で愛人と暮らし、母親は遠く離れたベレスフォード領に引きこもっているからだ。

「そんな機会はなさそうだわ」

ライザは力なく首を横に振った。そのとき、床に落ちたフェリクスのみつあみが視界に入り、思わずそれを拾いあげる。膝の上に下ろしてそっと撫でると、柔らかな髪の感触が手に伝わった。

「ごめんなさい……」

「みつあみ男」などと揶揄して呼んでいたが、柔らかそうな彼の長い髪をライザは気に入っていたのだ。本当はみつあみも好きだった。……それなのに、八つ当たりなんかで切らせてしまった。本当はこんなことさせたかったわけじゃないのに。

ライザの両目からポロリと涙が零れ、フェリクスの髪に落ちていく。

……本当に自分はどうしたいのだろう？

フェリクスは信じてくれと言った。あのときライザに深く関わることができなかったのは理由があると。そしてライザが結婚したくない大きな原因でもある両親の関係は、ライザの思っているものとは違うのだと。

一体何を信じたらいいのだろうか。

ライザは何も分からなくなっていた。どうしたらいいのか、どうしたいのかさえも。

第五章　進行する企み

「それで？　フェリクス様とは本当のところどうなっているの？」

馬車に乗り込んだ途端、エルティシアが興味津々の様子で訊いてきた。

二人はフェリクスやグレイシスの上官にあたる貴族が主催するお茶会に出席するため、エストワール家の馬車でその貴族の屋敷に向かっていた。一緒に向かうはずだったフェリクスとグレイシスは、今朝になって突然国王に揃って呼び出されて王城へ行っているため不在だ。

フェリクスはライザたちだけで向かうことにいい顔はしなかったが、招待してくれたのは彼らが懇意にしているメロウ中将だ。できれば顔を出しておきたかったので、エルティシアと二人だけでも大丈夫だと説得したのだ。お茶会は昼間だったたし、普段往来のある道を通るから暴漢に襲われることもない。夜に単独で夜会に出かけるよりはるかに安全だと思った。

城での用事が済んだらフェリクスたちもすぐに合流することを条件に、二人だけで行くことを許可してもらったライザは、城に向かう彼を見送った後、グレイシスの屋敷へエルティシアを迎えにいった。そこで挨拶もそこそこにエルティシアに言われたのが先ほどの言葉だ。

「どうって……」

「フェリクス様、ライザに結婚を申し込んだのでしょう？　フェリクス様も夜会でそのことを隠しもしないらしいじゃない？　グレイ様が言うには、社交界では二人は婚約したも同然と思われているとか。本当のところはどうなの？」

どうやらエルティシアはその件をグレイシスから聞いて以来ライザに詳細を尋ねたくて仕方なかったらしい。

「そ、それは、その……」

フェリクスは「これからは行動で示すことにする」という言葉のとおり、あの日以来、夜会や茶会などで自分がライザに求婚したことを公言し、はばかることなく熱心な求愛者として振る舞っていた。もともと特別な関係だと思わせるために二人で出歩いていたので、いくらライザが「まだ決まっていない、正式なものではない」と言い張ってもみんなには照れているとしか思われていない。

だが、夜会など人目のある場所での親しそうな振る舞いはまだ可愛いものだ。二人きりになった途端、フェリクスの態度はもっと甘くなる。ライザに触れ、容姿から内面まですべてを褒めそやし口説こうとする。ライザが嫌がればすぐにやめるが、熱っぽい目はずっとライザを追っていた。そのせいか、獣にじわじわと追い詰められているような気分がして落ち着かなかった。

「ま、まだ返事はしていないわよ。フェリクスだって答えを急がせないし……」

求婚の返事どころか「恩人」だったことを黙っていた件についてもうやむやになったまだ。申し合わせたようにお互いそのことについては口に出すのを避けている。

もちろん、ライザはフェリクスが騙していたことをまだ許してはいない。けれど彼の誘惑をきっぱり拒否できないのは、短く整えられたフェリクスの髪を見るたびに罪悪感に駆られることと、ライザが自分の気持ちを決めかねているからだった。

――フェリクスが好き。だけど許せない。……私はどうしたらいいの？

「ライザはたぶん、余計なことを考えすぎているのだと思う」

黙り込むライザを見つめながらエルティシアが微笑む。

「だってライザはフェリクス様が好きでしょう？　その気持ちが一番大事なの。あとは余計なこと。それを忘れちゃだめよ」

「シア……？」

フェリクスへの気持ちはエルティシアにはまだ言ってなかったはず。なのにどうして分かったのだろう？

唖然としていると、エルティシアはふふっと嬉しそうに笑った。

「夜会で二人一緒にいる姿を見てね。ライザもフェリクス様もお互い二人でいるのを楽しんでいたでしょう？　お芝居なんかじゃないんだってすぐに分かったわ。考えてみればライザは軽薄な男性が嫌いなはず。いつもだったらフェリクス様みたいな男性は、存在を無視して気にも留めないでしょう？　フェリクス様のときだけ嫌な顔をして反発していたのは、それだけ彼を意識していたからなんだなぁって」

ライザはエルティシアの洞察力に舌を巻いていた。ライザ自身あの夜、ディレードと話をするまで自分の気持ちには気づかなかったというのに。それより前にエルティシアはライザの気持ちに気づいていたのだ。

「フェリクス様も、あんなふうに女性と本当に楽しそうにしているのを見たのは初めてなの。ああ見えて彼は、限られた人間しか、自分に近寄らせないから。……ライザ、フェリクス様は誰にでも愛想がいい方だけど、何も思っていない人に求婚はしないし、構ったりはしない。ライザを大事に思っているからよ」

「……いいえ、それは違うわ。シア」

首を横に振ってライザは反論する。こればかりはエルティシアの言っていることを信じられなかった。

「フェリクスは責任を取ろうとして求婚しただけ。私を本気で好きなわけじゃないわ。でなければあの後何も――」

言いかけてライザは慌てて口を閉じる。あの夜ライザの身に起こったことはエルティシアには言っていない。当時はエルティシア自身が大変な目に遭っていたし、誰とも分からない相手に純潔を奪われたなどと知られたら呆れられてしまうと思ったからだ。けれど、遅かった。

「責任を取る？」

その言葉を聞きとがめたエルティシアが眉を寄せる。

「責任を取るって、ライザ。まさか……フェリクス様に強引に？」

「え？　違うわよ！」

ライザは仰天した。まさかエルティシアがそう取るとは思わなかったのだ。

「でも責任を取るなんて言葉が出てくるんじゃ、きっと合意なく身体を開かれたということでしょう？　無理やりだとは私も思わないけど、フェリクス様は目的のために手段を選ばないところがあることも知ってる。ライザが自分と結婚しなければならないように仕向けるくらいのことはすると思うわ」

どんどんエルティシアの顔が険しくなる。このままではエルティシアはフェリクスのもとへ怒鳴り込みに行きそうだ。逆の立場で自分もそうした覚えのあるライザは慌てて弁明した。

「違うわ！　合意とか無理やりとかじゃなくて、私を助けるためだったのよ！」

「助けるため？　どういうこと？」

険しさがいっこうに和らぐ気配のないエルティシアを見てから、ライザは馬車の天井を見上げてため息をついた。すべてを話さなければ彼女は納得しないだろう。

「大事な時期だったから、あなたに心配をかけたくなくて黙っていたんだけど……」

ライザはエルティシアが事故に遭いグレイシスの屋敷で過ごしていた間、自分の身に何が起こったのか正直に話をした。

とある夜会で主催者の嫡男に媚薬を盛られて襲われそうになったこと。

そのときに嫡男の手から救い出してくれた人物がいたこと。その恩人は媚薬のせいで苦しんでいるライザを助ける為に純潔を奪ったが、ライザは覚えておらず、夢に見るようになって初めて現実だと疑い出したこと。

そして王妃候補から外れるためにその恩人を探し出すようにフェリクスに依頼したが、そのフェリクスこそがライザを救い出し、彼女を正気づかせるために純潔を奪った張本人だったことを。

時々納得したように頷きながら聞いていたエルティシアは、ライザが話し終えると静かな口調で尋ねた。

「だからライザはフェリクス様がそのときの責任を取って求婚したと思っているのね？」

「……実際に責任を取らせて欲しいって言ったもの」

正確に言えば責任を取る権利が欲しいと言ったのだが。それに義務感で言い出したことではないとも言っていた。

「もうフェリクス様に欺かれて調査の隠れ蓑に利用されたことは怒ってないのよね？」

「……怒ってないわ。だって理由が分かるもの」

フェリクスは最初からライザを利用したいと言っていた。だからそれに怒る理由はない。恩人が自分であると黙って必要のない調査を続けているフリをしたのも、見つかってしまえば隠れ蓑にする理由がなくなってしまうからだろう。嬉しくはないが、それは納得できた。

「ならば、純潔を奪われたことを怒っているの？」

ライザは首を横に振る。

「あれは私を助けるためにやったことよ。感謝こそすれ怒ってなどいないわ」

エルティシアは手を伸ばして、膝の上でぐっと握られていたライザの手に触れた。

「だったらライザが一番こだわっているのは、純潔を奪ったあと、フェリクス様があなたにそれを伝えずにいたことなのね」

そのいたわりに満ちた声にライザは小さく頷いた。

その通りだ。時間が経って冷静になり、少しずつ怒りが解けていっても、どうしても割り切ることができないのが、フェリクスがあの夜のことをなかったことにしようとしていた事実だった。

「私が恩人を捜そうとしなかったら永遠に知ることはなかったはずよ。発覚してしまったからフェリクスは責任を取って求婚した。でももともと言うつもりはなく、彼にとっては無視できてしまうような出来事だったのよ」

そのことにどうしようもなくライザは傷ついていた。だからフェリクスの求婚を受ける気にはなれないのだ。

「あのね、ライザ。フェリクス様はライザとのことをなかったことにするつもりはなかったと思うわ。ううん、思うだけじゃなくて確信があるの」

そう言ってエルティシアはライザの手を取り、きゅっと自分の手でつつんだ。

「私、何となくフェリクス様が当時ライザに近づかなかった理由が分かったわ。だってあの二人は考え方がよく似ているもの。どうもフェリクス様もライザと同じく色々考えすぎるようね」

「シア？」

謎めいた笑みを浮かべてエルティシアはライザを見返す。

「私の口からは言えないけれど、フェリクス様にはフェリクス様の事情があるの。だからライザに踏み込めなかったんだと思う。でも決してそれはライザのことがどうでもいい存在だからでも、蔑ろにしているわけでもないわ」

「彼の事情？」

そういえば彼自身もライザに深く関わることができなかったのは理由があってのことだと言っていた。エルティシアが知っている理由も同じもののようだ。

「そう、事情。私も結婚してからグレイ様に教えてもらったことよ。たぶん、そのうちフェリクス様が話してくれると思うわ。一つ言えるのは、フェリクス様が今ライザに求婚しているということは、彼がその事情を乗り越えようと決めたからだってこと。それだけフェリクス様はライザを求めているのね」

エルティシアが言っている言葉はライザには抽象的過ぎて意味がよく分からなかった。思わず顔を顰めていると、エルティシアは微笑を浮かべる。

「ライザには何を言っているのかよく分からないわね、きっと。でも、お願い。フェリクス様を信じてあげて」

「シア……」

それからエルティシアは申し訳なさそうに目を伏せる。

「それと、ごめんなさい。ライザがそんな思いをしなければならない責任の一端は私にあるわね。私のことがなければライザは媚薬入りのお酒なんて飲まなかったでしょうに。そのあとだって私、心配ばかりかけて。だから私に言えなかったのよね」

ライザは首を横に振る。

「それは違うわ。単に私が油断していただけ。それに、シアに言えなかったのは、誰とも分からない人相手に純潔を失って、相手どころかそのことを覚えてもいないなんて軽蔑されるかもしれないと思ったからよ」

「軽蔑なんてするわけないわ。ライザのせいじゃないし、純潔を失おうがライザはライザですもの」

エルティシアはそう言ってからクスッと笑った。

「ねぇ、このやり取り、覚えがない？」

「……覚えてるわ」

そのときのことを思い出してライザは苦笑する。両親に歳の離れた男に身売り同然の結婚を強要されたエルティシアは、せめて純潔だけはグレイシスに捧げたいと願い、夜這いを決心したのだ。そのときに今と似たような会話を二人は交わしている。立場はまったく逆だったけれど。

あのとき、純潔を失おうが気にしないと言ったのはライザだった。エルティシアも同じだとどうして考えなかったのだろう。

「……シア。私が色々と考えすぎだっていうの、当たってるかもしれないわ」

ライザはポツリと呟く。頼りにならない両親のせいでライザは何もかも自分でやってきた。その自負は今の自分を支えているが、そのせいで少しばかり考え方が独りよがりになってはいなかっただろうか？

──フェリクスとのことも。彼はずっと「義務じゃない、信じて欲しい」と言っているのに。

頑《かたく》なに信じることを怖がっているのはライザの方だ。だからうやむやのままなのだろう。

エルティシアはライザを励ますように握る手にきゅっと力をこめた。

「それがライザのいい所でもあるんだけどね。私から見ると、ライザは背筋をピンッと張って生きているように見える。それはとても綺麗で格好いいんだけど、もう少し誰かに寄りかかってもいいんじゃないかと思うのよ。私とかフェリクス様にね。私じゃあまり頼りにならないかもしれないけれど」

「そんなことないわ。一途にロウナー准将だけを見て追いかけているあなたは私にはとても眩しく見えた。……ありがとうシア。あなたと友だちでよかった」

「私もライザが友だちでいてくれて、どんなに励まされたことか」

二人はお互いを見て笑いあう。ライザは拳を開いてエルティシアの手を握り返しながら言った。

「私、フェリクスと話をしてみるわ。私がどう思っているのかちゃんと伝えてみる」

思えばライザはフェリクスに怒りは示しても、あの夜のことをなかったことにされて自分がどう感じているか、どれだけ傷ついているか伝えていなかった。何となくフェリクスなら分かっているのではないかと思い込んでいたし、傷ついたことを示すのは弱みを見せることだと感じていたからだ。

――でも、言葉にしなければ伝わらない。……そうでしょう？

今どれだけフェリクスが態度で示そうと、ライザが信じきれていないように。

「それがいいわ。言葉にしなければ分からないことって、あるものよ」

エルティシアがそう言ってにっこりと笑ったときだった――。

ガクンと急に車体が大きく揺れて馬車が止まった。

「きゃあ！」

ライザとエルティシアはとっさに互いを支えあう。揺れが収まったあと、ライザは御者に声をかけた。

「どうしたの？」

「お嬢様、そ、それが……。道に、軍の兵士が……」

御者の声には明らかに狼狽している響きがあった。

「兵士？」

二人は顔を見合わせる。フェリクスたちが寄越した伝令だろうか？　そう思いながら馬車の小さな窓から外を覗き込んだライザは息を呑んだ。

道の先に馬に乗った兵士がずらりと並んで道を塞いでいた。七、八人はいるだろうか。彼らの後ろには軍用の馬車が二台並んでいた。

「検問、かしら？」

「待って違うわ。あれは右翼軍の旗と紋章よ」

ライザと同じように窓の外を見たエルティシアがこわばった声を出す。左翼軍と右翼軍の旗や紋章はよく似ているが違う。普段左翼軍となじみのあるエルティシアにはすぐに違いが分かったのだろう。

「右翼軍が？　なぜこんなところに？」

右翼軍の役割は王城と王族の警護だ。こんな王都内の道を検問することはまずない。嫌な予感にライザは唇を噛む。すぐさま御者に引き返すように言おうとしたとき、道を塞ぐ兵士の中から一人だけこちらに向かって馬を進めてくるのに気づいて目を見開いた。

それはディレード・アルスター子爵だった。

ディレードの馬はライザたちの乗った馬車のすぐ横で止まった。馬車の窓越しにライザと目が合うとにっこり笑う。

「お迎えにあがりました、ライザ様」

ライザは目を見開いた。息が乱れる。

嫌な予感が当たったようで、彼らの目的はライザらしい。……でもなぜ？

「行ってはだめよ、ライザ」

エルティシアがこわばった声で制止しまるで庇うようにライザの肩を抱き寄せる。それを見てディレードがふっと笑う。

「我々が用があるのはライザ様だけです。ラ、シュ、タ、ー、公、爵、夫、人、」

ライザの顔がこわばる。エルティシアもライザの肩を抱きしめながら身体を硬くした。

――今この男はシアを何と呼んだ？

ラシュター公爵夫人。確かにそう言った。エルティシアの夫であるグレイシスが国王の弟であるラシュター公爵だと彼は知っているのだ。

「それともライザ様と一緒にいらっしゃいますか、妃殿下？　我々はそれでも構いません。むしろ使える手駒が増えて好都合――」

それを聞いてライザは声をあげた。

「やめて！　シアに手を出さないで！　私なら大人しく従います」

「ライザ、だめ！」

仰天するエルティシアの手を振り解くと、ライザは馬車の扉を開けた。

「さすがライザ様。話が早い」

馬を下りながらディレードが微笑む。ライザはディレードを睨みつけながら、馬車の外に出ようとした。そんな彼女をエルティシアは必死で引きとめる。

「だめよ！　ライザが行くなら私も行くわ！」

手を貸そうとするディレードを無視してライザは馬車からさっさと降りると、泣きそうになっているエルティシアに笑みを向けた。

「自分の立場を自覚しなきゃだめよ、シア。あなたはラシュター公爵夫人。私よりもずっとずっと重要な人間なの」

万一国王に何かあれば先王の血を引くグレイシスが王位に立たなければならない。そうなったらエルティシアはグレイシスの唯一の妻として彼を支え、次代に王族の血を繋いでいかなければならない大切な身だ。ライザなどよりよほどこの国にとって重要な人物なのだ。

「私なら大丈夫。これだけご丁寧に堂々と迎えにくるくらいなら、すぐに危害を加えられることはないはずよ」

「もちろんですとも。ライザ様の御身は私が保証いたします」

エルティシアが馬車から容易に出られないように扉を閉めると、ライザはにこにこと笑うディレードに向き直った。

「ここにいるシアと御者には指一本触れないと、あなたの名誉にかけて誓いなさい。ならば私は大人しくあなた方と一緒に行くわ」

ライザはわざと高圧的に言った。彼らの中のライザの価値がどれほどのものなのか探るために。ここで不快感を示し、相手が乱暴な手に出るならライザは単なる手段であり人質としてたいした価値がないとみなされているといえる。けれど、もしばか丁寧なら……。

ライザとしては人質として価値が低いことが証明されることを願っていた。けれど、その期待はあっさり裏切られる。ディレードはにこやかに笑い、胸に手を当てて恭《うやうや》しく頭を下げた。

「もちろんですとも。私の名誉や貴族の血にかけて指一本触れないことを約束いたしましょう。あくまで我々の目的はあなたです。他の人間に危害を加えることは我々の望むところではありません。ましてや公爵夫人は高貴なる方の伴侶でいらっしゃいます」

「……そう、それを聞いて安心したわ」

最悪の結果だと思いながらライザは深い息を吐く。安堵と諦念の入り混じった吐息だった。

「ライザ！」

「ではこちらへ」

手を差し出してくるディレードにしぶしぶ手を重ねて、ライザは兵士たちが待機している方へ歩き始める。馬車を引く馬の横を通り過ぎるとき、切羽詰まったような声が耳に届く。

「お嬢様……！」

「その場から動かないで！」

御者台からエストワール家の御者が今にも飛び降りそうな気配を感じてライザは鋭く叫んだ。

御者はライザが生まれる前からエストワール家に仕えている、彼女にとっては大切な家族のような存在だ。けれど公爵夫人であるエルティシアと違い、ディレードたちにとって彼はただの使用人にすぎず、その命は軽い。もし抵抗しようものならあっさり斬り捨てられるだろう。だからこそ御者の身の安全もディレードに求めたのだ。

「私なら平気。だからそこを動かないで。そして私がいなくなっても中にいるシアを守って。……絶対よ。お願いね」

悔しそうに、そして心配そうに顔を歪ませる御者に念を押すと、ライザは歩を進める。

そんな彼女をディレードは導きながら満足そうな表情で見下ろした。

「やはりあなたはベレスフォードの血を継ぐお方。気高く美しく、この上なく崇高で、真なる王の伴侶にふさわしい」

そのうっとりした口調にライザは顔を顰めながらも、ディレードの言った言葉が引っかかって尋ねる。

「ベレスフォード？　真の王？」

「それはあとで屋敷についてからご説明いたしましょう」

ディレードはやんわりとライザの疑問をかわすと、彼女を右翼軍の紋章がついた馬車へ導く。これに乗れということらしい。ライザはため息をついて大人しく無人の客車に乗り込んだ。勇気がしぼんでしまいそうで、後ろを振り返ることはできなかった。

ライザを乗せた馬車が動き始める。それを守るように馬に乗った兵士たちも馬首をめぐらし、馬車に続いた。


その場に残り馬車が遠ざかるのを見送ったディレードは振り返り、エストワール家の馬車に視線を留める。馬車の横にはようやく客車から外に出られたらしいエルティシアが立ち、ディレードを睨みつけていた。

そんな彼女にディレードは優雅に頭を下げる。

「妃殿下。殿下に伝言をお願いします」

「殿下……？　……伝言？」

胸の中に嫌な予感が広がっていくのをエルティシアは感じた。

「ライザ様の身柄は私どもが預かりました。御身を返して欲しければ、大事な話がありますので私どもの屋敷に単身でいらしてください、と。そうお伝えください――第二王子殿下に」

「……！」

エルティシアは息を呑む。とっさに声が出なかった。そんなエルティシアの動揺を、ディレードは笑みを浮かべて見つめている。その顔を見てエルティシアは目の前の男がその隠された事実を知っていることを悟った。

――ならば、ライザをこの人たちが拉致する理由は……。

「それではお頼み申し上げます。妃殿下」

ディレードは再び胸に手を当てて高貴な人間に対する最上級の礼を取ると、馬に乗りその場を立ち去った。ライザとの約束どおり、御者やエルティシアには指一本触れることも危害を加えることもなく。

「……なんてこと……早く、グレイ様たちに知らせないと……！」

今すぐ王城に向かい、グレイシスたちにライザが拉致されたこと、彼らの目的、それに「伝言」を知らせなければ。

エルティシアの推測が正しければ、すぐに危害を加えられることはないし、丁重に扱われるだろう。でもそれはあくまで彼らの計画がうまくいっている時までだ。

「すぐに城に向かって！」

御者に言って、再び馬車に乗り込もうとしてエルティシアは足を止めた。

「だめだわ、あいつらの跡を追いかけてライザがどこへ連れて行かれるのかを確認しないと……！」

「……いかがいたしますか？」

御者がこわばった声でエルティシアの指示を待つ。御者と二手に分かれて一人は彼らの行き先を確認し、一人は王城に知らせに向かうしかないだろう。

そう告げようとしたときだった。街路樹の陰から音もなく一人の男性が現れて、エルティシアの前に跪いた。

「お待ちください、エルティシア様」

男はまだ若く小柄で、庶民が着ているような質素な服を身につけていた。けれど、エルティシアにはそのきびきびとした動作から、男が軍関係に所属している人間だとすぐに分かった。

「あなたは？」

「左翼軍の情報局に所属する者です」

下を向いたまま男が抑揚のない声で答える。

「長官と陛下の命により、陰ながらライザ様の身辺の警護をしておりました」

「ライザの……」

エルティシアはほぅと安堵の息を吐く。考えてみればあの用意周到なフェリクスがベレスフォードの名前を利用しようとする人間からライザを守るため人をつけてないわけがないのだ。彼があの場で助けに入らなかったのは多勢に無勢だったから。そしてエルティシアと御者の安全のことを考えたら逆効果になってしまうからだろう。

「ライザ様の行き先については私が探りますので、エルティシア様は一刻も早く局長へお知らせ願います」

「分かったわ」

「それと……局長にお伝えください。油断めされるなと」

男はそう言いながら顔を上げる。口調と同じく淡々としているかと思われたその顔は憂慮に曇っていた。

「ディレード・アルスターを監視していた者の姿が見えません。勘づかれて始末されたのかもしれません」

「なっ……！」

ライザは目を見開いた。

「あの男は危険です。くれぐれもご注意くださいと局長にお伝えください。……それでは我々はライザ様たちを引き続き追いかけます」

「あなたも気を付けて」

「はい」

男は立ち上がると足音も立てずに木の陰に消えていった。エルティシアは御者に声をかける。

「聞こえていたわね？　私たちは王城に向かうわ。全速力でお願い」

御者は頷きながら、手綱を握る手に力を入れる。

「はい。かなり揺れますのでご注意願います」

「構わないわ」

急いで馬車に乗り込む。扉を閉めたと同時に馬車は動き始めた。向かう方向は王城だ。

エルティシアは馬車にガタガタと揺られながらつぶやく。

「ライザのバカ！　自覚してないのはライザの方よ！　私なんかよりずっとずっと重要な立場なのに……！」

ライザから自分の立場を自覚しろと言われたエルティシアだったが、彼女は十分に自分の立場を理解していた。

だからこそライザの身の危うさが分かってしまうのだ。

「早く、もっと急いで！」

祈るようにぎゅっと胸の前で両手を握り締めながらエルティシアは祈った。

――どうか、どうか、無事でいて、ライザ！

＊＊＊

「呼び出してすまないね」

王城にある国王の執務室に通されたフェリクスとグレイシスを国王イライアスがにこや

かに迎える。執務室には国王の他に現宰相や数人の側近、近衛隊隊長、それに左翼軍の総大将を務めるグリーンフィールド将軍がいた。

「何かあったのですか？」

フェリクスとグレイシスは同席している者の顔ぶれを見て、すぐに何かマズイことが起こったことを悟る。現にニコニコと笑顔をみせるイライアスとは対照的に、他の人間の表情は深刻そうだ。

「まずいことが起こったんだよ、ひよっこ共」

そう答えたのはエルティシアの叔父であるグリーンフィールド将軍だ。世界広しといえど、先の戦争の英雄であるフェリクスとグレイシスを「ひよっこ」呼ばわりできるのは彼だけだ。

「今朝方メロウが師団を率いてクレメイン・カールトン中将とディレード・アルスター准将、グレッチェン商会、それに暗殺計画に関わったと思われる将校たちを捕縛に行ったのは知っているな？」

「ええ。証拠を揃えたのは情報局《うち》ですからね」

本来であればクレメインやディレード逮捕の指揮はずっと彼らを調べていたフェリクスやグレイシスが執るのが筋だっただろう。けれど、敵は情報機関に所属する人間だ。必ずフェリクスたちには監視をつけて動きを探っているだろうということは想像に難くない。フェリクスたちが動こうとすれば先に察知されて逃げられてしまう可能性が高かったのだ。

　それはグリーンフィールド将軍も同じで、動けない彼らに代わり逮捕に向かったのは、目立たないが将軍やフェリクスたちの信頼の厚いメロウ中将だ。彼は茶会を開くと触れ込み油断させておいて、密かに軍を率いて夜が明ける前に彼らの屋敷を急襲し、一斉検挙に乗り出した。だが――。

「もしや失敗して逃したのか、親父さん」

　琥珀色の目を細めてグレイシスが尋ねると、グリーンフィールド将軍は難しい顔をして頷く。

「クレメイン・カールトンとグレッチェン商会、それに何人かの将校たちの身柄は押さえた。だが、肝心のディレード・アルスターとガードナ国の密偵は行方が知れず捕獲できなかったらしい。どうやらこちらの動きを察知して直前に逃げ出したようだ」

　思わずフェリクスは内心舌打ちをする。おそらく隣にいるグレイシスも同じように苦々しく思っているだろう。

「だがこれで陛下の暗殺計画やクーデターの首謀者は右翼軍情報統制部副長官ディレード・アルスター中将で間違いはないということだろう。やつには動機もあるしな」

　グレイシスが気を取り直して呟いた。フェリクスは同意するように頷く。

　国王の暗殺を指示したというガードナ国の商人と、クレメイン・カールトンが癒着しているグレッチェン商会との繋がりが見えずに調査はずっと難航していた。だが、グレッチェンが雇っているある男が捜査線上に浮上したことから、一気に解決へと向かうこととなった。男の似顔絵を作成し、暗殺を指示された近衛隊の兵士に見せたところ、この男に間違いないという返事を得たのだ。

男の出身地はガードナ国で、向こうの商人とグレッチェンに雇われたということだった。ところが男の身元ははっきりせず、いくら調査しても出てこなかった。だからこそフェリクスはその男がガードナ国の密偵だろうと確信したのだ。

首謀者は密偵と結託し、クレメイン・カールトンとグレッチェン商会を隠れ蓑にして国王を暗殺しクーデターを起こそうと暗躍していたのだろう。

そして密偵はグレッチェンの遣いとしてグランディア国内であちこちの貴族のもとを訪れていた。その中でもっとも頻繁に赴いていた先がディレード・アルスター子爵邸だ。

「クレメイン・カールトンの実の父親はサイモン・オークリー前宰相だ」

グレイシスが淡々と告げる。おおっぴらに動けないフェリクスに代わり、グレイシスたちが調べ上げたディレードの詳細な情報の中に、実の父親に関する驚くべき事実があった。

サイモン・オークリー前宰相はフリーデ皇太后と共謀し、長く内政を牛耳っていた男だ。ディレードが生まれた当時すでにフリーデ皇太后とは愛人関係にあったが、一方別のところでは彼女に黙って美しく純朴な男爵令嬢にも手を出していたようだ。だが男爵令嬢がディレードを身ごもるとサイモン・オークリーは彼女を捨てた。このことがフリーデに知られたら彼女の勘気に触れてしまうからだ。

男爵令嬢は領地に戻り、一人でディレードを産んだ。

―ディレードの母親は彼の父親のことは決して口にしなかったらしい。だが、当時男爵令嬢が内密に付き合っていた人物が誰であるか知っている人間も当然いただろう。子どもの耳にもいずれ入るに違いないし、母親は彼だけには父親のことを伝えていたかもしれない。それは分からないが、もし知っていたとしたら陛下を恨んでもおかしくない」

「サイモン・オークリーをあの世に送ったのは私だからね」

くすりとイライアスは笑った。フェリクスは執務室の大きな机の向こうで椅子に座るイライアスに視線を向ける。

イライアスは線が細く、顔立ちも美しい。女性の形容詞である「麗人」という言葉がこれほど似合う男性もいないだろう。きわめて女性的な容姿で、長く伸ばされた赤みがかった真っ直ぐな金髪がさらに拍車をかけていた。

そんな容貌である上に、常に微笑を浮かべ、柔らかな口調で話すイライアスを侮る人間は少なくなかった。けれど、そう思って接していると手痛いしっぺ返しを食らうだろう。フェリクスが知るなかでイライアスほど狡猾で抜け目のない人間はいない。

イライアスが国王の座に就いて最初にしたことは、政治を牛耳り混乱を招いた罪で実の母親であるフリーデを幽閉し、サイモン・オークリー前宰相を処刑することだった。

そのあともイライアスは前宰相に与《くみ》していたものを次々と粛清していった。命乞いをする者、慈悲を請う者を目の前にしても艶やかな笑みを浮かべながら死を与えた。

――華麗にして苛烈な鮮血の王。

イライアスをよく知る者は彼をそう称する。

けれど、どれほど血に塗れようが、彼が行うことはすべて国のためだった。それがイライアスの行動原理であり、誰よりも王にふさわしい理由だ。

「でもね、フェリクスとグレイにわざわざ来てもらったのは、ディレード・アルスターのことだけじゃないんだ」

緑と青を混ぜたような碧色の瞳で二人を見つめながらイライアスが言った。

「どうやらあちらに先手を打たれたようだよ」

「先手?」

「今朝方連絡が入った」

重々しい声でそう続けたのは現宰相だった。

「離宮に幽閉中だったフリーデ皇太后が連れ去られた」

「なっ……」

フェリクスとグレイシスは目を見開いた。それはさすがの彼らにも思いもよらなかったことだった。

「フリーデ皇太后が? まさか敵の本当の目的は……」

「あの女だったようだね。おそらくは隠居させられたガードナ国の前王の差し金だろう。現国王はあの女をとっくに見放しているから」

「……迂闊《うかつ》でした」

ガードナ国の関与が明らかになったときにその可能性を考えてしかるべきだったのだ。己の失態にフェリクスは歯を食いしばる。

おそらく国王の暗殺未遂やクーデターも本来の目的からフェリクスたちの目を逸らすためだったのだろう。フェリクスたちがそちらに気を取られている間に、ガードナ国の密偵はフリーデ皇太后を厳重な警備が敷かれている幽閉先から攫うために準備を整えていたに違いない。そしてディレードを逮捕しようとするこちらの動きを知って、先手を打ったのだ。

「敵が打って出たのならこちらももうこそこそする必要はないだろう。フェリクス。グレイシス」

イライアスが不意に口調を変えた。笑みを消し、二人を見据える。

「命令を与える」

「はい」

フェリクスたちは背筋を伸ばし、拝命を待つ。

「左翼軍のすべての兵を動員しても構わない。どんな手を使ってもディレード・アルスターと奴に与する者たちを探し出し捕まえろ」

「はい。……フリーデ皇太后はどうしますか？」

言及しないことを不思議に思ったのだろう。グレイシスが尋ねる。するとイライアスは嫣然とした笑みを浮かべて言った。

「殺せ」

執務室の空気が凍りつく。

「これ以上あの女が騒動や騒乱の原因になるくらいなら生かしておく価値はない。もともと幽閉されて生涯陽の目をみないことを条件に生かしておいたのだ。それを破ったのだから殺されても仕方ないだろうさ」

淡々と告げるイライアスの口調にも表情にも母親への情は一切見られなかった。

「……いいのですか？」

そう聞いたのは宰相だ。イライアスは頷く。

「ああ。ただ、フェリクスたちが生かしておいた方がいいと判断したのならそれでも構わない。殺しても生かしてもどちらでもいい。二人で決めてくれ」

「僕たちが決めるんですか？」

フェリクスが思わず顔を顰めると、イライアスはふっと苦笑いを漏らした。

「私はね、フェリクス。それを決める権利はここにいる誰よりも君たち二人にあると思っている。私にはあの女がどんなに憎くてもその権利がない。あの女が犯した罪の一因は私にあるからね」

「陛下……」

「だから君たちに委ねるよ。私は君たちが決めたことに従おう」

フェリクスはグレイシスと顔を見合わせると、ため息混じりに頷いた。

「分かりました。その時に判断します。それではディレードたちを捜す準備に入りますので、これで失礼します」

　イライアスに頭を下げると、フェリクスは踵を返した。グレイシスがそれに続く。密偵はフリーデ皇太后をガードナ国へ連れ帰ろうとするだろう。その前に捕まえなくてはならなかった。

「ああ、そうだ、フェリクス！」

　扉の前にさしかかったとき、イライアスが呼び止める。振り返ったフェリクスにイライアスはにっこりと華のような笑顔を向けた。

「これが解決できたら、ご褒美をあげるからね。今までの分も合わせて」

「は？」

　先の戦争での報奨も、犯罪組織をいくつも潰した働きの報奨もフェリクスはすべて断ってきた。必要なかったし、単に仕事の一環として行っただけだからだ。だから今度の報奨も断るつもりだった。

「いえ、特に必要は……」

「今度は絶対気に入る報奨だから」

　イライアスはにやにや笑って言う。よく見ると宰相やグリーンフィールド将軍たちも同じように笑ってフェリクスを見ていた。

「報奨はね、ライザ・エストワール侯爵令嬢と、彼女の夫にふさわしい爵位だ。どうかな？」

「……」

「ほう。それはそれは」

フェリクスの横でグレイシスもにやりと笑う。全員がフェリクスの反応を見ている中で、彼はにっこりと笑って頭を下げた。もともとそのつもりだったフェリクスにしたら願ったり叶ったりの状況だ。

「そういうことでしたら、謹《つつし》んでお受けします」


グレイシスと並んで城の廊下を歩きながらフェリクスはぼやく。

「どうやら陛下に一杯食わされたらしい」

「ライザ嬢のことか？　あの周囲の反応を見るかぎりそのようだな。陛下の花嫁候補だったはずの令嬢をお前に取られたというのに平然としていたし」

グレイシスは同意したあと、ふっと笑った。

「まぁ、いいじゃないか。今回のことがなければお前はライザ嬢のことに踏ん切りがつかなかっただろう？　背中を押されてよかったと思えばいい」

「背中を押されたというより、尻を思いっきり蹴飛ばされた気がするがね」

軽口を叩きながら建物を出て厩舎《きゅうしゃ》に向かう。ところがその途中、正門へと繋がる道の方から猛スピードでやってくる馬の足音と車輪の回転する音が聞こえてきて足を止めた。

「何だ？」

だんだん近づいてくる馬車に見覚えがあることに先に気づいたのはグレイシスだった。

「あれは、エストワール侯爵家の馬車じゃないか？」

「ああ。確かに。何かあったのかな」

必死の形相で馬車を駆る御者もフェリクスたちの姿に気づいたらしい。ハッとすると急いで手綱を引き、馬車を止める。スピードがあったため、フェリクスたちの前を少し過ぎたところで馬車は動きを止めた。

「グレイ様！」

御者が降りるより早く客車の扉が開き、エルティシアが飛び降りてくる。

「シア！」

見事な反射神経で駆け寄ったグレイシスがエルティシアの身体を受け止めた。

「シア、一体、何が……」

「グレイ様！　フェリクス様！　助けて、ライザが、ライザがディレード・アルスターに！」

エルティシアがグレイシスに縋りつく。その言葉でフェリクスはライザの身に起きたことを悟った。グレイシスと視線を合わせると、彼も顔をこわばらせている。

「……どうやら目的はフリーデ皇太后だけじゃなかったようだな」

自分もたぶんグレイシスと同じようにこわばった顔をしていることを自覚しながら、

フェリクスはエルティシアに尋ねた。

「シア。もっと詳しく教えてくれ。あいつは何と言っていた？」

それからエストワール家の御者も交えて二人から状況を聞く。

「フェリクス様、グレイ様。あの男は、あいつは言ったの。第二王子殿下に伝言をしろと」

ディレードの「伝言」を聞いたフェリクスとグレイシスは目を見開いた。

「第二王子にか……」

「あいつの真の目的はライザじゃないようだな」

グレイシスはスッと目を細め、フェリクスをその琥珀色の目で見据えながら告げた。

「あいつの目的は――お前だ」

第六章　明かされる真実

「ライザ様、こちらへ」

ディレードがライザを連れてきたのは、周囲を木々に囲まれた森の中の屋敷だった。

「ここは……」

「ここは以前さる貴族が所有していた王都郊外の別荘です。最近購入したばかりでして」

「そう……」

王都郊外。それはどの辺りなのだろう。馬車もそれほど長い時間乗っていたわけではないからそんなに遠いわけではなさそうだ。

だが、残念ながらライザが分かるのはそこまでだ。乗っていた馬車に窓はなく、進む方角を確認することができなかったので、ここがどの辺りなのかも分からない。

ディレードに導かれて屋敷の中に入って周囲を見回す。床は白い大理石、壁は白地に金の飾りが施されていた。この屋敷は外観だけでなく、中身もかなり豪華な造りになっているようだ。

どこの貴族か分からないがここを所有していた者は高位で裕福だったに違いない。そしてこれほどの別荘を購入したというディレードも裕福だということになる。

……子爵家が？

伯爵家や侯爵家などの従属爵位として子爵位を名乗っているのならともかく、アルスター子爵家はそうではない。拝領している土地にもよるが、アルスター子爵家が裕福だという話は聞いたことがなかった。

ならばこれほどの屋敷を買うお金はどこから？

答えは一つしかない。ガードナ国の商人——おそらく密偵から得たお金だろう。

ライザは廊下を歩きながらこわばった声を出す。

「あなたはこの国をガードナ国に売り渡すつもりなの？」

ディレードはライザの言葉に眉をあげた。

「まさか。彼らとは今たまたま利害が一致しているだけの協力関係に過ぎません。いえ、むしろ利用しているといってもよいでしょう。けれどそこまでです。この国は正統なる王のもの。ガードナ国の穢《けが》れた血など必要ありません」

やっぱり。とライザは内心思う。前々からそうではないかと思っていたが、このディレードという男は純血主義者だ。だからこそガードナ国の血筋であるイライアスが気に入らないのだろう。

「この国に王は一人よ」

「ええ。我らが戴く王のみです」

「……それはどなたのことかしら。ラシュター公爵は王位継承権を放棄していらっしゃるから王にはなれないし、本人もなるおつもりはないわ。現状この国に王となれるお方はイライアス陛下ただお一人よ」

ところがディレードはクックッと楽しそうに笑う。

「ところがもう一人おられるのです。正統な王の血を引くお方が。その方はもうすぐライザ様に会いにここに来られる予定です。その時にご紹介いたしましょう」

「遠慮するわ」

答えながらライザは頭の中で今得た情報を咀嚼《そしゃく》する。

――もう一人いる？　正統な王の血を引く人間が？

「そうおっしゃらずに。ライザ様に会うためにいらしてくださるのですから。それに、その方の名を知ればライザ様はきっと会いたいとお思いになるはず」

「それは……」

どういうこと、と続くはずだった言葉が途切れる。どこからか女性の金きり声が響いてきたからだ。ライザは思わず足を止めた。

「サイモン！　サイモン！　どこにいるの！　わらわから離れてはならぬと言ったのに！　サイモン！」

近くではないため声は切れ切れだったが、廊下を通して聞こえてくる甲高い声は実際はかなり大きいようだ。

途端にディレードが忌々しそうに舌打ちする。けれど、ライザに向き直った時は苛立たしい様子は綺麗に消していた。

「ライザ様、私は少し失礼します」

「あの声は一体……？」

「ライザ様が気にされるほどのことではありません。ああ、君、ライザ様を応接室にお連れしろ」

ディレードが声をかけたのは、二人の後から少し離れてついてきていた彼の部下らしい男だった。

「はい。承知いたしました」

部下が頷くのを確認すると、ディレードはライザに頭を下げた。

「それでは、ライザ様。また後ほど」

ディレードは踵を返すと廊下を歩いていってしまう。その間ずっと女性の金きり声は続いていた。

「ライザ様、アルスター准将の代わりに私が部屋へご案内いたします。どうぞこちらへ」

「分かったわ」

有無を言わせぬ笑みを浮かべた部下に促されてライザはため息を押し殺しながら頷いた。

＊＊＊

フェリクスとグレイシスは分隊を率いて王都郊外に広がる森の一角を慎重に進んでいた。彼らの後ろに続く兵の数はそれほど多くはない。けれど、グレイシスの受け持つ部隊の中でも精鋭だけを集めた最強の部隊だ。

先頭に立って馬を進ませるフェリクスは向かう先にある屋敷の情報を思い出し、皮肉げな笑みを浮かべた。

「かつてベレスフォード侯爵家が所有していた別荘か……。よほどベレスフォードがお気に入りらしいなあいつは」

「もはや妄執だな」

グレイシスがそっけなく言い捨てる。

「そうだな」

エルティシアから話を聞いた二人は兵を揃えると急いで左翼軍総本部へ向かった。けれど、その時点ではディレードがどこにライザを連れて行ったのか分からなかった。いくつか候補はあったが、そのどれも決め手にかけていたし、今から調査するほどの時間もない。どこに兵を向かわせたらいいかと思案しているところに、ライザに付けた護衛から伝書鳩を使って連絡が入ったのだ。

ディレードがライザを連れて向かった先は、かつてベレスフォード侯爵家が所有し、長らく人手に渡っていた別荘だった。ディレードは密かにそこを買い取っていたらしい。

「しかしフェリクス。やつは単身で来いと言っていたようだぞ。兵を連れていって大丈夫なのか？　もしこのことが知られたらライザ嬢に危害が……」

グレイシスがフェリクスに心配そうな目を向けた。フェリクスは淡々とした口調で答える。

「奴らはシアを盾にライザを拉致するという暴挙に出た。もはや正攻法で相手をするに値しない。……それと、ライザだが、おそらく大丈夫だ。やつらはベレスフォードという名前が欲しい。それを持っているのはライザだ。危害を加えて損なうことは避けるだろう」

そう告げるフェリクスの水色の目には何の感情も宿ってはいない。焦りも危惧もその表情からは窺えなかった。けれど、長い付き合いのグレイシスには彼の心の内であらゆる感情が渦巻いているのが分かっていた。不安、焦り、危惧、失う恐怖。グレイシスもついこの間エルティシアが攫われた時に同じように感じたから分かるのだ。

だが、上に立つ者としてそれを部下の前で見せるわけにはいかなかった。

「局長！」

不意に声が轟《とどろ》き、フェリクスは馬を止めた。グレイシスも兵たちもそれにならう。すると木々の間から音もなく男が現れて、フェリクスたちの前に片膝をついた。ライザの護衛としてつけていた男だった。

「屋敷はもうすぐです。ただ、屋敷の外では何人かが見張りに出ていますので、これ以上このまま進むのは危険かと存じます」

「……向こうの人数は分かるか？」

「フリーデ皇太后を迎えにいった一派と合流しているようなので、おおよそ二十名はいるかと。その中にはガードナ国の密偵が何人か含まれています」

「分かった。ありがとう。ご苦労だったな」

男に労いの言葉をかけたあと、フェリクスはグレイシスを振り返って笑った。

「そういうわけだ。グレイ。ここからは僕一人で行く。招待されているのは僕だけらしいからね。君はここで待機し、僕がやつらの気を引いている隙に屋敷を制圧してくれ」

グレイシスは顔を顰め、馬を近くに寄せた。そして他の者には聞こえないように囁く。

「一人で行くのか？　危険だぞ。もし奴らが俺の考えている通りのシナリオを描こうとしているのだったら、ライザ嬢を人質にとってお前を……」

フェリクスの口元に笑みが浮かぶ。

「おそらく奴らはそういうつもりだろうね、僕に言うことを聞かせるのには、実に効果的だ。その点でも奴らにとってライザは二重の価値がある。ベレスフォードと僕に対してね」

「分かっていながら、それでも行くんだな、お前は」

ため息がグレイシスの口から漏れる。フェリクスは笑いながら頷いたあと、不意に笑みを消してグレイシスに真剣な眼差しを向けた。

「グレイ。頼みがある。もし万一僕がしくじってあちらの思惑に乗らなければならなくなった場合は、第二王子の存在ごと僕を殺せ」

「おい、フェリクス！」

仰天したあと、グレイシスは珍しく青ざめる。

「冗談じゃないぞ」

「もちろん冗談じゃないさ。だが、思惑通りになってしまえば、陛下にとって脅威になる。僕たちは陛下に初めて出会った日、あの人の盾となり、守っていくことを誓ったはずだ、グレイ。脅威は取り除かなければ。そうだな？」

「……」

「ラシュター公爵である君にしかできないんだ。これは命令だ。……グレイシス」

フェリクスの口から厳しい口調とともに出た呼び方は、いつもの愛称ではなかった。グレイシスはその意味を正確に理解した。

震えるような吐息をついたあと、グレイシスは覚悟を決めて頷く。

「分かりました。……兄上」

その言葉を聞いたフェリクスの口元に笑みが浮かぶ。

「頼んだよ。あ、それから、グレイ」

いつもの口調に急に戻ったフェリクスはグレイシスに言った。

「屋敷の中にいるらしいフリーデ皇太后の処遇については君に頼んだよ。好きにしてくれ」

「おい。俺に押し付ける気か」

途端にグレイシスが嫌そうな顔になる。フェリクスは明るい声で笑った。

「末っ子の宿命だと思ってくれ」

＊＊＊

豪華な応接室へ連れて行かれたライザはそこで時間を過ごしていた。

少し席を外すと言っていたディレードはあれきり姿を見せない。ライザはソファに座っているか、窓から外を見るくらいしかやることがなかった。どうせなら屋敷の内部を色々見て回りたいが、案内してくれた青年兵士はライザがこの部屋を出ることを許さなかった。ようするにライザはこの部屋に軟禁されているのだ。

――それも当然か。人質だもの。

それでもせめて部屋に一人だったらまだ気が楽だったに違いない。ところが青年兵士は応接室の中にいて、じっとライザの挙動を監視していた。お茶を用意したり、チェスやカードなどを勧めてきたり、世話をしようとしてくれているようだが、監視役であることに違いはない。しかもよく訓練されているようで、ライザが詳しく話を聞きたがっても「それはアルスター准将にお聞きください」の一点張りだった。

ライザの不満は溜まる一方だった。

「お茶を替えましょう」

テーブルに置かれたティーカップの中身がすっかり冷めていることに気づいて青年が声をかけてくる。

「結構よ。飲むつもりはないから」

ライザはそっけなく答えた。

この部屋には時計がないからあれから何時間経ったか分からないが、ライザはその間水一滴たりとも口にしていない。何が入っているかしれないからだ。この青年が何か盛るとは思っていなかったが、それでも用心するに越したことはない。ライザはもう二度と同じ過ちを繰り返すつもりはなかった。

けれど、今にして思えば、あの失敗がフェリクスとの距離が縮まるきっかけになったのだ。

あの出来事がなければライザたちは依然として友人関係という枠に留まっていただろう。フェリクスに対する気持ちに気づくことなく、そのまま王妃候補に挙げられてどうすることもできないまま内定してしまっていたかもしれない。

——世の中どう転ぶか分からないわね。

彼との関係も、自分の気持ちも。

「……フェリクス……」

青年に聞こえないようにそっと呟く。

何もすることがなく、考える時間だけはたっぷりあるため、どうしても彼のことを考えてしまう。

きっと今頃フェリクスはエルティシアからライザのことを聞かされて行方を捜していることだろう。そのうちいずれここを突き止めて助けにきてくれる――それをライザは信じて疑わなかった。だからこそ拉致されてこんな場所に軟禁されていても、恐慌状態になることもなくこうして平静を保っていられるのだ。

今のライザにできることは、何が起こっても的確に行動できるように冷静でいること。そしてできるだけ彼らから情報を聞き出し、いずれ助けにくるフェリクスの助けになることだけだ。

ライザは扉の前に立っている青年兵士にちらりと目を向けた。さて、あの頑《かたく》なな兵士をどうやって攻略していくか。

そう思った時だった。応接室の扉が開き、ディレードが姿を見せる。

「遅くなって申し訳ありません、ライザ様」

「……ようやくの登場ね、アルスター子爵」

つい嫌みが出てしまうのも仕方がないことだった。時間の感覚は確かではないが、少なくとも彼がいなくなって数時間は経っているだろう。

ディレードは苦笑し、頭を下げる。

「長らくお待たせしてしまったこと、お詫び申し上げます。少々面倒なことがありまして」

「さっきの女性の声のことかしら？　あれはどなた？」

この応接室に通されるまで廊下に誰かを呼ぶ女性の声が響いていた。もうかなり前から聞こえなくなっているが、あれが女性の癇癪だったら宥めるのには相当時間がかかったのではないだろうか？　だからディレードはここに来ることができなかったのではないか？

ライザはそう思っていた。

けれど、ディレードは笑みを浮かべてライザの質問を軽くかわす。

「あの者のことはライザ様が気になさることではありません」

あくまでライザには関わらせまいとしている。もしかしたら彼女もライザのようにここに何らかの理由で拉致されてきたのかもしれない。

「ああ、お茶が冷めてますね、君。淹《い》れなおしてくれ」

ライザの前に置かれたお茶のことに目ざとく気づいたディレードが青年兵士に声をかける。

「必要ないわ。それよりも私の質問に答えてちょうだい」

――さて、情報収集開始だわ。

ライザは居ずまいを正し、向かいのソファに腰をおろすディレードに矢継ぎ早に尋ねた。

「私をここに連れてきた目的は何？　なぜ私を狙ったの？」

ディレードが国王暗殺未遂やクーデター計画の首謀者であることは明らかだ。もしかしたら彼の言う「真の王」とやらが黒幕かもしれないが、クレメイン・カールトンを隠れ蓑にして陰でコソコソ画策していたのはディレードに違いない。

けれど、いくら考えてもなぜライザがこうして狙われて、あんな大胆な手を使ってまで拉致されたのか理解できなかった。ライザが正式な国王の婚約者になったのなら話は分かる。けれど、今はまだ候補者の一人に過ぎないし、もし今ライザに何かあってもいくらでも挿《す》げ替えができる。

「ライザ様はご自身の価値をご存じないのですね」

くっくっとおかしそうにディレードが笑った。

「あなたはこの国の中でも特別な立場におられるのです。イライアスの花嫁候補になったからという理由などではなく、あなた自身に価値がある。ベレスフォードの後継者として、我々が真の王と戴くあの方の伴侶としても」

「ベレスフォード……伴侶……」

そういえば拉致される時もディレードはベレスフォードのことを口にしていた。ではライザが狙われたのはベレスフォードのことがあるからなのか。けれど、ベレスフォードの名前が特別だったのはフリーデ皇太后が政治を牛耳っていた時、イライアスが王位を継ぐまでのことだ。

「あの小さな領地と屋敷にはそれほど価値があるとは思えないけれど……」

「まさか。ライザ様は過小評価しておられるようだ。ベレスフォードは今でも特別な存在なのです。我々にとっても、この国にとってもね」

「ベレスフォードは今や単なる土地の名前に過ぎないわ。それに意味があったのはもう三十年近く前のことよ」

ベレスフォード侯爵家が存在していたからこそその名前は特別だった。けれどもうベレスフォード侯爵家はなく、その名前はもはや土地にしか残っていない。少なくともライザにとってはそうだ。

ところがディレードの考えは違うようだ。

「いいえ、ベレスフォードは特別なのです。今もなお。王族の血が流れる由緒正しい家柄にして、反フリーデ、反イライアスの象徴。そしてこの国でもっとも高貴な血を持つ真の王——第二王子の血筋」

「第二王子？　まさか、前王の第二王子のこと？」

ディレードの示している「第二王子」が何を指すか分かってライザは目を見開く。

前王には三人の子どもがいた。第一王子であるイライアスと身分の低い側室が産んだ第三王子のグレイシス。そして、エリーズ・ベレスフォードが産んだ第二王子の三人だ。けれど……。

ライザは首を横に振りながら硬い声で呟く。

「第二王子は生まれてすぐに亡くなられているはずよ。エリーズ・ベレスフォードと一緒に」

そう、それがベレスフォード侯爵家の悲劇の始まりだったのだから。

ところが、ディレードはにやりと笑って驚くべきことを言った。

「公にはそうなっています。けれど、生きていたのですよ。第二王子殿下は。フリーデ皇太后の魔の手から逃れるために、城から密かに出されて別の家族のもとで成長されたのです。ラシュター公爵と同じようにね」

「まさか……！」

そう言いながらその可能性は無いわけではない、とライザも認めざるを得なかった。低い身分の側室から生まれたグレイシスでさえ命の危険を感じて密かに外に出されたくらいだ。エリーゼが産んだ子どもをフリーデ皇太后が許すはずはないと予想はできたはず。死んだと見せかけて安全な場所に預けられ、無事成長していたら……。

ライザはぎゅっと膝の上で拳を握った。

「でもたとえ第二王子が生きておられたとしても、正妃から生まれた長兄のイライアス陛下が王位に就くのは当然のこと。それは揺るがないわ」

「本当にイライアスが前国王陛下の血を引いていればね」

「っ……」

目を細めるライザを見て、ディレードはうっすらと酷薄な笑みを浮かべた。

「あの当時、前国王陛下は側室ができたこともあって王妃のもとへはめったに訪れなかったと聞きます。その間、あの淫売は愛人を閨《ねや》に引き入れていた。そんな中妊娠した。それは本当に前王の種だったのでしょうか？　いいえ、イライアスは前国王陛下の子どもではない。この国の王族の血を引いてはいないのですよ」

「まさか……」

そういう噂があることは知っていたし、主に純血主義者の間ではまだ現国王の出自を疑っている者が多いということもフェリクスから聞いている。けれど、前国王自身が実子であると認めていたと言うし、イライアスの顔立ちはその前国王とよく似ている。実子であることは疑うべくもない。それに……。

――あのフェリクスやロウナー准将が唯一の主と仰いでいる王だもの。

ライザはまっすぐディレードを見返して断言した。

「陛下は前国王陛下の子どもよ。王妃のもとへめったに訪れなかったといっても皆無ではないのなら、否定はできないはずよ。あなた方は認めないでしょうけど、この国の大部分の人間は陛下を王だと認めている。ここで第二王子が出て名乗りをあげようとも陛下の優位は動かない」

ディレードはライザの昂然《こうぜん》とした顔をしばし見つめ、それからふっと笑みを漏らした。

「状況証拠から見てもイライアスはサイモン・オークリー前宰相の子だ。王位に就く資格はないのです。あれは偽王だ。皆は騙されているのです。あなたもね」

「だから、違うと」

言い募ろうとしたライザの言葉を遮ってディレードは続ける。

「……でもあなたのその忠誠心は素晴らしい。ぜひともあなたには我々の王を支えてもらいたいものです。あなたの持つベレスフォードの名と血。それに殿下の能力があればイライアスを王座から引きずり落とすことができる」

「冗談じゃないわ。お断りします」

ようするにこの男は第二王子に箔をつけるためにライザを正妻に据えたいのだ。伴侶と前に言ったのはそういうことだろう。ライザを第二王子に娶らせれば名実ともにベレスフォードが手に入る。と同時にエストワール侯爵家を取り込むことができるというわけだ。

もともとライザは王妃候補の筆頭に挙げられるほどの身分と器量だ。第二王子の妃として——ゆくゆくは王妃として立つには申し分ない。そう思ったのだろう。

——冗談じゃない。誰が王妃などになりたいものですか！

「強情ですね」

クスクスとディレードは笑った。本当によく笑う男だ。でも賭けてもいい、この男は心の底から笑っているわけではないのだ。

「でもあなたは必ず我々に……いえ、我々の殿下に従ってくださるでしょう。殿下もあなたのためならば、我々の望みを叶えて王となってくださるに違いない」

「まさか、ありえな」

最後まで言いかけてライザの言葉が途切れた。ディレードの言葉が気になったのだ。

「私のためならば、王になる？　第二王子が？」

「ええ。我々はあの方の出生に気づいてからずっと彼の身辺を探ってきました。今のままでは絶対我々に協力してはもらえないと分かっていましたから。だからあの方が自分の信念を曲げてでも助けたい相手を、そこまで深く心に入ることのできる人物が現れるのを、ずっと待っていたのです。それがあなただった。ベレスフォードを受け継ぐあなただったのです。私がそれを知った時にどんなに驚喜《きょうき》したか分かりますか？　これであの偽王を引きずり落とせる条件が揃ったのですよ」

愉悦の笑みを浮かべたディレードの黒い目が爛々《らんらん》と輝いていた。そこに浮かぶのは妄執という名の光。

ライザはゾッと背筋を震わせた。彼の目の前にいたくなくて思わずソファから立ち上がる。

この人はおかしい。今の言葉を信じるならば、第二王子はイライアスを引きずり落とすことも王位も望んではいない。それなのに、ライザを使って彼らの思うとおりに動かそうとしているのだ。

「そんなことに私が協力するわけがないでしょう？　だいたい私は第二王子とは結婚などしません。私はフェリクスと」

「まだ分かりませんか？」

婚約している、と続けようとしたライザを見上げて、ディレードが楽しそうに目を細める。

「そのフェリクス・グローマン准将こそが第二王子――先代国王陛下のお子なのですよ」

「――え？」

ライザの頭の中から一瞬何もかもが消えた。

「……フェリクスが？　うそ……」

聞いたことが信じられなかった。空耳かと思った。けれど、ディレードはライザの中の疑いを叩き潰すかのように続けた。

「嘘ではありません。フェリクス殿下こそがエリーズ・ベレスフォードと先代国王陛下との間に生まれた、この世でもっとも王家の聖なる血を濃く受け継いだ方なのです。先代国王陛下はフェリクス殿下を守るために彼を死んだことにして、グローマン伯爵家に託したのです。グローマン伯爵夫人は先代陛下の乳母の娘で親しい間柄でしたから。そして夫のグローマン伯爵は熱心な純血主義者で王家の忠臣。必ずやフリーデ皇太后の魔の手から殿下を隠し守り通してくれると信じて預けたのですよ。そしてグローマン伯爵夫妻は彼を自分の第二子として育てることにした。疑われないように年齢を偽ってまで」

「そんなの……信じられないわ……」

呆然とライザは呟く。けれど、前にフェリクスが言っていたことが思い出されて強く否定することができなかった。

以前「秘密を教えろ」と迫ったライザにフェリクスは年齢の話をした。本当はグレイシスより一歳上の二十九歳なのだと。第二王子は生きていれば二十九歳になっていたはずだ。イライアスより一歳年下で、グレイシスより一歳年上なのだから。

……もし本当にフェリクスが第二王子なら、あの時彼は自分の出生に関わる重大な秘密をライザに打ち明けていたことになる。もし、本当に彼がエリーズ・ベレスフォードの息子ならば……。

――ああ、何てことかしら……！

これで分かった。なぜフェリクスがあの夜、純潔を奪ったあと名乗り出ることなく沈黙を守ったのか。彼にとってライザに近づくことはベレスフォードに近づくことを意味していた。第二王子であることを隠し続ける彼にとってベレスフォードの名前に近づくことは危険だったのだ。

ライザは知らなかったが、ディレードの言葉ではベレスフォードは純血主義者の間ではずっと特別な名前として扱われていたようだ。王家とは遠縁であるばかりか、もっとも王家の血を色濃く受け継いだ第二王子を擁し、それゆえフリーデ皇太后たちに消された家として。反イライアスの旗印として。

そのベレスフォードを継ぐライザに近づくことは、純血主義者たちの目を引いてしまうも同然だ。その中の誰かがフェリクスの出生に気づいたら？　イライアスを蹴落とすための絶好の存在となってしまう。それを恐れたのだ。

――『フェリクス様が今ライザに求婚しているということは、彼がその事情を乗り越えようと決めたからだってこと。それだけフェリクス様はライザを求めているのね』

――『お願い。フェリクス様を信じてあげて』

エルティシアの言っていた言葉が脳裏に蘇る。

「ああ、何てこと……」

足から力が抜けて、ライザはソファにストンと腰をおろす。

今まさにライザのせいで彼が危惧していた状況に立たされている。

さっきあれだけ確信していたフェリクスの助けが今は恐れに変わっていた。

――だめ、フェリクス。来ないで！　来ちゃいけない！

来たら必ずディレードはライザを盾にフェリクスにイライアスと敵対するように強制するだろう。そのために彼らはライザを拉致したのだから。

だが、ライザの願いも空《むな》しく、兵士の一人がディレードにある報せを持って現れる。扉の前で彼からその一報を聞いたディレードはにやりと笑ってライザを振り返った。

「いらっしゃいましたよ、殿下が。あなたを迎えに」

「……！」

ライザは息を呑んだ。

しばらくして、応接室の扉が開かれる。入ってきたのは、左翼軍の軍服を身に纏ったフェリクスだった。

「ようこそ、殿下」

ディレードの言葉を無視し、何かを探すように部屋をぐるりと見回したフェリクスはソファに座るライザに気づき、安堵の笑みを浮かべた。

「ライザ、無事でよかった。大丈夫かい？　迎えに来たよ。シアもとても心配している」

自分の置かれた状況を分かっていないような言葉にライザは立ち上がりながら叫んだ。

「フェリクスのばか！　何で来たの！」

「せっかく迎えにきたのに第一声がそれかい？　酷いなぁ」

フェリクスの顔に苦笑が浮かぶ。

「でもそれだけ元気ならば、大丈夫のようだね」

「私のことは捨て置いてもよかったのに！」

ライザはもどかしげに叫んだ。迎えにきてくれたことは嬉しいが、素直に喜ぶことはできない。

「彼らの思惑に乗って一人で来るなんて……！」

「うん。でも大切な君のためだから」

さらりと言われた言葉にライザは絶句し、そしてつい赤面してしまう。こんなことやっている場合ではないのに！

「ライザ。不自由かけるけど、もう少し待ってて。必ず君を無事に帰してあげるから」

「それは……」

彼らの思惑に乗るということだろうか。不安になってフェリクスを見つめ返すと、彼はにっこり笑って突然言った。

「ねぇ、ライザ。これが無事に済んだらお願いがあるんだけど」

「お、お願い？」

「そう、君にして欲しいことがある」

こんな時に一体何を言い出すのだろう？　困惑しながらもライザは頷いた。

「わ、分かったわ。何でもするわよ」

ライザは、これは何か特別なことを伝えているのだと思った。彼が丸腰で来るはずはないから、きっと何かの策があってのやり取りだと。

フェリクスはライザの返事を聞いてにっこり笑った。

「約束だよ、ライザ」

それからライザから視線を外してディレードに向き直る。その時にはライザに向けていた笑顔は綺麗さっぱり消えていた。

「さて、話とやらを聞こうか、ディレード・アルスター准将。こんな姑息《こそく》な手を使ってまで人を呼び出して、何の用だ？」

「何がしたいかなどとっくにご存じのくせに」

ディレードがクスクス笑う。

「フェリクス殿下」

「……」

そう呼びかけられてもフェリクスはピクリとも動かなかった。ただ、淡々と告げる。

「殿下などという人間はここには存在しない」

「否定するには及びませんよ。あなたが生まれた前後にグローマン伯爵夫人が身ごもっていなかったことはとっくに調べてあります。前国王陛下が第二王子に付ける予定だった名前をあなたが名乗っていることもね。あなた方兄弟の名前はいずれも前国王陛下が考えて密かに与えたものだそうですね」

フェリクスはディレードの言葉を否定するまでもなく静かな口調で付け加えた。

「イライアス陛下の名前もね」

それは自分が第二王子だと肯定する発言ではなかった。けれど、ライザはそれで確信してしまう。フェリクスは本当に先代国王の子どもで、イライアスとグレイシスの異母兄弟なのだと。

「イライアスは違います！」

突然ディレードが叫んだ。

「穢れた血を玉座に持ち込んだ簒奪者です！」

「偽王でも簒奪者でもない。陛下は前国王のお子で正統な王位継承者だ」

対照的にフェリクスは静かな口調で、それでいて冷たい声でディレードに告げた。

「お前が認めようと認めまいとそれが事実だ。でも陛下を王たらしめているのは血なんかじゃない。王族の血など無意味だ」

ディレードはスッと目を細める。フェリクスが王族の血を否定したことはかなりの衝撃だったらしい。

「……なんですって？　あなたがそれをおっしゃるのですか、一番濃く王の血をひくあなたが」

「血で国を治められるとでも？　王という自覚と強い信念があってこそ国を治めることができる。王になれる。だから僕もグレイシスも王にはなれないし、その気もない。イライアス陛下こそが王に相応しい」

「違います。王の血を継いでいるからこそ皆が認め、国を治めることができるのです。我々は王の血を継いでいないイライアスを王とは認めません。あなたこそが王に相応しいお方だ」

「本気で陛下より僕が王に相応しいと思っているなら、相当目が曇っているぞ。お前はこの十年、陛下の近くで何を見てきたんだ？　陛下は即位してすぐにフリーデ皇太后と前宰相を粛清し、乱れた政治を立て直してきた。ガードナ国との戦いも勝利し、平穏を取り戻せたのは陛下のお力だ。王族の血で国を治めたわけじゃない。それは大勢の貴族が認めるところだ」

ライザはハラハラしながら二人のやり取りを見守りながら頷いた。フェリクスの言っていることはよく分かる。ベレスフォード家のことで国王に好意を抱いていなかったライザの父親でさえ、イライアスが国にとって良い王だと認めている。前国王の子どもだから認めたのではなく、イライアスの王としての業績や素質を認めたのだ。そういった貴族は多いだろう。

「今はほとんどの貴族が陛下の出生のことなど気にしていない。気にしているのはお前たちだけだ。陛下の王としての基盤は磐石で、僕がベレスフォードの名前を使ってももはやそれは動かせるものではない。ディレード・アルスター、諦めてイライアス陛下にくだれ。今なら命だけは助かるだろう」

おそらくそれは最後の降伏勧告だったに違いない。けれど、頑なにイライアスが前王の子どもではないと信じるディレードにはその言葉に従うことはできなかったようだ。黒い目にはぞっとするような光が宿っている。

「私が偽王にくだることはありません。殿下。それにあなたは間違っている。皆はイライアスが前国王の子どもだと思っているから従うのです。真実が明らかになれば貴族たちはこぞって奴を見放すでしょう。そのためにガードナ国の密偵と組んであの淫売を幽閉先から救い出したのです」

「何ですって……？」

初めて聞く事実にライザは唖然とする。フリーデ皇太后を幽閉先から連れ出したというのか？

――あ、まさか、さっきの金きり声は……。

フェリクスはため息をつく。彼に驚きは見られない。フリーデ皇太后のことはとっくに分かっていたようだ。

「フリーデ皇太后を使って何をするつもりだ」

「イライアスが前国王陛下の子どもではないということを証言していただきます。その上であなたが第二王子で前王の血を継ぐ正統な王位継承者であること、ライザ様との婚姻によりベレスフォードを受け継ぐことを宣言するのです。不義の子よりも、正統な王位継承者であるあなたに多くの貴族はつくでしょう」

ディレードはうっとりと笑った。

「ああ、殿下の手を煩わせることはありません。ここでライザ様とゆっくりお二人で過ごされればいい。すべては我々がお膳立てしてます。もうすでに公布する準備も整えてあるのですよ。あとはただあなたの意志のみ。ライザ様のために、我々のために王になるとひと言おっしゃってくださればいいのです。そうすればすぐさま我々は動き始めます」

「冗談じゃないわ……」

ライザは青ざめる。一度そんなことが公布されてしまえば、フェリクスはイライアスと対峙《たいじ》しなければならなくなる。いくら後からあれは無効だと訴えても、世間は動き始めてしまうだろう。イライアスに従うか、フェリクスにつくか。

「断る」

フェリクスはきっぱり言い切った。

「僕は陛下の臣下であり、ただの軍人だ。主と決めた人に弓を引くくらいなら死を選ぶ」

「フェリクス……」

ライザはホッとすると同時に誇らしくなった。そうだ。ライザが好きになったフェリクスはこういう男だ。時に非情で狡猾で、目的のためなら手段を選ばず、冷徹にもなる。けれど、それは自分のためではなく守りたい人ため。彼はそのためなら自分を殺してでも守りぬく。そんな人間だ。

そんな部分を含めてライザはフェリクスを好きになったのだ。

「あなたはそう言うだろうと思いましたよ」

ディレードが微笑む。彼にもフェリクスがどう答えるのか分かっていたのだ。

「だからこそ、ライザ様を連れてきたのです」

「ライザ！」

ディレードが動くのと、フェリクスが叫んだのはほぼ同時だった。

「きゃあ！」

ぐいっと手を引っ張られたと思った直後、ライザはディレードの腕に拘束されていた。ライザが逃げる隙も、フェリクスが駆け寄る時間もなかった。当然だ。フェリクスからの距離は離れていたが、ディレードはライザのすぐ近くにいたのだから。

「放して！」

腕を外そうとライザはもがいたが、後ろから抱え込まれていて身動きが取れなかった。

「ライザ！」

「近づかないでください。殿下」

ディレードの合図を受けて、部屋の中で黙って待機していたあの青年兵がフェリクスに後ろから近寄り、彼の両手を後ろ手に拘束する。

「くっ……」

ぎりっとフェリクスは歯ぎしりをした。

「……こうなることは分かっていましたよ。あなたもグレイシス殿下もあの偽王に忠実で、我々がいくら言葉を尽くそうが説得は無理だろうと」

くっくっとディレードは笑うと、軍服のポケットの中から小さな小瓶を取り出した。茶色のガラス瓶に入ったそれをフェリクスに示す。フェリクスがさっと顔色を変えた。

「それは……」

「そうですよ。覚えがあるでしょう。あの媚薬です。ライザ様があの夜、下種な男に盛られたものと同じものですよ。あなたが我々の旗印になっていただけない場合、これをライザ様に投与させていただきます」

ライザは息を呑んだ。フェリクスがスッと目を細める。

「……貴様」

フェリクスの口から零れたのは今まで聞いたことがないほど低い声だった。ディレードが楽しそうに笑う。

「確かにこれは一回くらい服用しても後遺症は残りません。けれど、すでに一度これを飲まされているライザ様はどうでしょう？　溺れるのは早いでしょうね」

「卑怯者……！」

何とか拘束を解こうと身を捩りながらライザは吐き捨てる。

まだ剣を突きつけられた方がましだっただろう。けれどライザを傷つけて損なうわけにはいかないディレードはもっとも効果的で確実にフェリクスを動かせる方法を採《と》ったのだ。一度ライザが薬で正体をなくした姿を見ているフェリクスがそれを見逃すことはできないと分かった上で。

「服用の回数が増えるとそのうち理性を破壊され男を求めて狂いだす……確かそういう薬でしたよね。フェリクス殿下はライザ様が堕ちていく姿を見るのがお望みですか？」

勝利を確信したような声音に、ライザは歯を食いしばる。フェリクスは答えない。ディレードを睨みつけているだけだ。今までのようにきっぱり拒否しない姿がライザの不安を煽った。

まさか、自分のために彼らの旗印となることを承知するつもりでは……？

――そんなのダメだ！

いつだったか馬車の中でフェリクスが言っていた言葉を思い出す。

『左翼軍は陛下とこの国を守るための片翼だ。軍の一員として、そして僕個人としても陛下のことは必ず守ってみせる』

そう言っていたフェリクスの声は、決意とイライアスに対する敬愛に溢れていた。もしかしたらそこには兄弟しての親愛も含まれていたのかもしれない。そんな彼を兄と敵対させるわけにはいかない。

「フェリクス！　承知なんてしたら一生許しませんからね！」

「……それは困るね」

フェリクスのこわばった顔にようやく笑みが浮かんだ。

その時だった。トントンと外から扉をノックする音が聞こえた。ディレードの部下だろうか？

もう一度ノックする音が聞こえた。けれど叩かれたのは一回だけだった。

「後にしろ！」

落ち着いたノックの音に、ディレードは緊急の用件ではないと判断したらしく、声を張り上げる。ノックの音はそれ以上響いてこなかった。

フェリクスが唐突にディレードに尋ねる。

「ディレード・アルスター。お前のそれは復讐のためか？　実の父親を、サイモン・オークリー前宰相を陛下に殺されたからか？」

ライザは目を剝いた。ディレード・アルスターの実の父親がフリーデ皇太后と愛人関係にあった前宰相だった？

「え？」

驚いたのはフェリクスを拘束している青年兵も同様だった。デ・レードの手下にとってそれは初耳だったようだ。けれど当の本人はとっくの昔に知らされていたことだったらしい。あっさり答える。

「復讐？　それは違いますよ。あの男を父だと思ったこともないし、そもそもそんな価値などない男です。生きていたら今頃は私がくびり殺していましたよ。私の父は一年前に亡くなった義父だけです」

どうやら本気でそう思っているらしかった。フェリクスはかすかに頷く。

「では私怨か」

「いいえ、崇高な血のためです」

それについては何も言わずにフェリクスはまた別のことを尋ねた。

「もう一つ聞くが、なぜ僕が第二王子だと思った？　グレイシスに比べても知っている人間は極端に少なかったはずだ。なぜ僕を第二王子と結びつけた？」

「ああ、それは義父ですよ。今際《いまわ》の際に私に教えてくれました。ベレスフォードの血を継ぐ第二王子が生きていると。探し出して真の王として擁立するようにと。義父はあなたの義父であるグローマン伯爵から第二王子のことを聞いたらしいですよ」

「……あの人か」

フェリクスは舌打ちする。

「義父とグローマン伯爵は同じ純血主義者として交流があったそうで、死を目前にした父を励ますつもりで言ったのでしょう。けれど、どこに預けられ誰が第二王子かは教えてもらえなかったそうです。ですから私は推測したのです。グローマン伯爵のすぐ近く、目の届くところにいるのではないかと。すぐにあなたが浮かびましたよ。それ以降ずっと隙がないかとあなたの周辺を探り続けておりました」

「……なるほど、ここ半年以上もの間、人をつけまわしてくれたのはお前たちか」

皮肉げな笑みがフェリクスの口元に浮かんだ。

「ええ。そしてライザ様に行き当たったのです。我々にとってライザ様の存在は僥倖《ぎょうこう》でしたよ。……さて、話はこれくらいでいいですか？　いくら時間稼ぎしようが無駄です。殿下、お返事を。ライザ様を性奴隷に堕とすか、それとも我々の旗印になるか。どちらを選びますか？」

「……」

フェリクスは目を閉じ、再び開いてライザを見つめた。水色の瞳と緑の瞳が交差する。やがてフェリクスの口が動いた。

「分かった。僕は――」

――その先の言葉がどう続くのか、ライザは聞くことができなかった。いきなりバタンと扉が開き、一人の老女が部屋に飛び込んできたからだ。

これにはディレードも虚をつかれたらしい。唖然とするディレードを見つけたその女性はまっすぐ彼のもとへ向かった。

「サイモン！　サイモン！」

「フ、フリーデ皇太后、なぜここに……」

「……この人が皇太后……？」

ライザはその女性の姿に愕然とした。フリーデ皇太后と言われたその女性は確かに以前見かけた肖像画の面影がある。くすんだ赤色の髪に碧眼。そこは同じだ。けれどそのレンガ色の髪には所々に白いものが交じり、手入れを怠っていたのが一目で分かるほど傷んでいた。

でもライザが一番驚いたのは髪ではなく、その容姿だ。フリーデ皇太后といえば我儘だが美人と評判で、肖像画もまたそれを忠実に表していた。けれど今目の前にいる人にその面影はない。皺だらけの顔はまるで老婆のようだった。

「サイモン、どこに行っていたの、すぐに帰ってくると言ったのに！」

ディレードをサイモンと呼びかけるフリーデ皇太后が正気を失っているのは明らかだった。

けれど正気を失っていてもものが見えないわけではない。フリーデ皇太后はディレードの傍まで行き、彼が腕に抱えているライザに気づいた。

「エリーズ！　なぜ、なぜお前がここにいるの！　消したはずじゃ、消したはず……！」

血相を変えて叫ぶと、ライザに詰め寄った。フリーデ皇太后にエリーズと呼ばれたライザは仰天し、人違いだと説明する余裕すらなかった。

「サイモン！　なぜこの憎い女がいるの！　消したはずではなかったのか！　忌々しい生意気な女め！　わらわに王妃らしくしろと説教などしおって！　お前などがいるからわらわは……！」

「おやめなさい！　皇太后！」

爪でライザの顔を引っかこうとしたフリーデ皇太后をディレードが慌てて引き離す。けれど再度ライザに向かってくる皇太后を押さえつけるために彼女から手を放したその時、フェリクスが動いていた。

騒動に気を取られていた青年兵を振り向きざまに蹴り飛ばすと、フリーデ皇太后ともみあっているディレードの方に向かう。

――続いていくつかのことが同時に起こった。

扉が開き、グレイシスが姿を現す。彼はフェリクスが蹴り飛ばした青年兵が起き上がろうとしているのに気づき、さっと近づくと反撃させないまま一蹴りで沈ませた。

ライザはディレードとフリーデ皇太后から離れようとして、足元に茶色の小瓶が転がっていることに気づいて蹴飛ばした。薄いガラス瓶は近くの壁に当たってあっという間に粉々に砕け散る。壁と床に琥珀色の液体が広がっていった。

ディレードはフェリクスが自由になったこと、グレイシスが扉から入ってきたことに気づいていたが、フリーデ皇太后を押さえ込もうとしていたためにどうすることもできなかった。

フェリクスはディレードの方に向かいながら隠し持っていたナイフを素早く取り出すと投げつける。そのナイフはディレードに押さえつけられながらももがいていたフリーデ皇太后の腕を掠めて袖を切り裂き、そしてディレードの左胸の辺りに沈み込んでいった。

「……くっ……」

苦痛の声を漏らし、ディレードが前かがみになる。ガクッと膝が抜けて床に落ちていった。

「きゃああ、サイモン！」

フリーデ皇太后の甲高い悲鳴が響き渡った。ディレードのもとにたどり着いたフェリクスはディレードに縋ろうとするフリーデ皇太后を力いっぱい押しのける。それから床に座り込み手をついているディレードの首もとに別のナイフの剣先をピタッと押し当てた。

「サイモン！　サイモン！」

狂ったように叫ぶフリーデ皇太后の首もとにグレイシスが手刀を入れた。

ライザがそれらを呆然と見ている間に、立っている者はライザとグレイシス、それにフェリクスだけになった。

荒い息を吐きながら、ディレードは信じられないといった顔で自分の胸から床に零れ落ちていく血を見ている。フェリクスはそんな彼にナイフを向けながら冷ややかに見下ろした。その水色の目には明らかな怒りと冷たい光が瞬いていた。

「ディレード・アルスター。僕には分かっている。お前は王家の血だの高貴だのと御託《ごたく》を並べたが、本当はそんなものは建前に過ぎないということを。陛下を狙うのは単なる私怨で、お前自身は純血主義などではない。そう思い込んでそれを口実に私怨を晴らしたかっただけだ」

「そんな……ことは……」

ゼイゼイと息を吐きながらディレードは否定する。けれど、フェリクスは容赦なかった。

「ならば崇高な血のためと言いながら、その王族の血を引くライザと僕に対して、言うことを聞かせるために取った手段は何だ？　ライザを性奴隷だと？　本当に尊ぶつもりがあれば、そんなことは口が裂けても言えまい。お前は単に僕たちを利用したかっただけだ。陛下に対する恨みを晴らすために。陛下を王座から引きずり下ろすために」

「違……う……」

フェリクスの口元に冷笑が浮かぶ。

「お前は陛下を前宰相の子どもだと思っていたのだったな。そしてお前はそのサイモン・オークリー前宰相と愛人の息子。だとすればお前から見れば陛下は異母兄だということになる。……なぁ、羨ましかったか、異母兄《あに》が？　あの輝ける場所にいる方が妬ましかっただろう？　同じ愛人の子どもでも、あちらは王太子として将来が約束されていた。一方お前は父親が分からない私生児として蔑まれ育った」

ディレードの身体が目に見えて震えだした。傷のせいか、それともフェリクスの言ったことが当たっていたからなのか。あるいは両方だったのかもしれない。

「右翼軍の一員となって間近で陛下を見て打ちのめされたのだろう？　あの人は国王としての威厳も権力も揺るぎない立場も持っているのに、お前の方はどんなに努力しても払拭できない、父親が分からない私生児の烙印と養子という不安定な立場にあった。自分とは何もかも違っているあの人に惹きつけられる一方で苦しいほど憎かっただろう？　あの人が存在している限り、自分は決して勝てないし苦しみも終わらないのだと思って」

「やめ、ろ……やめろ、やめろ……！」

「図星か……お前を見ていると昔の愚かな自分を見ているようで反吐《へど》が出そうだ」

忌々しそうに呟くと、フェリクスはナイフの柄の部分でトンとうなじを突いた。途端にディレードは気を失い、床に倒れこむ。

「急所は外してある。血は流れすぎているようだから予断を許さないが、すぐに手当てすれば生き残れるだろう。お前の気力と体力次第だな」

それからフェリクスは床で伸びているフリーデ皇太后に視線を向けて冷たく宣言した。

「正気を手放している今、皇太后を殺すことは単なる解放にしかならないだろう。ならば生き恥を晒していただく。辛くも苦しくもないだろうが、その寿命が尽き果てるまで解放されることなく罪を償い続けていただこう」

「……まぁ、妥当なところだろうな」

グレイシスが呟く。その言葉が聞こえたのか、フェリクスはグレイシスに向き直った。

「グレイ、君、わざとフリーデ皇太后をこの部屋に入れただろう」

「俺が部屋に飛び込むより奴の油断を誘えると思ったのでな。……その通りだっただろう？」

うっすらとグレイシスの口元に笑みが浮かんだ。それを見てフェリクスは顔を顰める。

「そうだけど、扉の外から合図があったあと、音沙汰がないからいつまで時間稼ぎしたらいいかひやひやしたよ」

どうやらあの二回のあと一回だけ叩かれたノックはグレイシスからフェリクスに向けての合図だったらしい。だからフェリクスはライザを人質に返事を迫られながらも別の話を持ち出して時間を稼いでいたのか。

ライザは納得したと同時に力が抜けて、その場でぺたんと座り込んだ。

「ライザ！」

気づいたフェリクスがすぐに飛んできて、ライザを抱えあげる。

「大丈夫かい？」

「ごめんなさい、ホッとしたら力が抜けて……」

言いながらライザは安堵の息を漏らしていた。先ほどディレードを追い詰めていたときの冷たい雰囲気がフェリクスからすっかりなくなっていたからだ。

「ひとまずここを出よう。グレイシス、あとを頼んでいいかい？」

グレイシスは鷹揚に頷いた。

「ああ。あとはやっておく。お前はライザ嬢を先に連れ帰って休ませてやれ」

メロウ中将が中隊を引き連れて現れたのと入れ替わるようにして、二人はグレイシスの部下たちが制圧したベレスフォード家の別荘を後にした。捕らえたディレードやフリーデ皇太后、ガードナ国の密偵、それにクーデターに加担した将校たちは左翼軍本部に護送され、証拠品の押収のため別荘は大々的に捜索されることになるらしい。

メロウ中将とグレイシスはおそらく遅くまでその処理に追われることになるだろう。

そんな中、一足先にライザとフェリクスは、馬でフェリクスの屋敷に戻ってきた。

「ライザ！　無事でよかった！」

驚いたことに、そこにはエルティシアとエストワール家の御者もいて、二人に安堵と涙で迎えられることとなった。フェリクスたちが迅速に動けたのも、エルティシアたちがライザが連れていかれたあと、大急ぎで知らせてくれたからだという。ライザは感謝し、互いの無事を喜び合った。

そうこうしている間に外はすっかり暗くなり、名残を惜しみながらエルティシアはグレイシスの屋敷へと帰っていく。

別れる際、エルティシアはライザにこっそり耳打ちした。

「馬車で話したことを忘れないで。フェリクス様とちゃんと話し合うんだからね？」

「分かったわ」

頷いてライザはエルティシアを送り出した。

ライザはフェリクスの屋敷に泊まることになっている。御者や馬車を引く馬たちにこれ以上負担をかけたくなかったこともあるが、ライザもフェリクスと離れがたかったのだ。

ゆっくりと夕食をともにとったあと、フェリクスとライザはいつもの談話室に落ち着いた。ソファに隣り合わせに腰をおろし、のんびりとお酒をいただく。

けれど肝心の会話の方はなかった。ライザも聞きたいこと言いたいことはたくさんあるのに、何から言ったらいいのか分からなかったのだ。

結局口火を切ったのはフェリクスの方だった。彼は突然ライザを抱きよせて言った。

「今日は怖かっただろう？　あんなことに巻き込んですまなかった、ライザ」

ライザはフェリクスの香りに包まれながら首を横に振った。

「いいえ。どのみちあなたのことがなくても巻き込まれていたわ」

そう。ライザがベレスフォードの相続人である限り、ベレスフォードにこだわる彼らの謀《はかりごと》に否応なく巻き込まれていただろう。

「だが今回のことは完全に僕のせいだ。すまなかった」

ライザはじっとフェリクスを見上げて尋ねた。

「……フェリクスは、本当に第二王子なの？」

ディレードと相対していたとき、フェリクスは決してそのことを否定しなかったし、肯定もしなかった。だからライザ自身も確信はあるものの、断定はできなかったのだ。ところが、フェリクスはライザにははっきり頷いた。

「……ああ。そうだ。君とはハトコということになるな」

「そうなの……」

「あいつが言っていた通り、生まれてすぐに死んだことにされて城を出て今の両親のもとに預けられた。母は先代国王の乳兄弟で、信頼も厚かったから。父――グローマン伯爵はあんな人だけど、王家に対する忠義心は人一倍あったから、素姓を隠して家族の一員として過ごすのはうってつけだったんだ。だから僕はグレイシスと違って命を狙われることなく、平穏な生活をしていたよ。ただ……」

フェリクスの表情が曇る。

「グローマン伯爵も純血主義者で、僕を息子というより王子として扱っていた。母と兄は僕を普通の兄弟、普通の息子として扱うのに、父だけ違っていた。そして僕にいつも『イライアス殿下を王太子の座から引きずり落とし、いつか玉座に座るのだ』と言い聞かせていた。フリーデ皇太后とオークリー前宰相を追い払い、この国に平和をもたらすのが僕の役目だと」

ライザはハッとした。それではまるでディレードのようだ。玉座こそ狙わなかったけれど、純血主義の父親に教育され、その思想を叩き込まれてその思惑通りにイライアスを狙うようになったディレードと。

『昔の愚かな自分を見ているようで反吐が出そうだ』

フェリクスがディレードを追い詰めていた時の言葉が思い出される。養父に純血主義。

そうだ。彼らはまるで鏡に映したように似通った状況のもとで育っていたのだ。

「僕はいつしか父の理想が僕の意思だと思うようになっていった。そうじゃないと母から何度も言われていたのに。前国王陛下——本当の父は僕が王位継承に巻き込まれることなく平穏な人生を歩んでもらいたいと思っていたのに。成長した僕はやがて軍隊に入ることを決心した。……陛下を引きずり落として自分が王位に就くために」

「……そ、れは……」

思わずライザは息を呑む。フェリクスは自分を恥じるように苦笑した。

「そう。奴と僕は対して変わらない。グレイは自分の身を守る力をつけて、家族を守りたいという動機だったが、僕が軍に入ったのはいざという時にクーデターを起こすためだった。軍で力と人脈を作ってね。でも、そうやって軍に入って何年目だったかな。親父さん……グリーンフィールド将軍が突然僕らを王城へ連れて行き、イライアス殿下と面会させた。その対面が僕を変えたんだよ」

その日のことを思い出しているのか、フェリクスは懐かしそうに目を細める。

人払いをしてフェリクスたちと面会したイライアスは、彼らが自分の異母兄弟であることを知っていた。前国王から聞いていたのだという。そして二人を歓迎した。

「当時陛下はまだ王太子で、周囲からはフリーデ王妃の人形だと揶揄されていた。けれど、僕がそのとき会った陛下は人形などではなかったよ。まさに今の陛下——あの人の本当の姿だった。彼は僕らにいつかフリーデ皇太后とオークリー前宰相一派を追い落とし、国を復興させるから協力しろと言った。それが王族の役目だと。混乱した政治や経済を立て直し、国を再興させることができた暁《あかつき》には僕らに王位を譲るつもりだから、それまで待てと」

「そ、それは……」

「永遠に敵わないと思ったよ。あの人は誰よりも王に相応しい。僕とグレイは王には向かない。自覚も覚悟も足りない。王になれるのはあの人だけだと」

　くすっとフェリクスは笑った。

「僕は陛下を追い落として玉座に就くことだけを考えていて、王になった後のことはまるで考えていなかった。けれど、あの人は反対に王になってやらなければならないことばかりを考えていた。その先のことを見据えていたんだよ。そんな相手に勝てるわけがなかったんだ。僕は自分を恥じると同時に、陛下を守る盾となることをグレイと誓い合った。……でもそれは、父にしたら裏切り行為以外のなにものでもなかった」

　ライザの脳裏にグローマン伯爵の気難しそうな顔が浮かんだ。

「母と兄は僕の考えを支持してくれたけど、父は絶対に認めてくれなかった。説得しようとしたけどまったく聞き入れてもらえず、結局言い合いになって僕は家を飛び出したんだ。それ以来まともに父としゃべったことはない。未だに僕は裏切り者らしいよ」

「フェリクス……」

「それでいいんだ。あの人と僕は相容れない」

それでも彼にとってはグローマン伯爵は育ての親だ。その人に裏切り者だと思われてフェリクスが傷つかないわけはない。思わずライザは慰めたくなって手を伸ばしてフェリクスの頬に触れた。

「人は変わるものよ、フェリクス。病気を機に丸くなってきているのでしょう？　ならばそのうちお父様とちゃんとお話ができる日がくるわ、きっと」

「そうかもね」

フェリクスは微笑むと、頬にあるライザの手に自分の手を重ねた。

「本当はね、君をどれほど気に入ってても、僕は君に深く関わるわけにはいかないと思っていた」

「……ベレスフォードのことね」

「そう。純血主義者だけでなく、陛下の周囲の人間にいらぬ誤解をされたくなくて、ずっと足踏みしていた。グレイじゃないけど、僕もこの血を残すつもりはなくて、一生独身でいるつもりだったしね。でも、あの夜、僕を求める君を前にしたらそんなことは頭から全部吹き飛んでしまって、どうしても手に入れたくなった」

頬が熱くなり、ライザの心臓がドクドクと鳴りだす。

「……君を特別な女性だと意識し始めたときのことを、僕はよく覚えているよ」

少しだけ掠れた声でフェリクスは続けた。

「ずっと前に、グレイと一緒に出向いた夜会で、偶然君たちと顔を合わせて立ち話をしたことがあった。そのとき、たまたま当時僕らを悩ませていた、ある部下の父親のことが話題にのぼったんだけど、話を聞いた君は、僕らにいつかと同じことを言ったんだ。『親が犯した罪は子どもには関係ないわ。大事なのはその人がどう生きているかよ』って。覚えているかい？」

「それって……」

ライザにはうっすらと覚えがあった。

それは、エルティシアを通じてグレイシスやフェリクスと知り合うようになってまだそんなに経っていない頃のことだ。夜会で彼らと話をしているときに、エルティシアが何かに悩んでいるグレイシスの様子に目ざとく気づき、彼を問い詰めたのだ。そこで出たのが、グレイシスの庶民出身の部下の父親に犯罪歴があったことが判明し、当時の上官だったある貴族に「犯罪者の子どもは犯罪者も同然だ」とクビにするように圧力をかけられているという話だった。

その部下はとても真面目で優秀な人物で、グレイシスもフェリクスもできれば辞めさせたくはないのだという。けれど上官は犯罪者の子どもは必ず犯罪者になると信じ込んでいて、聞く耳を持たず、彼らは板ばさみになっていた。

それを聞いたライザは思わず口を開いていた。

『親とはいえ、違う人間よ。確かに生まれも、育った環境もその人の人生に影響を与えているでしょう。でも子は親を選べないもの。親が犯した罪は子どもには関係ないわ。大事なのはその人がどう生きているかよ』

このときライザの脳裏にあったのは、自分のことだった。デビューしたばかりのライザは、出向く先でさんざん父親の素行のことで当てこすりを言われ、どこに行っても「あの女狂いのエストワール侯爵の娘」というのがついて回り、辟易《へきえき》していたのだ。

――両親のことは私には関係ない。私は私よ。

そう自分に言い聞かせ、背筋を伸ばして社交の場に赴いているライザにとって、グレイシスの部下のことは他人事ではない気がしてつい口を挟んでしまったのだ。それが功を奏したのか知らないが、その後、グレイシスとフェリクスは何とか上官を説得して部下を守った。その部下はガードナ国との戦闘でグレイシスたちと共にめざましい活躍をしたのだという。

「僕は君に見惚れたよ。ご両親のことで嫌な思いをしているだろうに、それでも昂然と顔をあげてそう言い切る君はなんて強いんだと思った。僕自身まだ養父とのことを割り切れていなかったからね。でも君の『大事なのはその人がどう生きているかよ』という言葉に、何だか胸のつかえが取れた気がしたんだ。あのときから君はベレスフォードとは関係なく、僕にとって特別な人になった」

フェリクスは頬に添えられたライザの手を外すと、その指先にキスをした。

「……あれからずっと君を見ていた」

「……二年以上も、前から？」

出会って間もない頃からフェリクスはライザを特別だと思ってくれていた？

「ああ。僕は、君が強くてしっかりしているだけじゃなくて、他人に弱みを見せたくなくてつい強がってしまうことも、大事な人のためならなりふり構わなくなることも、みんな知っている」

「ご、ごめんなさい。その……失礼な態度ばかり取って……」

出会ってからこれまで自分がとってきたフェリクスへの態度を思い出し、ライザはばつが悪くなった。父親と混同し、女たらしとか軽薄だとか思ってかなり失礼な振る舞いをしてきた自覚があるだけに、居たたまれなかった。その間、フェリクスはずっとライザのことを見てくれていたのに。

フェリクスはクスッと笑う。

「いいんだ。そうなるようにわざと軽薄に振る舞っていた部分もあるからね。君が僕を嫌っていたからこそ、僕は踏み留まれた」

「わざと軽薄に振る舞っていた？　踏み留まるって？」

ライザが不思議そうに目を瞬かせる。フェリクスはライザの唇に指を滑らせながら艶やかな笑みを浮かべた。

「もし君が僕を嫌うことなく、今のように潤んだ目で僕を見ていたら、きっと僕は衝動を抑えきれずにまだ十六歳だった君を押し倒していただろうさ。自分の出生のことも、陛下のことも、すべて投げ出してね。正直なことを言えば、今すぐにでもこの場で君を奪ってしまいたいくらいさ」

急に濃厚に漂い始めたフェリクスの色香に反応して子宮が疼き出す。

「ライザ……」

胸に引き寄せられ、フェリクスの顔が追いかぶさってくる。ライザは応えるように目を閉じ唇を差し出した。

温かいぬくもりが唇に触れる。けれど、それはすぐに深いものになって、差し込まれた舌をライザは喜んで迎え入れた。

「……ん、ぅ……」

舌が絡まるたびにゾクゾクと背筋を愉悦が走りぬける。お腹の奥に熱が溜まり始め、そこからドロリとしたものが滴り落ちていくのが分かった。恥ずかしいと思うのに、ぴちゃぴちゃと絡まる唾液が奏でる淫らな音が、耳どころか脳髄にまで響いてライザの思考を奪っていく。

「ふ……ぁ、ぁん……」

キスはどんどん深くなる。やがてフェリクスが顔をあげたときには、ライザは緑色の瞳をトロンと潤ませて、赤く濡れた唇から喘ぎ交じりの乱れた吐息を漏らしていた。その姿はこの上なくフェリクスの欲望を募らせる。

フェリクスは掠れた声で囁いた。

「愛しているよ、ライザ。誰よりも深く強く君を想っている」

ライザは大きく目を見開くと、次に泣き笑いのような表情を浮かべて言った。

「私も、フェリクス。あなたを愛しているわ」

それから二人はどちらともなく唇を合わせて、何度も何度も角度を変えてキスを交わした。

やがて顔を離し、フェリクスの胸に頭を預けて浅くて早い息をしているライザに、フェリクスは笑った。

「そういえば、ライザ。僕はこの件の褒賞として君を陛下からもらうことになったんだったよ」

「は？」

思いもよらないことを言われてライザは頭をあげながら眉を寄せる。

「私を褒賞としてもらう？」

「そう。陛下が君を僕にくれるって」

「な、なんで勝手に私を褒賞にしてるのよ!?」

もちろん、ライザだってイライアスがそういうことにしてお墨付きを与えようとしていることは分かっている。ライザの立場もフェリクスの立場も複雑で、いつ今回のように利用しようとする者が現れたり、反対に二人を危惧して排除したりする者が出るか分からない。だから国王の名のもとに結ばせることで庇護しようとしたのだろう。

――それは分かる。分かるけど……！

「人を物かなにかみたいに！　私の意志はどうなるのっ……！」

「嫌かい？」

「え？　そ、そういうわけじゃ……」

何て意地悪なのだろう。そうじゃないと分かっていながらそんなことを聞くなんて。思わず睨みつけると、フェリクスは艶やかな笑みを返す。

「僕は君が欲しい」

そう言ってフェリクスはライザの腰を引き寄せ、自分の腰に押し付ける。そこに猛った欲望の証を感じてライザの頬がかぁと赤く染まった。

「だめ？」

「だ、だめじゃ……ないわ……」

自分の中でも欲望の火が灯され煽られていくのを感じながらライザは答えた。ライザの返事を聞いたフェリクスはいきなりソファから立ち上がると彼女を抱き上げて扉へ向かった。彼がどこへ向かおうとしているかなんて明白だ。

恥ずかしさに顔を伏せるライザを見てフェリクスがクスクス笑う。

「人払いしてあるから、誰にも見られない。安心していいよ」

「相変わらず嫌になるくらい用意周到ね！」

真っ赤になってライザは叫ぶ。けれど悔しいことにその心遣いには感謝していた。ライザにはグレイシスたちのように人前でイチャイチャする趣味はない。

「あ、そうだ。君に僕のお願いを何でも叶えてもらえるんだっけ」

　廊下を移動中、いきなり足を止めてフェリクスが言った。ライザは唐突な言葉にとっさに何を言われたか分からなかったが、フェリクスがあの屋敷に囚《とら》われたライザを単身迎えに来たとき、そんな会話を交わしたのをすぐに思い出す。

「そういえばあれ、何だったの？　何かの符号とか意味があることだと思ったのだけど、結局何も……」

　不思議そうに尋ねるライザに、フェリクスも不思議そうに返す。

「符号？　意味？　別にそんなものはないけど？」

「はぁ？」

「純粋に、僕が君にして欲しいことがあったからお願いしただけだよ？」

「な、何よそれは！」

　あんな場面でいきなり言われたら何かあると普通は思うではないか！　だからこそ承諾したのに。

　フェリクスはライザを見下ろしてにやりと笑う。

「何でもするって君は言ったんだからね？」

「……」

　嫌な予感にライザの背筋に怖気が走った。

＊＊＊

「ぁあ、んっ、これが、して欲しいこと、なの？　おかしい、でしょうっ……!?」

ライザは喘ぎながら抗議する。

灯りに煌々と照らされたベッドでは、一糸纏わぬ姿で横たわるフェリクスの上で同じように全裸のライザが四つん這いになって覆いかぶさっていた。フェリクスの顔の両脇に手を置き、彼の腰を跨いだその姿は、一見ライザがフェリクスを襲っているように見える光景だ。だが、事実は違う。

裸にされ、さんざん弄られたあげく「何でもするって言ったよね？」の言質のもと、とらされた姿勢がこれだった。フェリクスの目の前では尖って張り詰めた胸の先が、ライザが震えるたびに揺れて彼の目を楽しませる。

「すごくいい眺めだ」

フェリクスはにやにや笑いながら目の前でふるんと魅惑的に震える先端をぱくりと口に含む。

「んっ……あ、ぁん……」

ライザはじんじんと疼く胸の飾りに与えられた刺激に、ビクンと身体を揺らした。刺激されているのは胸だけではない。フェリクスの両手はライザの滑らかな白いお尻に這わされ、撫で回されたり揉んだりされている。時折その手が下がり、蜜をたっぷりとたたえた

場所を弄るのでたまらなくなる。そのくせすぐに離れてしまい、ライザの中で欲求不満と欲望は募る一方だった。

「ライザ、すごくイヤらしい」

「んっ、も、う、だ、だめ……」

胸の先端に歯を立てられ、ぶるりと身体を震わす。どんどん自分を支える腕に力が入らなくなっているのを感じていた。それなのにフェリクスは構うことなく刺激を送り込んでくる。

「っぁああ！　あ、あン、んぅ」

胸の先端に歯を立てられ、脚の付け根にもぐりこんだ手に敏感な蕾をつままれ、ライザはガクガクと全身を震わせた。

「あ、ん、あンッ」

目の前にパチパチと花火が散り、ライザはとうとう力が抜けて、ガクッと肘《ひじ》を落とす。

「あっ、ぁあ、あああ！」

自然と胸の膨らみをフェリクスの顔に押し当てるかたちとなり、彼の頭を抱えながら絶頂に達した。

「前よりイクのが早くなっているね、ライザ。こういう体位好きなのかい？」

ピクピクと震えるお尻を撫で回しながらフェリクスがクスクス笑う。違うとライザは言いたかったが、絶頂の余韻で喘ぐことしかできず言葉がうまく出せなかった。

「……ぁ、ん、あ……ん……」

敏感になって震えている肌に優しい手が這い回る。まるで自分が染め上げた身体を確かめるように。

……染められた。そうなのかもしれない。フェリクスしか知らない身体なのに、こんなにイヤらしく反応するのも、きっと彼に染められ、躾《しつ》けられてしまったからだ。

――私はこの人だけのもの。

そう思うと身体の芯に甘い疼きが走った。

しばらくしてようやく呼吸が整い、フェリクスにしがみついたままだった身体を起こす。

途中で力尽きてしまったが、『してもらいたいこと』は何とか叶えることができたはずだ。

「ライザすごく可愛かったよ」

満足そうな声と腰に回ったフェリクスの手に力が入って、ようやくこの責め苦は終わるのかと思ったライザだが、それは間違いだったようだ。

彼はライザの下から彼女を見上げ、艶然とした笑みを浮かべながら恐ろしいことを言った。

「ライザ。今度は君を直接味わいたい。そのまま僕の顔を跨いでくれないか?」

そのまま魂をとばしそうになったライザだった。

「……あぁ、ん、んっ、あ、や、そこ……!」

ライザはフェリクスの顔の上に跨り、ねっとりとした舌での愛撫を受け入れていた。背筋を駆け上がる快感に全身を戦慄《わなな》かせる。胎内からトプンと零れ落ちた蜜をフェリクスの口と舌が受け止め、ジュルといやらしい音を立てて舐め上げられていく。膝立ちをし、何とか中腰を保っていたライザはそれだけで腰がくだけそうになり、太ももの内側がプルプルと震えた。

結局ライザはフェリクスに押し切られて彼の顔の上に秘部をさらけ出すという、この上なく淫らなことをさせられていた。

嫌がったものの、「何でもしてくれるんだろう?」と笑顔で迫られてしまい、どうしようもなかった。……いや、本気で嫌がればフェリクスは引き下がっただろう。けれどライザ自身、身の内に灯された淫らな欲望に負けてしまったのだ。

——ああ、本当に私はどうかしてしまったんだわ。

フェリクスの淫猥な要求に恥ずかしいと思いながらも、どこかで期待している自分がいるのだ。子宮がきゅんと疼き、応えずにはいられなかった。

「あっ……!」

ぺろっと敏感な蕾を舐められ、ライザは飛び上がりそうになった。ざわざわと全身が疼き、脚が今にも力を失いくずおれそうになる。そんなことになったら、フェリクスの顔に座り込むことになってしまう。ライザは慌てて目の前のヘッドボードを握り締め、何とか姿勢を立て直す、そこを更にフェリクスの舌が襲った。

蜜口にもぐりこんだ舌が、壁を舐めあげる。粘膜とざらざらした舌がこすれ合い、得もいわれぬ悦楽をライザの身体に送り込む。

「んっ、んっ、っああん」

ライザは猫のような声をあげながら、腰を艶めかしく揺り動かした。舌から送り込まれる悦楽から逃れようとしてのことだった。けれど、ライザの双丘から腰にかけてはがっちりとフェリクスの両手に押さえ込まれてしまっていて、逃れることができなかった。かえってフェリクスの顔に自分の秘部をこすり付けることになってしまい、羞恥に神経が焼ききれそうになるのに、舌がひらめくたびに腰が動いてしまうのを止めることができない。

「僕の舌に合わせて腰が動いているよ、ライザ。そんなに気持ちいい？　胎内《なか》もすごくうねっている。本当に素直で淫らな身体だ」

「あ、んぁ、や、あなたの、せい、じゃない、のっ……あ、んンっ」

フェリクスの手に促されて腰をいやらしく振りながらライザは訴える。フェリクスは充血した花弁に舌を這わせながらくすっと淫靡《いんび》に笑った。

「ああ、そうだね、僕のせいだ。だから責任取らないとね」

それからフェリクスはライザの蜜口の中に硬く尖らせた舌をぐっと差し込み、同時に鼻の頭で彼女の敏感な花芯を刺激した。

「……！」

声にならない悲鳴が喉をつく。

すでに何度か絶頂に追い上げられ、すっかり敏感になっていたライザは瞬く間に駆け上がっていった。

「んぁぁ、あああああ！」

部屋中に甘い悲鳴を響かせライザは達した。背中を反らし、秘部をフェリクスに押し付けながら。フェリクスは彼女の腰を支え、ライザの中から滴り落ちる甘い蜜を余すところなく口で受け止めた。

「あっ……んっ、ぁあ、はぁ、はぁ……」

しばらくの後、絶頂の余韻に震えるライザの下から抜け出したフェリクスは、短い息を吐きながらヘッドボードに縋りつくように寄りかかっている彼女の背中にキスを落とすと、呟いた。

「ごめんね、ライザ。君があまりに淫らで可愛いものだから、余裕がなくなった」

そう言うなり、後ろから彼女の腰を引き寄せそのまま一気に貫く。

「あああああ！」

ずぶずぶと音を立てて猛った肉茎がライザの蜜壷に押し込められていく。さんざんフェリクスの舌で解された蜜壷は抵抗することなく彼を受け入れ、熱く締めつける。奥深いところを太いもので擦られて、ライザは全身を戦慄かせた。

「あっ、んはぁ、あ、んっ」

奥に押し込められるたびにライザの口から喘ぎ声が零れる。余裕がなくなったという言葉通り、最初から容赦ない動きで貫かれ、ずんずんと奥に響く震動と快感にライザは身悶えた。

思考はすでにまとまらず、ライザの中にはすでに今自分を貫いているフェリクスのことしかなかった。

「ライザ、ライザ」

フェリクスの口から零れるのはライザの名前だけ。それが嬉しくてたまらない。もっともっと彼が欲しくなり、ライザは喘ぎながら叫んでいた。

「あっ、来て、来て、フェリクス……！」

その次の瞬間、ライザは引き起こされ、身体の向きを変えられ、今度は正面からフェリクスを深く受け入れていた。膝の裏を抱えあげられ、更に繋がりが深くなる。奥の感じる場所をぐぷぐぷと抉られ、ライザは嬌声をあげながら子宮の奥から広がる愉悦を味わった。

「あっ、はぁ、ん、ぁあ、あ、んんっ」

ぐちゅんぐちゅんと激しい水音と肉を打つ音を聞きながら、ライザは大きなうねりが湧き上がってくるのを感じた。

「私、もう……！」

背中を反らして訴えると、フェリクスの動きが勢いを増す。彼の楔は胎内で一層膨らみ、そろそろ限界が近いことを示していた。ライザは本能に導かれて両手でフェリクスの頭に縋りつきながら、更に深く繋がろうと彼の腰に足を絡ませた。密着した腰がうちつけられるたびにライザのもっとも敏感な蕾が刺激され、彼女を一層追い込んでいく。

やがて、太い怒張に一際奥を抉られたとき、それは起こった。ライザの頭の中で何かがはじけ、目の前にチカチカと火花が散る。

「あっ、あ、ああっ、あああああ！」

ライザは背中を弓なりに反らし、絶頂に達した。それに連動するようにライザの媚肉が蠢きフェリクスの張り詰めた肉茎を熱く締めつける。

「くっ……」

それに耐えられなくなったフェリクスが、ライザの中で己を解き放った。

「んんっ」

胎内に広がる熱に再び押し上げられたライザは、フェリクスの頭をかき抱きながら頤を反らした。

──その刹那。

ライザの頭のなかではっきり思い浮かぶ情景があった。

『来て。お願い。私を奪って……！』

それは媚薬を盛られたあの夜、フェリクスがライザを正気に戻すために抱いたときのこと。

『いいよ。その代わり僕のものになってくれるかい、ライザ？』

媚薬に狂い、目の前の雄を求めるライザに、フェリクスは何度も何度もキスをしながら囁いた。

『本当なら君を抱かずに正気に戻すこともできたんだ。解毒薬の到着を待ってもよかった。でも、ごめんねライザ。君を奪うよ。他の誰にも渡さないため、この身に僕を刻み込むために』

そしてフェリクスはライザの純血を奪った。

『きっと君は今日のことは覚えてないだろう。だけど誓う。今すぐは無理だけど必ず状況を変えて君を迎えに行く。だからそれまでせめてこの身体に僕を刻んで覚えていて。忘れないで――』


――そうだったのね。フェリクスはいずれ迎えに行くと誓ってくれていたんだわ。私が忘れてしまうのが分かっていながら。

それに彼は本当ならライザを助けるため抱く必要はなかったと言った。それなのにその手段をとったのはライザが欲しかったから。彼にとってライザは決して義務などではないのだ。

それが分かった瞬間、ライザの中に最後まで残っていた小さなわだかまりが消えてなくなるのを感じた。

ベッドに横たわり、心地よいだるさに身を任せながらライザはフェリクスの胸に頭を寄せて言った。

「私、あの夜のことを思い出したわ。あの時もあなたは私を迎えにきてくれるつもりだったのね」

フェリクスはライザの裸の背中を優しく撫でながら微笑んだ。

「もちろんだとも。状況が変わり次第迎えに行って君の前に跪くつもりだった。あと、これだけははっきり言っておくけど、知り合いだろうが医療行為だろうが、僕は好きでもない女性を抱く趣味はない。解毒薬が到着するまで待ったさ。あれは君だから抱いたんだ」

「フェリクス……！」

ライザはフェリクスの首にかじりついた。が、すぐに顔を離し、フェリクスの髪の毛に触れた。途端に罪悪感が胸を塞ぐ。

「ごめんなさい。子どもみたいな癇癪を起こしてあなたに髪を切らせてしまった。あんなに長くなるくらい大切に願掛けしていたものだったのに……」

「いや、それは本当にいいんだよ、ライザ。その願いはもうとっくに叶っているんだ。でもそれは自分で成し遂げたことじゃなかったから……だから切る踏ん切りがつかなくてね。中途半端な気持ちのまま放置していた。本当はもっと前に切るべきだったのに」

苦笑を浮かべると、フェリクスはライザの頬にそっと触れた。

「ライザ。僕がしていた願掛けというのは、玉座を奪い返してフリーデ皇太后と前宰相を葬り去ることだったんだ」

ライザはハッとする。そのライザにフェリクスは頷いてみせた。

「そう。それはある意味叶い、またある意味叶わなかったわけだ。だからかな、どこかで未練があって切れなかった。だから君には感謝しているんだ。君が切れと言わなかったら、まだぐずぐずと伸ばしていただろう」

「でも……綺麗な髪だったのに……」

すっきりした表情を見れば、フェリクスのためにはあの髪は切った方がよかったのだろう。けれど……。

未練たらしく短く整えられた金色の髪を見てため息をついていると、フェリクスはクスクス笑った。

「髪はまたすぐ伸びるよ。今度は君のために伸ばそうか？」

「本当？」

ライザがパッと顔を輝かせると、フェリクスは笑って頷いた。ところがそのあとに続いた言葉にライザは嫌な予感を覚えた。

「その代わり、僕のお願いきいてくれる？」

「ま、また？」

さっきまでそれでさんざん淫らなことをさせられたばかりだ。今度は何をさせるつもりなのか……。

「今度はちょっと違う。嫌なら断っていいよ。まぁ、こっちも簡単には諦めないけどね」

　フェリクスはそう言うと、ライザを抱いたまま上半身を起こす。それから不思議そうに首をかしげるライザの手を取って恭しく唇を押し当てて言った。

「ライザ・エストワール嬢。僕と結婚していただけますか？」

　ライザは息を呑んだ。

「平穏無事な人生というわけにはいかない。再び僕の出生が問題になることもあるかもしれない。それでも君と一緒に人生を歩みたい。……だめ？」

「だめじゃ……ない」

　震えるような声で答えたあと、ライザは居ずまいを正してフェリクスに告げた。

「フェリクス・グローマン准将。その申し出、喜んでお受けします」

「よかった」

　フェリクスは顔を綻ばせ、ライザの顔に唇を寄せる。ライザは目を閉じて優しいキスを受け取った。

　けれどすぐにそのキスは激しいものへと変わり、お互いに欲望を煽られた二人はベッドに倒れこむ。

　手と脚を開いてフェリクスを受け入れながら、ライザは身も心も結ばれる喜びに浸った。

エピローグ　願い

　ディレードの事件があった次の日の夜、フェリクスはライザを連れて、彼女の父親であるエストワール侯爵の住む別宅へ向かっていた。

「こんな時間に訪ねるの？　明日でもいいのではなくて？」

　馬車に揺られながら、ライザは不満そうに呟く。

「誰かさんのせいで腰も痛いしだるいのに」

　その「誰かさん」であるフェリクスは、ライザのぼやきにクスッと笑った。

「明日だって足腰立つ保証はないよ、ライザ」

　暗に示していることにライザの頬がカァと赤く染まった。

　訪問が夜になったのは、昨夜からさんざんフェリクスに貪られたからだ。明け方まで断続的に続いたその無茶のせいでライザは足腰が立たず、動けるようになったのは夕方からという有り様だった。

できればこのまま身体を休めたかったのに、夕食後フェリクスが突然、これからライザの父親に会いにいくと言い出したのだ。ライザの父親に婚約の報告と結婚の許可をもらいたいからと。

「あの人が反対するわけないんだから、後でいいと思うのに」

「そういうわけにはいかないだろう？　それに、今行く必要があるんだ」

そう言って謎めいた笑みを浮かべるフェリクスにライザは恨めしそうな視線を送った。

ライザの父親は別宅に愛人と住んでいるのだ。娘としてそんな場所に行きたいと思うわけがない。所在は知っていてもライザがその屋敷を訪れたことはなかった。

到着した先で、以前はライザの住む本宅で働いていたこともある執事が驚きながらも二人を迎え入れた。

「これはお嬢様。旦那様がたは寝室に引きとられましたが、まだ起きておられるかと思います。少々お待ちください」

「お楽しみ中のようね。……やっぱり明日にした方がよかったのでは？」

慌てて報告に向かう執事の後ろ姿を見送りながらライザが不快そうに鼻を鳴らす。夜といってもまだ就寝には早い。「旦那様がた」はいったい寝室で何をやっているのやら。

しばらくすると執事から報告を受けたライザの父親が夜着にガウンを羽織った姿で玄関ホールに現れた。

「ライザ、グローマン准将。こんな夜にいったいどうした」

フェリクスが一歩前に出て微笑みを浮かべながら口を開いた。

「ご報告がいくつかあってまいりました。先ほどライザ嬢に求婚し快諾していただけましたので、順番は逆になりましたが、当主であるエストワール侯爵にもぜひ許可をと思いまして」

「なるほど。して他の報告とは？」

「それは――」

フェリクスの言葉はそこで途切れた。父親が来た方角から同じく夜着にガウンを羽織った姿の女性が現れたからだ。

「あなた。こんな時間にお客様って――あら、ライザ？」

吹き抜けの階段の手すりに手をかけ、二階から玄関ホールを見下ろした女性はライザの姿に目を丸くした。

ライザは呆然として見上げる。愛人であるはずのその女性に見覚えがあった。いや、見覚えどころではなかった。

「お、お母様……!?　なんでお母様がここに！」

そう。そこにいた女性は、ライザの母親であるエストワール侯爵夫人その人だったのだ。

仰天するライザに、フェリクスが悪戯っぽく笑いながら片目を瞑った。

「だから言っただろう？　君に見せている関係と事実は違うって」

「これは一体どういうことなの？　このお屋敷は愛人と住んでいるんじゃなかったの？　お母様はベレスフォードに引きこもっていたのではないの？」

玄関で話すのは何だからと談話室に移動したあと、ライザは改めて目の前で隣り合わせに座る両親に疑問をぶつけた。

生まれてこの方、両親が同じソファに並んでいる姿など見たことないライザは、夢か幻でも見ているのではないかという気分だった。愛人と住んでいるのだと思っていたのに、父親の別宅にいる女性は使用人以外は母親だけだという。もうライザは何を信じたらいいのか分からなかった。

「話せば長くなるんだがな……」

父親が言いにくそうに口を開く。助け舟をだしたのはフェリクスだった。

「ベレスフォード侯爵家ですね」

「……ああ、そうだ。すべてはベレスフォードから始まった。ライザ、お前も知っている通り、エストワール家とベレスフォード家は昔から仲がよかった。エリーズと私は姉弟のように育ったし、妻もベレスフォードの血を引いている。そのくらい親密だった」

だがそれが仇《あだ》となったのだ。フリーデ皇太后とオークリー前宰相によって第二王子とエリーズは殺されベレスフォード家は消された。

「我がエストワール家は特にフリーデ皇太后と対立していたわけではない。だが、ベレスフォード家の次に消されるのはエストワール家だと思った。少なくとも目をつけられていたのは確かだ。ベレスフォードとは関係が深かったからね。彼らとしては禍《わざわい》になりそうな芽を早めに摘み取ろうとするのは当然だ。だが、エストワールを潰されるわけにはいかなかった」

　当時先代からエストワール侯爵家を継いだばかりの青年にはフリーデ皇太后と渡り合える力はなかった。だから彼はあえて役職につかずに、女ばかりにうつつを抜かす愚かな侯爵として振る舞うことにしたのだ。そうすることでエストワール家は脅威にはならない。潰すまでもないとフリーデ皇太后たちに思わせようとした。

「知り合いの女性に協力してもらったり、女優を雇ったりして人目がある場所で口説くようなことを言って女好きを装ってきた。ベレスフォードと関わりがある妻とも仲が冷え切っているように見せかけた。フリーデ皇太后の勘気を買わないようにね」

「私が女狂いの夫を持ち、浮気されてばかりいる憐れな妻でいることが必要だったの」

　母親が口を挟む。

「フリーデ皇太后はエリーズを憎んでいたわ。もともと前国王陛下の婚約者だったこともあって、何をするにも比べられていたようだし、エリーズも正義感が強くて本人に振る舞いを注意したこともあったから。プライドだけは高いフリーデ皇太后には我慢ならなかったみたい」

　ライザはディレードの屋敷で出会ったフリーデ皇太后を思い出す。ライザをエリーズと思い込み、憎しみをぶつけてきたフリーデ皇太后。正気を失くしていたせいもあるだろうが、エリーズが亡くなって三十年経った今もなお憎しみを燃やしているのは明らかだった。

「私はエリーズとは従姉妹同士でよく似ているの。あのままだったらエリーズへの憎しみがそのまま私に。そしてエストワール家に向いていたでしょう。でも夫が浮気を繰り返し、私が憐れな妻として社交界で嘲笑《ちょうしょう》されるのを見て溜飲が下がったようだわ。だからずっとそんなふうに振る舞っていたの。家の中でも」

子どもたちにも本当の夫婦の関係を見せなかったのは、子どもの口から周囲に演技であることが伝わらないようにするためだったらしい。

「で、でも、だったらどうして陛下が即位してフリーデ皇太后たちの脅威がなくなっても演技し続けたの？」

イライアスが即位してからこの十年はそんな演技などする必要はなかったはずだ。なのに両親の態度は変わらなかった。

父親がため息混じりに答える。

「フリーデ皇太后がいなくなっても、ベレスフォードの名前がもたらす危険はなくならなかったからだ」

「……純血主義者ですね」

フェリクスが口を挟むとエストワール侯爵は頷いた。ライザの顔がこわばる。

「陛下が即位し、フリーデ皇太后が表舞台から去った後からベレスフォードの名前が取り沙汰されるようになった。国王派・反体制派のどちらにも巻き込まれないようにするために続けるしかなかった。ライザに言わなかったのも、余計な知識を与えて巻き込みたくなかったからだ」

エストワール侯爵にしたらずっと綱渡りしているようなものだっただろう。どちらに転ぶか分からない状況で彼は自分を道化にすることでエストワール侯爵家を守り続けていたのだ。

「それももう終われるかもしれないですよ。一番過激な連中は逮捕されましたから。これで連中もしばらく大人しくなるでしょう」

フェリクスが笑みを浮かべて説明をした。そんなに詳しく事件のことを話して大丈夫かとライザは危惧したが、見せしめのために一部分は伏せて公表することになっているのだという。その一部分にはライザが拉致されたことや連中がフェリクスを旗印にしようとしていたことも含まれるのだろう。

一部分を除いた説明を聞いたエストワール侯爵は微笑んだ。

「そうか。ならばもう必要ないな」

「……だったら、本宅に戻ってきたらいいんじゃないかしら。こんなところでこそこそ会ってないで」

ライザは口を挟んだ。この十八年間思ってきたものとは実は違っていたのだと知らされてもすぐに納得できない部分もあるし、戸惑いもある。複雑な気分だが、二人が手を取り合おうとしているのを邪魔する気はなかった。

「私はどうせ結婚して家を出るのだし、だったら本宅で二人で生活すればいいわ」

「そうだな。お前は結婚するんだったな。……ああ、許可など必要ない」

改めて許可を得ようと口を開きかけたフェリクスをエストワール侯爵は制した。

「今さら父親面《ちちおやづら》するのも変だろう。それにライザが選んだ人間だ。間違いはないだろう」

「え？」

ライザは思わずまじまじと父親の顔を見つめてしまう。父親は少しだけ照れたようにそっぽを向く。

「顔を合わせることがあまりなくても娘のお前がどういう人間なのかは分かっているつもりだ。普段は分別があるように見せているのに、大事な人間のためなら感情にまかせて突っ走る傾向があるのもな」

「エリーズがそうだったのよ、ライザ」

母親がクスクス笑いながら口を挟んだ。

「彼女も普段は完璧な振る舞いをする淑女だったけれど、友人や肉親のためならどんな相手でも毅然《きぜん》と対峙していた。あなたは内向きな私よりエリーズによく似ているわ。顔立ちも振る舞いも。あなたの話題になるたびにエリーズに似ているって、いつもお父様と話をしているの」

「そ、そう……」

フェリクスの母親と似ているといわれて嬉しいが少し複雑だった。まさかフェリクスがライザに母親の面影を見ているわけではないだろうが。

「感情にまかせて突っ走るところのあるあなたをうまく御することができる人と一緒になれればいいと思っていたけれど、良い方を選んでくれたと思うわ」

母親がちらりとフェリクスを見て笑った。

そっぽを向いていた父親が取り繕うように咳をして、フェリクスに話しかける。

「我々はこの結婚に異存はないが、ライザは陛下の王妃候補に挙がっている。それは問題はないのかね？」

「問題ありません。……というより、そもそものつもりであなたにライザの王妃候補の話をしたようです」

父親は眉をあげた。

「どういうことだね？」

「陛下の側近たちはみんな陛下に心酔している。その陛下の同意を得ずに、意に沿わない結婚を押し付けようとするはずがない。最初からあなたに話をすればライザを通じてやがて僕にその話が伝わることが分かっていたんです」

「全部、君に行動を起こさせるためだった、と？」

「なんですって!?」

思いもよらない話にライザは目を剝いた。

「ええ。この事件を解決したら、ライザを僕にくださるそうです。爵位とともに。たぶん、出会ってから三年経っても全然行動を起こさない僕に焦れたのでしょう」

「なるほど。……でもそれだけではないいな。それだけのために動くほどあの方は甘くない」

父親はフェリクスをまっすぐ見つめた。フェリクスは頷く。

「おっしゃるとおりです。陛下はベレスフォードを受け継ぐライザを王妃候補筆頭にすえることで、純血主義者の中でも過激な思想を持つ者が行動を起こすのを待っていたんですよ。その証拠に内定は内密という話だったのに、純血主義者たちの間に漏れていましたから。おそらくわざと伝わるように仕組んだのでしょう」

「なるほど私の娘を囮《おとり》にしたというわけだな。ベレスフォードを餌に。そしてその餌に惹かれて湧いてきた人間を一網打尽にするつもりだったのか。……恐ろしい方だな、あの方は」

なかば感心するようにエストワール侯爵はつぶやいた。

「ええ」

「敵に回したくはないな」

「そうですね、僕もあの人だけは敵に回したくありません」

フェリクスが苦笑する。エストワール侯爵はそんなフェリクスをちらりと見て同じように苦笑いを浮かべた。

「陛下が君たちの仲を取り持ったのも、ただの親切ではあるまい。私にはなぜ君をライザの夫に、というかベレスフォードを託す相手として選んだのか分かる気がするよ。私もライザが君と一緒に出歩き始めたのを知って同じことを思ったからね」

エストワール侯爵はスッと笑顔を消した。

「ベレスフォードは陛下にとっても諸刃《もろは》の剣だ。ライザを王妃に迎えて直接取り込むには反発が大きすぎる。けれど、ベレスフォードを放置するには危険が多すぎる。だからライザを間接的に取り込むために君を選んだんだろう。国王派でありながら、君は国を守った英雄として純血主義者にも評判がいい。それに君の父親のグローマン伯爵は純血主義者で前国王陛下の信頼も厚い実直な人だ。君は国王側から見ても純血主義側から見てもベレスフォードを託すには実にバランスの良い相手なんだよ」

「……そうかもしれませんね」

フェリクスは何とも複雑そうな表情になった。

一方、ライザはイライアスのもう一つの思惑に思いを馳《は》せていた。

……おそらく、イライアスはフェリクスにライザを娶らせることで、ベレスフォードを彼に返したかったのではないだろうか？

今はライザの相続する土地となっているが、ベレスフォード侯爵亡き後、本来であればあの領地はベレスフォード家唯一の男子としてフェリクスが継ぐはずだったものだ。イライアスは彼の母親が奪い去ってしまったものを、フェリクスに少しでも返したかったのではないか。そんな気がするのだ。

「ベレスフォードは我々には思い入れがありすぎて売ることも無くすこともできなかった。けれど、君たちにはそうじゃない。君たちなら悲劇の象徴ではない新しいベレスフォードを作っていけるだろう。……こんなことを言えた義理ではないが、ライザをよろしく頼む」

そう言った父親の声は少し掠れていたようにライザには聞こえた。

屋敷に戻り、フェリクスの寝室のベッドの上で重なり合いながらライザは呟く。

「お父様は……ベレスフォードを、その血をもっとも濃く引き継いでいる人間が継ぐのだと知ったらどう思うかしら？」

フェリクスがライザのむき出しの胸を撫でながら答える。

「どうもしないよ。お父上も言っていただろう？　悲劇の象徴ではない新しいベレスフォードを作って欲しいって。ベレスフォード侯爵家はもう存在しない。僕たちも僕たちの子どももここから新しく始めるんだ」

「……そうね」

ライザはうっとりと微笑みながら手を伸ばしてフェリクスの髪を撫でる。

すると柔らかい肌を啄《ついば》んでいたフェリクスが顔を上げて笑った。

「今度はそれを願掛けして髪を伸ばそうかな。僕たちの新しいベレスフォードが喜びの象徴となって末永く受け継がれていきますようにって」

「それなら切らないでずっと伸ばしていけるわね」

くすくす笑うライザの口元に、弧を描いたフェリクスの唇が落ちてくる。ライザはそれを受け止めながら、いつかベレスフォードの地に子どもたちの笑い声と軽やかな足音が響くことを祈って、そっと目を閉じた。

あとがき

初めましての方も再びの方もこんにちは。拙作を手にとっていただいてありがとうございます。富樫聖夜《とがしせいや》です。

今回の話は以前出させていただいた『軍服の渇愛』のスピンオフにあたります。前回主役カップルを盛り上げた脇役のフェリクスとライザが今回の主役です。

「渇愛」がコメディにするつもりで、かなりシリアス寄りになってしまったことを反省し、今回はなるべく明るい雰囲気になるようにしました。その結果、あまり歪みのないソーニャらしからぬ話になったような気がしますが、楽しんで書かせていただきました。

さて、今回のストーリーは前作のほぼ直後からスタートします。でも、話の発端は「渇愛」の作中から裏で動いていました。エルティシアが記憶を失ってグレイシスの屋敷で療養していた間、ライザの身にはあんなことが起きていたわけです。

前作を書いているときにスピンオフの話をいただき、骨格もできあがっていたので、実はこちらの話に関わる伏線をそれとなく「渇愛」にも仕込んであったりします。ネタバレしないように言及はしませんが、今作のヒーローであるフェリクスの事情も、実は「渇愛」にちらりと伏線が張ってあったり……。こちらを読んでからそれを踏まえてまた「渇愛」を読んでいただくと、前とは違ったものが見えてくるんじゃないかと思います。

今回は脇役に回った前作の主役カップル、シア&グレイも相変わらずイチャイチャしています。前の主役たちのその後が覗けるのがスピンオフの醍醐味《だいごみ》だと思っていますが、ライザじゃないけど作者である私も「ごちそうさま」と言いたくなるほどです。

そして、今回初登場の国王イライアス。たぶんこの人がこの作品を通して一番歪んでいるキャラなのではないかと思います。主役を食いそうな性格なので残念ながら出番は少ないですが……。いつか彼にも良い人が現れますように。

イラストの涼河《すずかわ》マコト様。今回もとても素敵なイラストをありがとうございました！フェリクスがイメージ通りでラフをもらって転げ回りました！

最後に編集のY様。今回もご迷惑をおかけして本当にすみませんでした。何とか書き上げることができたのもY様のおかげです。ありがとうございました！

それではいつかまたお目にかかれることを願って。

富樫聖夜

この本を読んでのご意見・ご感想をお待ちしております。

◆ あて先 ◆

〒101-0051
東京都千代田区神田神保町2-4-7 久月神田ビル7階
㈱イースト・プレス　ソーニャ文庫編集部
富樫聖夜先生／涼河マコト先生

軍服《ぐんぷく》の衝動《しょうどう》

2015年12月7日　第1刷発行

著　　者　富樫聖夜《とがしせいや》
イラスト　涼河《すずかわ》マコト
装　　丁　imagejack.inc
D　T　P　松井和彌
編集・発行人　安本千恵子
発　行　所　株式会社イースト・プレス
〒101-0051
東京都千代田区神田神保町2-4-7 久月神田ビル8階
TEL 03-5213-4700　　FAX 03-5213-4701
印　刷　所　中央精版印刷株式会社

ISBN 978-4-7816-9566-2
定価はカバーに表示してあります。